Himmelstürmer Verlag, Kirchenweg 12, 20099 Hamburg
E-mail: info@himmelstuermer-verlag.de
www.himmelstuermer.de
Foto: Mark-Andreas Schwieder, www.statua.de
Umschlaggestaltung: Olaf Welling, Grafik-Designer, AGD, Hamburg
www.olafwelling.de
Originalausgabe, Februar 2008
Nachdruck, auch auszugsweise, nur mit Genehmigung des Verlages
Printed in Czech. Rep.
Rechtschreibung nach Duden, 24. Auflage
ISBN: 978-3-934825-95-6

Lennart Larson

Sören Falk
und
die Fährte des Hurensohns

Himmelstürmer Verlag

......für Jürgen und Wolf

Manchmal schleicht sich Angst in unser Leben,
manchmal fühlt man sich verfolgt,
meistens sind sämtliche Befürchtungen unbegründet,
doch was, wenn nicht ...?

Lennart Larson
Herbst 2007

1

Sie atmete rhythmisch zu ihren Laufbewegungen. Fast lautlos berührten ihre Sportschuhe den weichen Waldboden, federten die Tritte ab und verliehen ihr das unbeschreibliche Gefühl zu fliegen. Die letzten Sonnenstrahlen schimmerten durch das satte Grün des kleinen Wäldchens am Rande des Schlossparks. Bäume, Gräser, Blumen und Büsche blühten in voller Pracht. Der Winter war lang und hart. Der Frühling durchwachsen und regnerisch. Jenny genoss den Sommeranfang, verbunden mit seinem Naturzauber. Tief atmete sie die erfrischende Waldluft ein und stieß ihren verbrauchten Atem aus. Es war für Juni schon sehr warm. Richtig sommerlich heiß. Die Schwimmbäder und Badeseen waren überfüllt. Auch jetzt am Abend spürte man noch deutlich die drückende Hitze des Tages. Fast zu heiß zum Joggen, doch Jenny war das egal. Es war *ihr* Wetter. Blicke? Woher denn? Ich bin allein, wie immer. Oder doch nicht? Ist da jemand? Die Mittdreißigerin erhöhte ihr Tempo, während ihre Gedankenwelt arbeitete. Irgendetwas war anders als sonst. Noch reichte das Licht der untergehenden Sonne aus. Sie wollte beim Auto sein, bevor es stockfinster wurde.

Jenny warf einen Blick nach hinten. Nichts. Sie war scheinbar allein. Warum fühlte sie sich beobachtet? Die dunklen Flecken auf ihrem Rücken und unter den Achseln wurden größer. Auch ihr Stirnband reichte nicht mehr aus, um den Schweiß gänzlich aufzunehmen. Erste Perlen der salzigen Körperflüssigkeit liefen über ihr Gesicht, tropften von der Nasenspitze herab und wurden schließlich von ihrem T-Shirt aufgesaugt.

Was war das? Jenny glaubte, ein Schnaufen gehört zu haben. Wieder drehte sich die Frau um, konnte aber erneut niemanden sehen. Ein unbequemes Gefühl quoll an. Es trieb sie voran. Unweigerlich. Es war das Gefühl, dass niemand gerne mochte. Angst.

Ein seitliches Rascheln im Gehölz ließ sie kurz zusammenzucken. Jenny war davon überzeugt, dass jemand hinter ihr lief, sie verfolgte. Angst.

Es war, als ob ein Augenpaar auf ihr haftete, sich förmlich an ihr festsaugte. Gänsehaut verteilte sich auf ihrem Körper. Erst bildete sie sich an den Armen, dann wurden die Beine erfasst und letztendlich kroch sie den Rücken hinauf, bis zu ihrem Genick. Die Nackenhaare

stellten sich auf. Die Angst wurde ihr Motor. Sie beschleunigte abermals ihren Lauf. Riskierte, dass sie ihren Takt verlor.
Knacks.
Das war ein brechender Zweig! Definitiv! Jenny war sich sicher, auf nichts getreten zu sein. Es war jemand da. Hinter ihr. Ganz sicher! Jenny machte sich Vorwürfe. Sie hätte so spät nicht mehr den Weg durch den kleinen Wald nehmen, sondern nur im Schlosspark laufen sollen. Dort wären sicher noch Spaziergänger unterwegs.
Knacks.
Wieder das Geräusch von knickenden oder brechenden Zweigen. Diesmal war sich Jenny mehr als sicher. Eine Täuschung war unmöglich. Jemand lief neben oder hinter ihr. Es passierte, was passieren musste. Ihr rhythmischer Atem geriet außer Takt, wurde heftiger und verlor schließlich die gewohnte Gleichmäßigkeit. Jennys Herz schlug schneller. Seitenstechen stellte sich ein. Vorbei war das Fliegen. Nichts von den leicht rückfedernden Tritten zu spüren. Im Gegenteil. Hart krachten ihre Sohlen auf die Erde. Jeder Laufschritt kostete Kraft. Wertvolle Kraft. Wo war die Leichtigkeit geblieben? Vertrieben von einer Unheimlichkeit? Machte die Freiheit des Laufens Platz für Furcht? Raus aus meinem Kopf – fiese Gedankenwelt. Tempo erhöhen, ruhig bleiben, explodierten die Gedanken in Jennys Kopf.
Schritte. Sie hörte schnelle Laufschritte, die sich näherten.
Verdammt, der Wald muss doch gleich zu Ende sein. Warum bin ich nur in den Wald gelaufen?, schoss es durch ihren Kopf. Die blanke Angst trieb Jenny voran. Nichts war mehr von ihrem ruhigen Laufstil erkennbar. Die Beine wurden schnell nach vorne geworfen, die Arme wie wild dazu hin und herbewegt.
Das routinierte Laufen verwandelte sich zur panischen Flucht.
Zu den fremden Schritten mischte sich schweres Atmen. Es näherte sich immer schneller. Sie konnte es deutlich hören.
„Nein", keuchte Jenny. „Nein, das darf nicht wahr sein. Ich bin schnell. Ich schaffe es!"
Es war der schlimmste Moment ihres Lebens, als sie Fingerspitzen an ihrer Schulter spürte. In nur wenigen Millisekunden wurde ihre Angst zu blankem Grauen. Sie hatte keine Kraft mehr in den Beinen. Eiseskälte überzog sie. „Ahhh", kreischte Jenny. Die fremde Hand glitt ab. Jenny rannte um ihr Leben, mobilisierte die letzten Reserven, verlor jegliches Gefühl im Körper. Nur nacktes Entsetzen sorgte dafür, dass sie sich noch vorwärts bewegte. Ihr Gesicht war zu einer Fratze

verzerrt. Wieder hörte sie das Schnaufen und die schnellen Laufschritte. Instinktiv spürte sie auch die Griffe zu ihrer Schulter, die scheinbar immer wieder ins Leere gingen. Hoffnung flammte auf.

Ich schaffe es, dachte sie, ich bin durchtrainiert! Jenny machte sich selbst Mut.

Dann spürte sie den festen Griff einer Hand an ihrer Schulter. Diesmal gab es kein Abrutschen mehr. Er ließ nicht mehr los. Verzweifelt schüttelte Jenny ihre Schultern nach links und rechts, doch sie war zu schwach. Eine zweite Hand schnellte nach vorn, packte ebenfalls zu. Sie stürzte.

„Bitte", presste Jenny im Fallen hervor, schlug unsanft auf dem Boden auf und überschlug sich zweimal, ehe sie auf dem Rücken zum liegen kam. Ihr Brustkorb bewegte sich rasend schnell auf und ab. Jenny rang nach Luft, wollte flehen, brachte jedoch kein Wort heraus. Der Versuch, sich noch einmal herumzudrehen und aufzuspringen, wurde bereits im Ansatz erdrückt. Der Mann war groß, kräftig und durchtrainiert. Er setzte sich auf ihren Oberkörper. Jenny fing an nach Luft zu ringen. Sie glaubte zu ersticken. Der schwere Körper des Mannes schnürte sie förmlich ein. Er merkte es und gab etwas nach. Kniete jetzt mit etwas Abstand über ihr. Gerade mal genug, dass sich Jennys Brustkorb durch das Atmen heben und senken konnte.

„Bitte, nein. Bitte nicht vergewaltigen", stammelte Jenny so verständlich, wie möglich hervor.

„Weißt du, wer ich bin?", fragte der Mann leise, fast flüsternd.

Jenny glaubte erst, nicht verstanden zu haben, was der Mann fragte, konnte dann die Worte dennoch deuten. Sie kannte die Stimme. Irgendwoher kannte sie die Stimme.

„Ich bin zurückgekehrt um Ordnung zu schaffen. Um mich endgültig zu befreien", flüsterte er erneut und griff an seinen Hosenbund.

„Du?", entfuhr es Jenny.

Er nickte und zog ein Messer heraus.

„Ich dachte, du bist tot?", waren ihre letzten Worte, dann stach er zu.

„Sehr geehrte Damen und Herren, der *ICE Roland* fährt in wenigen Minuten am Hauptbahnhof München ein ...", die monotone Stimme aus dem Lautsprecher langweilte Sören Falk. Er stand auf und packte seine Reisetasche, ohne von der Durchsage noch weiter Notiz zu nehmen. Sören zwängte sich an einer älteren Dame vorbei, die pausenlos auf ihren Begleiter einredete und ging zum Ausgang. Der Zug ruckelte leicht und blieb schließlich stehen. Mit einem leisen *Pflof* öffneten sich die Türen und Sören Falk stieg aus.

„Das war es mit dem Norden", sagte er zu sich selbst und betrat den Bahnsteig. Dem 30jährigen, athletisch gebauten Mann fiel auf, dass es für Juni sehr warm war. Zudem lag eine extreme Schwüle in der Luft. Falks strohblondes Haar war halblang, seine Augen stahlblau. Seine Mutter sagte immer, in seinen Augen würde sich die Nordsee widerspiegeln. Sören grinste, als er an seine Mutter dachte und ihr Gesicht vor sich sah. Er vermisste sie. Viel zu früh war sie von dieser Welt geschieden. Seinen Vater hatte Sören Falk nie kennen gelernt. Er fuhr zur See und das Meer holte den Matrosen für immer zu sich, als Sören noch ein Baby war. Seine Mutter blieb zeitlebens alleine.

„Blöde Gedanken. Zu viel Heimweh", murmelte er und sah sich um.

Der Geruch von gebrannten Mandeln, vermischt mit dem stinkenden Fett einer Pommesbude stieg in seine Nase. Sören stellte fest, dass es an jedem Bahnhof der Welt gleich schlecht roch. Zumindest an denen, die er kannte. Leute hasteten von einem Gleis zum nächsten. Viele junge Soldaten waren mit dem Zug mitgefahren. Jeder trug seine Reisetasche, gepackt für eine Woche Kasernenleben. Es war Sonntagabend. Sören vermutete, dass die Soldaten am Montagmorgen pünktlich zum Dienst erscheinen mussten. Antreten um 07.00 Uhr!

Das Wochenende war vorbei. Für ihn sollte es das letzte in Hamburg gewesen sein. Zumindest für eine lange Zeit. Lässig schulterte Sören die Reisetasche und ging zielstrebig zum Ausgang. Er war schon letzte Woche in München, hatte sich eine Wohnung gesucht und bei seiner neuen Dienststelle vorgestellt.

Er hatte es tatsächlich durchgezogen. Ein Neuanfang sollte sein Leben ändern. Sören musste raus aus Hamburg. Weg von den Kollegen, die ihn wegen seiner Homosexualität mobbten. Weg von den zahlreichen Erinnerungen, die nur alte Wunden aufrissen. Weg von einer treulosen Beziehung, deren Zukunft dornig aussah. Er wollte einfach weg von allem und neu beginnen. Er suchte ein Leben ohne Geheimnisse. Klare Verhältnisse! Das war es, was er hier schaffen wollte. Das Weglaufen vor sich selbst wurde für beendet erklärt.

Sören ging durch die Bahnhofshalle, stoppte an einem

Zeitungsstand und ließ sich eine Tageszeitung geben.
„Macht 80 Cent", sagte der Zeitungsverkäufer mit heißerer Stimme und hielt die Hand auf.
„Hier, bitte", sagte Sören und gab einen Euro. Die 20 Cent Wechselgeld steckte er lose in die Hosentasche und las die Schlagzeile:
Frauenmord gibt Rätsel auf - die Mordkommission, unter Leitung des Ersten Kriminalhauptkommissars Landers, hat die Ermittlungen aufgenommen.
Mein erster Fall, dachte sich Sören Falk. Er war bereits in Hamburg bei den Todesermittlern und auf eigenen Wunsch nach München zur Mordkommission versetzt worden. Landers war sein Chef. Er hatte ihn beim Vorstellungsgespräch kennen gelernt. „Sie haben ja in Hamburg reichlich Erfahrung gesammelt. Dann wird's hier in München gut klappen", hatte er zu ihm gesagt und dabei irgendwie bayerische Gemütlichkeit ausgestrahlt.

Morgen Vormittag war es soweit. Offizieller Dienstbeginn. Bisher hatte Sören lediglich die Dienststelle besichtigt und seinen Schreibtisch eingeräumt. Die neuen Kollegen hatte er noch nicht gesehen.

Der Leiter der Dienststelle, Kriminaldirektor Schnellwanger, hatte ihn dann den restlichen Vormittag über die Arbeitsweise in München aufgeklärt. Am Nachmittag bekam Sören seine Ausrüstung, wie Dienstwaffe und Handschellen ausgehändigt. Hinterher wurde er vom Systemadministrator in das PC-System der bayerischen Polizei eingewiesen und erhielt seine Benutzerkennung. „Dann können Sie am Montag volle Sahne loslegen", hatte man ihm gesagt.

Die anschließende Fahrt nach Hamburg sollte seine letzte sein. Sören hatte es Freunden versprochen, und er hielt, was er versprach. Immer. Er legte die Zeitung zusammen und schob sie in die hintere Tasche seiner eng anliegenden Jeans.

Der Polizist registrierte nun das geheime Leben des Bahnhofs. Egal in welcher Stadt man sich befand, der Bahnhof war und ist ein Magnet aller Gesellschaftsschichten. Ein Junkie bettelte gerade einen älteren Herrn an. Sören Falk sah, wie dieser verächtlich den Kopf schüttelte und weiterging. Den *Stinkefinger* des Junkies registrierte der ältere Mann gar nicht. Als Sören am Abgang zur U-Bahn vorbeiging, tuschelte eine Gruppe ausländischer Jugendlicher miteinander. Dicht gedrängt standen sie an der Treppe. Ein Päckchen verließ eine Hand und wurde gegen Geldscheine eingetauscht. Misstrauische Blicke trafen Sören, der sich nicht weiter um die Jugendgang kümmerte. Er verließ die Bahnhofshalle an einem Seitenausgang und hielt Ausschau nach einem Taxi. Nichts. Sören stellte fest, dass er den falschen Ausgang gewählt hatte und ging zurück in das Bahnhofsgebäude. Die Jugendgang war weg. Der Junkie folgte einem Mann in die Toilette. Sören durchquerte die Bahnhofshalle. Er musste die Seite wechseln und suchte den Ausgang zur Arnulfstraße. Dort standen Taxen. Das wusste er. „Ich werde Dich schon noch kennen lernen, München", sagte er lächelnd zu sich selbst. Eine Gruppe angetrunkener Fußballfans kam ihm entgegen. Der Polizist wich dem grölenden Mob aus und durchschritt den Bahnhof etwas schneller. Sören mochte die stickige Luft und die Ansammlung komischer Bahnhofsindividuen nicht. Sören erreichte den Ausgang und sah die Taxen. Die Fahrer saßen in den elfenbeinfarbigen Wagen oder standen rauchend daneben. Sie warteten auf Fahrgäste. Als Sören zielstrebig zum vordersten Taxi ging, bemerkte er, dass er durstig war. Ein kleines Brummen in seinem Magen gab schließlich den Auslöser. Er hatte Appetit bekommen und beschloss noch einen kleinen Imbiss zu kaufen. Sören ging an den Taxen vorbei. Zielstrebig steuerte auf das beleuchtete Schild eines Schnellrestaurants zu. Er öffnete die Tür und stieß mit einem jungen Mann zusammen, der etwas Kleingeld verloren hatte und gerade dabei war, die Münzen einzusammeln.

„Entschuldigung, ich habe Sie nicht gesehen", sagte Sören, dem die Situation peinlich war.

„Schon gut", kam die Antwort, „ich sollte ja auch nicht direkt am Eingang auf dem Boden herumkrabbeln und mein Kleingeld suchen."

Sören gefiel der Mann. Attraktiver Kerl, schoss durch seinen Kopf. Der Typ war jung und schlank. Höchstens zwanzig. Hatte lockige schwarze Haare, deren Spitzen die Schultern berührten. Ein italienischer Touch, aber der Dialekt hörte sich nordisch an.

„Wo kommst du her?", fragte Sören und ließ bewusst das „Sie" weg.

Der junge Mann stand auf, steckte sein Kleingeld ein und sah Sören an. Er war nicht ganz so groß wie der Polizist. Vielleicht einssiebzig. „Ich komme aus Holland. Amsterdam."

„Darf ich dich auf 'ne Cola einladen?", fragte Sören. „Wegen dem kleinen Missgeschick", setzte er erklärend nach, doch der dunkelhäutige Holländer lehnte dankend ab.

„Sorry, aber ich muss mir noch ein Hotel suchen." Kaum ausgesprochen, verließ er das Schnellrestaurant.

„Schade", sagte Sören leise vor sich hin und sah dem jungen

Mann nach. „Schlank, südländischer, sympathischer Typ. Netter holländischer Akzent. Der hätte mir so richtig gut gefallen."

„Sie wünschen bitte?"

Sören wurde aus seinen Gedanken gerissen. Verlegen sah er auf die beleuchtete Karte über dem Tresen. „Eine Cola-light und einen Hamburger", sagte er verlegen.

Die Servicekraft legte alles auf ein Tablett, kassierte, wünschte Sören einen guten Appetit und bediente den nächsten Kunden. Sören setzte sich an einen freien Fensterplatz. Er blickte hinaus und sah den Holländer. Er stand immer noch auf der Straße und hatte gerade ein paar Passanten angesprochen. Sören vermutete, dass er ein billiges Hotel suchte. Der Kerl sah aus wie ein Rucksacktourist, der nicht viel Geld besaß.

Der Holländer ging über die Straße und bog in eine dunkle Seitenstraße ein. Sören schluckte den letzten Bissen seines Hamburgers hinunter, trank seine Cola-light aus und verließ das Schnellrestaurant. Erst schlug er wieder den Weg zu dem Taxenstand ein, blieb aber nach einigen Schritten stehen und sah hinüber zu der dunkeln Seitenstraße. Er wusste nicht warum, aber Sören überquerte die Arnulfstraße und bog ebenfalls in die Seitenstraße ein.

„Hallo, wie wäre es mit einem schönen Abend?", fragte eine illegale Bahnhofsnutte, die aus einer Mauernische hervortrat, als Sören an ihr vorbeiging.

„Keinen Bock", antwortete Sören und beachtete die Nutte nicht weiter, die ihm noch „Du arrogantes Arschloch!" nachrief, bevor sie wieder im Schatten ihrer Nische verschwand.

Sören kam nach zwanzig Metern an eine weitere Seitenstraße, die wiederum zu einer stärker befahrenen Hauptstraße führte. Er blickte sich um und entdeckte am Ende der dunkleren Seitenstraße die Reklametafel eines Jugendhotels. „Dort wird er hin sein", sagte er zu sich und wollte schon zurückgehen, als er etwas hörte.

„Au, nein, Hilfe."

„Hau ihm noch eine in die Fresse!"

„Das war doch der Holländer", stieß Sören Falk aus und ließ seine Reisetasche fallen. Schnell rannte er nach vorn. Nur zwei Häuser weiter standen sie in einer Tiefgarageneinfahrt. Zwei Typen prügelten gerade auf jemanden ein, ein dritter sah zu und kramte in einer Tasche.

„Was soll das?", fragte Sören mit lauter, energischer Stimme.

„Hau ab, sonst kriegst du auch noch eine in die Schnauze", bekam er zur Antwort. Schon kam der Typ, der die Tasche durchsucht hatte, auf ihn zu und holte zum Schlag aus. Sören registrierte blitzschnell die Situation, wich dem Faustschlag durch einen seitlichen Ausfallschritt aus, packte den Angreifer am Kragen und zog das Knie hoch. Ein-, zwei-, dreimal wuchtete der Polizist dem Schläger das Knie in den Bauch, dann ließ er ihn los. Der Typ sackte zusammen und blieb gekrümmt am Boden liegen.

„Warte, du Drecksack!", hallte es Sören entgegen. Gleichzeitig rannten die beiden anderen Schläger auf ihn zu. Sören riss seinen rechten Fuß hoch und traf den vorderen Typen am Kinn. Volltreffer. Bewusstlos sackte der Angreifer zu Boden. Der zweite Kämpfer befand sich dicht hinter seinen Kumpanen. Als dieser durch Sörens Tritt umfiel, war der Kerl so überrascht, dass er fast regungslos dastand, als Sören seine Fäuste tanzen ließ. Der Schläger bekam zwei linke Ausleger und einen rechten Haken ins Gesicht, wobei der erste linke Ausleger bereits das Nasenbein brach.

Sören Falk war durchtrainiert. Er hatte nie eine Kampfschule besucht, aber einer seiner besten Freunde in Hamburg war Rene Dorner. Ein alt gedienter Seebär, Fremdenlegionär und Rausschmeißer in der Herbertstraße. Er hatte Sören früh gelehrt, wie er sich in den Straßen der Großstadt verhalten musste, um zu überleben.

„Ruhe da unten!", schimpfte jemand aus dem Fenster.

Die drei Halbstarken lagen jammernd auf dem Boden und krümmten sich vor Schmerzen. Sören sah nach dem Opfer. Es war tatsächlich der junge Holländer. Er lag blutend am Boden und hielt sich den Bauch.

Sören sah nach oben. Ein Mann sah aus dem Fenster. „Rufen Sie die Polizei und einen Krankenwagen, der Mann hier wurde überfallen", rief Sören zu dem Mann zu.

„Was sagen Sie da?", fragte der Anwohner nach.

Sören wiederholte: „Rufen Sie Polizei und einen Krankenwagen. Schnell!"

Das Fenster ging zu. Zwischenzeitlich war einer der drei Typen aufgestanden und wollte davonlaufen.

„Junge, wenn du nicht willst, dass ich dich windelweich prügle, setzt du dich wieder hin und bewegst deinen Arsch erst, wenn ich dir es erlaube", schrie ihn Sören an, worauf sich der Schläger wieder setzte. Zwei Minuten später schimmerte das Blaulicht eines Funkwagens durch die Straßen. Kurz darauf traf auch der Rettungswagen ein.

„Saubere Arbeit, Kollege …", verabschiedete sich der uniformierte Polizist von Sören, nachdem die drei Täter, gefesselt mit Handschellen, im VW-Bus saßen. „… und vergiss nicht deinen Bericht an uns zu schicken. Bis Ende der Woche hast du Zeit." Er stieg ein.

„Gefährliche Körperverletzung und Diebstahl, mehr wird nicht hängen bleiben", ergänzte Sörens Kollege und hielt ihm eine Karte hin.

„Ihr kriegt meinen Bericht so früh wie möglich", antworte Sören und steckte die Visitenkarte des Kollegen ein.

„So, ihr Freund ist soweit wieder fit. Sie sind gerade rechtzeitig gekommen", sagte ein Rettungssanitäter. Der Holländer stieg aus dem Sanitätswagen aus.

„Danke", sagte er.

„Ich heiße Sören Falk, und du?"

„Giovanni van Haaft, aber meine Freunde nennen mich Gianni."

Sören streckte dem Holländer die Hand entgegen.

„Gianni, du sagst bitte Sören zu mir. o.k.?"

„Sören, wenn du nicht gekommen wärst, weiß nicht, was noch passiert wäre."

Sören sah in Giannis Augen. Er stand auf den Typen. Oh, ja. Du siehst verdammt gut aus, dachte sich der Polizist.

„Mein Gott, meine Reisetasche", sagte Sören, „ich habe sie dort vorn stehen gelassen."

„Komm, wir gehen hin. Hoffentlich hat sie niemand mitgenommen", schlug Gianni vor.

Die Tasche stand noch da. „Es war zuviel Polizei da. Das vertreibt die Schurken", grinste Sören, dann sprach er aus, was er die ganze Zeit schon sagen wollte: „Du brauchst kein Hotel suchen. Wenn du willst, kannst du bei mir pennen. Meine Bude ist nicht groß, die Umzugskartons noch nicht ausgepackt, aber es wäre kostenlos."

Gianni sah Sören an. „Ist das dein Ernst?"

„Klar, warum nicht?"

„Ich … äh … gerne!"

Die beiden Männer schlenderten zum Bahnhof zurück und nahmen sich ein Taxi. Sören nannte die Adresse und beide genossen die Fahrt durchs nächtliche München. Es war nichts besonderes, aber Sören war zufrieden mit seinem neuen Domizil. Die Wohnung lag etwas weiter draußen, nahe am Stadtrand. Das Haus hatte nur acht Mietparteien und alles war übersichtlich. Unterwegs erzählte Gianni ein bisschen über sich. Er war Student. In den Semesterferien wollte er seine Sprachkenntnisse auffrischen und schaffte es per Anhalter bis zur Stiefelspitze Italiens. Jetzt, auf der Rückfahrt, wollte er noch für ein paar Tage in München bleiben, dann wieder in die Heimat reisen.

Sören zahlte das Taxi. Beide stiegen aus und trugen ihr Gepäck hoch. Gianni ging vor Sören. Prickelnd. Die erste Nacht vor dem Jobantritt und er war nicht allein.

Vergiss es, Sören. Der Junge sucht lediglich ein Bett zum pennen, schimpfte er mit sich selbst. Sören schloss die Tür auf und sie betraten die Wohnung. Als der Polizist die Tür von innen wieder schloss, spürte er Giannis Hände. Der Holländer mit italienischen Wurzeln umarmte ihn von hinten und lehnte seinen Kopf an Sörens breiten Rücken. Seine Finger streichelten unterdessen die Brust des Polizisten. Sören verharrte in dieser Stellung. Er genoss es, angemacht zu werden. Nach einiger Zeit fuhren Giannis Hände weiter nach unten. Er zog Sörens T-Shirt aus der Hose und die Finger glitten an der nackten Haut, wieder hoch zur Brust. Dort angelangt, spielten sie mit den Brustwarzen. Sören wurde erregt. Einerseits wollte er sich umdrehen und Gianni die Kleider vom Leib reißen, andererseits war er neugierig, was der hübsche Bursche noch vorhatte. Sören stützte sich mit beiden Händen an der Tür ab. Er spürte, wie Gianni sich an ihm rieb, konnte die Latte in Giannis Hose fühlen, die er immer wieder an Sörens Arsch drückte. Er zog von hinten Sörens T-Shirt aus und leckte den Schweiß vom Rücken des Polizisten. Dann endlich, öffnete er den Gürtel von Sörens Hose, zog den Knopf durch die Schlaufe und zog den Reißverschluss auf. Die Jeans rutschte zu Boden. Sörens Rohr hatte endlich Platz. Gianni streichelte über dem Slip den Schwanz des Polizisten.

„Ja", hauchte Sören. Er hielt es fast nicht mehr aus. Am liebsten würde er Gianni jetzt ficken. Sein Schwanz stand wie eine eins. Seine Eichel suchte den Weg aus dem Slip. Er konnte sich nicht von der Tür lösen, an der er immer noch lehnte. Gianni war so zärtlich, wie selten jemand zuvor.

Wenn er nicht bald anfängt, spritze ich noch in der Unterhose ab, dachte sich Sören und stöhnte mit jedem Zungenschlag, den er auf seinem Rücken spürte, mit jedem zärtlichen Streicheln der flinken Hände Giannis.

Dann endlich zog er Sörens Slip herunter. Gianni ging dazu auf die Knie und gab Sören einen Kuss auf die Arschbacke, während die Hände seinen Sack und seine Latte massierten. Durch sanften Druck zeigte Gianni an, dass sich Sören umdrehen sollte. Sören kam dem unausgesprochenem Wunsch nach. Jetzt war Giannis Kopf direkt vor Sörens prächtiger Latte. Erst ließ der rassige Holländer seine Zunge von der Sackspitze bis zur Eichel gleiten, dann nahm er Sörens Schwanz ganz in den Mund. Langsam bewegte er seinen Kopf vor und zurück, dabei streichelte er immer wieder Sörens Eier, bis sich dieser nicht mehr halten konnte.

„Ich komme, verdammt ich spritze ab", stöhnte er, dann spürte er den Samen hochschnellen, spürte das Pumpen in der Eichel, fühlte sich im siebten Himmel und spritzte Gianni die ganze Ladung ins Gesicht. Erst als Sörens Schwanz langsam schlaff wurde, stand Gianni auf.

„Das war zur Belohnung für meinen Retter. Und jetzt gehen wir erst mal duschen. Die Nacht ist noch lang", sagte er und umarmte Sören, dem noch nie im Leben einer so gut geblasen wurde, wie gerade eben von Gianni.

Ein helles Pfeifen beendete jäh Sörens tiefen Schlaf. Es dauerte einen Moment, bis er wusste, wo dieses Pfeifen herkam. Es war sein neuer Reisewecker, den er sich kurz vor seiner Abreise aus Hamburg noch am Bahnhof in einem Import-Export-Geschäft gekauft hatte. Es war eines dieser Billigprodukte, bei deren Produktion auf angenehme Wecktöne kein Wert gelegt wurde. Als Sören versuchte, den Wecker durch einen gezielten Schlag auf die „Aus"-Taste zum verstummen zu bringen, fühlte er einen Arm auf seinem. Vorsichtig zog er seinen Arm unter Giannis' heraus und schaltete den Wecker aus. Wie es Gianni gesagt hatte, wurde es eine lange und heiße Nacht. Sowohl, was die Temperatur in der kleinen Wohnung anbelangte, als auch der Liebesrausch, in den beide fielen und der erst in den frühen Morgenstunden mit der totalen Erschöpfung beider Männer ein Ende fand.

Durch die halb geschlossene Jalousie fiel ein schmaler Sonnenstrahl auf den Körper Giannis, der scheinbar noch immer im Tiefschlaf war. Sören bewunderte Giannis nackten Körper und er musste sich überwinden, ihn nicht zu berühren, obwohl schon wieder das Verlangen nach Sex in ihm hochstieg. Er stand auf und ging in das Badezimmer. Falk war zwar hart im nehmen, doch er hatte es nie geschafft, einer kalten Dusche in der Früh etwas Positives abzugewinnen. Heute jedoch musste es sein. Er wollte heute zum Dienstbeginn fit sein, um nicht gleich am Anfang einen schlechten Eindruck zu hinterlassen. Er stellte den Einhebelmischer der Dusche auf kalt und sprang mit Todesverachtung unter den scharfen Wasserstrahl, der ihn im ersten Moment an den Rand eines Herzinfarktes brachte. Nach kurzer Zeit jedoch hatte sich sein Körper daran gewöhnt und er genoss die Abkühlung.

Nachdem er sich angezogen hatte, sah er auf seine Armbanduhr und stellte fest, dass er noch Zeit für eine Tasse Kaffee hatte, bevor er los musste. Er ging in die Küche, um sich einen Instant-Kaffee zu machen. Der heiße Kaffee belebte seine Sinne. Ihm fiel der Mord an einer Frau wieder ein, den er gestern in der Schlagzeile der Zeitung gelesen hatte. Er nahm die Zeitung und las den ganzen Artikel. Sören Falk stieß schon nach dem Lesen der ersten Zeilen der reißerische und unsachliche Stil des Verfassers auf. Es handelte sich um den Polizeireporter Mirach, vor dem ihn schon in einem der ersten Gespräche Kriminaldirektor Schnellwanger warnte. Nachdem er den ganzen Artikel gelesen hatte, wusste er, warum. Mirach war wohl ein Reporter von der Sorte, der irgendwann einmal eine schlechte Erfahrung mit der Polizei gemacht hatte. Mirach ließ in diesem Artikel kein gutes Haar an den zuständigen Behörden, obwohl die Ermittlungen hierzu ja erst begonnen hatten.

Falk legte die Zeitung auf den Küchentisch. Er hatte gerade beschlossen, dem Schmierfinken das Handwerk zu legen. Irgendwann, zu gegebener Zeit, würde er es schaffen. Aber jetzt hatte er etwas weit wichtigeres zu tun. Das Jagdfieber hatte ihn wieder gepackt. In Hamburg war schon in Ermittlerkreisen bekannt, dass Falk mit nahezu unglaublicher Verbissenheit und Ausdauer unlösbar scheinende Fälle anging und diese zu lösen vermochte, wo andere, ‚normale', Kollegen mit ihrem Latein am Ende waren.

Manchmal verfluchte Falk seine Homosexualität, die der Grund für das Mobbing einiger früheren Kollegen ihm gegenüber war. Intoleranz, Angst und Unwissenheit Schwulen gegenüber ist nach Falks Meinung trotz der immer wieder beschworenen Liberalisierung des Geistes tief in der Gesellschaft verankert. Besonders bei der Polizei, wie er leidvoll erfahren musste.

Falk war in Hamburg wegen seiner Erfolge, die er bisweilen mit unkonventionellen Ermittlungsmethoden erreichte, bei den Vorgesetzten sehr beliebt und hatte die nötige Rückendeckung, um die benötigte Freiheit und alle zur Verfügung stehenden Mittel ausnutzen zu können, um erfolgreich zu sein. Hier in München musste er nun von vorne anfangen.

In seinen Gedanken versunken, hatte Falk die Zeit vergessen. Als er wieder auf seine Uhr sah, sprang er erschrocken auf. Dabei stieß er an den Tisch und die Tasse fiel zu Boden. Mit einem lauten Klirren zersprang sie in mehrere Scherben. Falk kümmerte sich nicht weiter darum, obwohl es zurzeit seine einzige Tasse war. Hastig zog er seine Schuhe und seine Sommerweste an. Er öffnete die Wohnungstür und wollte gerade das Treppenhaus betreten, als sein Blick ins Schlafzimmer fiel. Gianni lag noch immer bewegungslos im Bett und schlief. Falk wunderte sich, dass Gianni von dem Lärm der zerspringenden Tasse nicht wach geworden war. Er musste lächeln, als er daran dachte, dass diese enorme Weckresistenz nur einem Studenten innewohnen konnte.

Im Treppenhaus begegnete Falk der alten Hausmeisterin. „Guten Morgen Frau Fingerl!", begrüßte er sie.

Die Alte musterte ihn von oben bis unten. Als sie schließlich damit fertig war, murmelte sie etwas, was Falk als etwa „Gumoing" verstand. An die Sprache und an die Leute hier muss ich mich noch gewöhnen, dachte sich Falk, als er den Gehweg vor dem Haus betrat. Aber das würde er auch noch schaffen.

Falk setzte seine Sonnenbrille auf, die seine stahlblauen Augen vor der schon starken Sonnenstrahlung schützte. Er hatte Glück. Der Bus, den er benötigte, kam gleich. Er würde es rechtzeitig zur Dienststelle schaffen. Sören freute sich auf den ersten Tag in der Arbeit. Den ersten Tag im neuen Leben.

2.

Die Nacht war angenehm warm. Mediterranes Klima. Die drückende Hitze des Tages war nicht mehr zu spüren. Wenn er die Augen schloss, konnte er das Zirpen der Grillen hören. Ein Roller fuhr knatternd die Straße hoch und riss ihn aus seiner Gedankenwelt. Er liebte die Nacht. Sie war sein Freund, sein Begleiter. Wenn er in die Leuchtreklamen der Stadt abtauchte und den Geschmack der Straße suchte, der sein früheres Leben geprägt hatte, fühlte er sich zu Hause. Sie hatte ihn stark gemacht. Auf der Straße hatte er gelernt, wie man überlebt. Hier fand er Schutz und Anonymität. Wieder schloss er seine Augen. Gedanklich macht er eine Zeitreise. Es ging zurück. Er sah sich selbst vor sich. Saß in der Küche und las. Er hörte das unverkennbare Quietschen der Badezimmertür. Der Duft von billigem Parfüm verteilte sich in der kleinen Wohnung. Mutter kam aus dem Badezimmer. Sie lachte. „Was siehst du in die Bücher? Du bist doch sowieso dumm wie Bohnenstroh!" Ein Schwall von Alkohol und Nikotin schoss ihm entgegen, als sie sich über ihn beugte. Ihre riesigen Titten baumelten unter ihrem fast durchsichtigen Negligee hin und her.

„Geh ein bisschen raus. Ich bekomme noch einmal Besuch."

„Aber ich ...", fing er an, doch der Satz wurde mit einer Ohrfeige beendet.

„Willst du widersprechen?"

„Nein, Mami", weinte er, stand auf, packte sein Buch und verließ die Wohnung. Im Treppenhaus kam ihm Mutters Besuch entgegen. Ein schmieriger Typ mit Bierbauch und Hornbrille. Er kannte diese Art von Männern. Sie ließen Geld bei Mutter. Nachdem die Männer gegangen waren, durfte er in die Wohnung zurück. Es war ein Glückspiel. Manchmal lachte Mutter, manchmal weinte sie. Manchmal schlug sie ihn, manchmal küsste sie ihn. Er begann zu hassen.

Der Fahrer des Motorrollers hupte. „Idiot!", wurde gerufen.

Er öffnete wieder die Augen. Die Nacht war zu schön, um in dunkler Vergangenheit zu schwelgen. Das war damals. Er hatte sich befreit. Es ist vorbei. Endgültig! Kein Spazierengehen, wenn Mutter arbeitete. Keine betrunkenen Männer, die ihn aus dem Schlaf rissen, wenn sie spät in der Nacht kamen. Niemand würde ihn mehr schlagen. Niemand würde ihn je wieder hänseln. Er ballte die Fäuste. Das Hänseln machte ihn wütend. An seinen Knöcheln trat das Weiße hervor.

„Heute befreie ich mich!", nuschelte er. Das würde ihn zum Sieger machen. Langsam löste er die Fäuste und ging weiter. Tief sog er die Luft ein. Die Straße machte ihn zum Mann. Die Straße der Großstadt lehrte ihn zu überleben, machte ihn hart. Wie oft lag er in seinem eigenen Blut? Er wusste es nicht mehr. Es war auch egal. Nicht er, sondern seine Opfer waren an der Reihe. Sie sollten ihr Blut von der Straße lecken.

Gedankenversunken kam er an einem Biergarten vorbei. Ein schneller Blick auf die Uhr. Es war kurz vor 23.00 Uhr. Immer noch waren die meisten Tische besetzt. Die Gäste ließen sich von den mediterranen Temperaturen verwöhnen. Alle genossen das Wetter und schienen südländische Urlaubsgefühle auszuleben. Der Geruch von frisch geräuchertem Steckerlfisch kroch in seine Nase. Das klirrende Geräusch vom Zuprosten und Anstoßen mit den gläsernen Maßkrügen verriet die heitere Gelassenheit der Biergartenbesucher. Lachen und Wortfetzen drangen an seine Ohren.

„Bald werde ich wieder unter euch leben", sagte er leise vor sich hin und ging zu seinem Auto. Er wusste, dass er heute Nacht wieder töten musste. Seine innere Stimme in ihm hatte es befohlen. Er fühlte sich gut. Das nächste Blutopfer war fällig. Nur so konnte er die Vergangenheit endgültig auslöschen. Es musste schlimmer werden als das erste Mal. Alle sollten sie Angst vor ihm haben. Niemand würde ihn je wieder auslachen. Niemals wieder. Sie würden anfangen zu zittern und hoffen, dass er sie erlöst. Sie würden seine Leiden spüren. Das ist der Balsam, den seine Narben brauchen.

Es war die Zeit des Handelns. Er spürte es. Der Augenblick war perfekt. Seine Gefühlswelt bebte. Es war vergleichbar mit einem Vulkanausbruch, dessen glühende Lava nur darauf wartete, ausgespuckt zu werden, um eine Spur der Vernichtung zu hinterlassen. Er wusste, dass er das Gefühl nicht länger hinauszögern konnte, nicht länger hinauszögern durfte. Er musste sich endgültig befreien und seinen ganz persönlichen Frieden im Blut des Feindes finden. Sein Ziel war bekannt. Schon vor einigen Tagen hatte er es ausgesucht. Er freute sich schon auf das Wiedersehen. Und heute Nacht würde es stattfinden. Er holt sie zu sich. Alle, die damals dabei waren.

Michael Stahl und Rolf Faller fuhren Streife. Die beiden Zivilfahnder waren seit fast zehn Jahren ein Team. Im Lauf der Zeit, wurde aus der anfangs nur kollegialen Beziehung enge Freundschaft.

Der harte Dienst, aber auch ihre genialen Fahndungserfolge schweißten die Männer zusammen.

„Wieder mal 'ne tote Nacht", sagte Michael Stahl, den alle nur *Mike* nannten.

Es war kurz vor Mitternacht. Die Einsatzlage war ruhig. Extrem ruhig. Rolf, der am Steuer saß, nickte. „Noch 'ne Stunde und mir fallen die Augen zu. Ich habe heute Nachmittag einfach nicht pennen können."

Er lenkte den roten Audi in eine ruhige Seitenstraße und rollte dann in Schrittgeschwindigkeit an den am Straßenrand geparkten Pkw entlang. Das Villenviertel, wie sie den Bereich rund um das Schloss Nymphenburg nannten, war in letzter Zeit vermehrt das Ziel von Pkw-Aufbrechern geworden. Rolf und Mike wollten den Kerl unbedingt schnappen. Immer wieder ließen sie ihre Blicke an den Fahrzeugen vorbeischweifen, um endlich die ersehnte verdächtige Wahrnehmung machen zu können. Man konnte es nicht erklären, wonach sie Ausschau hielten. Sie entschieden oft aus dem Bauch, wen sie kontrollierten, wen sie observierten und wen sie gar nicht beachteten. Das war ihr Job. Und sie waren gut. Hart und Fair. Im Milieu wurden sie respektvoll *Twins* genannt.

„Dann gib Gummi und fahr aufs Revier", lachte Mike.

„Ich dreh die letzte Runde, dann lass ich mir von dir 'nen großen Kaffee spendieren", antwortete Rolf.

„In Ordnung, aber du holst ihn aus der Küche", konterte Mike und lachte dabei.

„Wieso? Wer sitzt denn auf der Wache? An wem muss ich vorbei?" Rolf ahnte, dass Mike etwas verheimlichte. Sein Partner zahlte nie freiwillig Kaffee.

„Ich glaube Jochen", prustete Mike heraus und fing an laut zu lachen.

„Um Gottes Willen. Jochen, die alte Labertasche. Bevor ich an dem vorbei bin, ist der Kaffee kalt. Ich hör schon wieder, wie er anfängt." Rolf fing nun an mit Fistelstimme zu sprechen. „Die Fahnder schon wieder. Na, nichts los auf der Straße, ihr sauft Kaffee und morgen kommen die ganzen Bürger zur Wache und zeigen tausende von Aufbrüchen an …", dann lachte auch Rolf lauthals los. Nach der Lachsalve fuchtelte Rolf an der Brusttasche seiner ärmellosen Jeansweste herum, zog eine Schachtel *Lucky Strike* heraus und bot Mike eine der Zigaretten an.

„Deine zweite gute Idee", sagte Mike und zog gleichzeitig ein Zippo-Feuerzeug heraus. Er gab erst Rolf Feuer, dann zündete er seine *Lucky* an. Beide sogen den Rauch tief in die Lungen und bliesen ihn seitlich zum Fenster hinaus in die warme Sommernacht. Im Radio liefen die ersten Takte von Deep Purples *Child in Time*.

„Cool", freute sich Mike, „das erste gute Lied seit zwei Stunden."

„Scheiße", entfuhr es Rolf. Er bremste ab. Der zivile Streifenwagen blieb stehen.

„Was hast du denn? Hast du einen Geist gesehen?", wollte Mike sofort wissen. Seine Linke fuhr instinktiv zum Verschluss des Sicherheitsgurts. Ein leichter Druck und Mike war nicht mehr angegurtet. Bereit, sofort aus dem Auto zu springen.

„So was ähnliches. Ich war der Meinung, dass ich im Rückspiegel gesehen habe, wie jemand von dem geparkten Golf weglief. Eine dunkle Gestalt. Muss ganz schwarz angezogen sein."

„Ich seh mal nach."

Ohne sich mit seinem Partner näher abzusprechen, stieg Mike aus und ging auf dem Gehweg zu der Stelle zurück, wo Rolf den Verdächtigen gesehen hatte. Rolf fuhr indessen weiter. Absprachen waren bei solchen Routinemaßnahmen der Polizisten nicht mehr nötig. Jeder kannte den Schritt des anderen im voraus. Sie waren eingespielt und hatten diese unkonventionelle Art von Kontrollen schon tausendmal durchgezogen.

Rolf fuhr einmal um den Häuserblock, stellte den Dienstwagen kurz vor der Einmündung ab. Dann stieg auch er aus und näherte sich von der anderen Seite dem besagten Golf. „Wenn ich mich nicht ganz getäuscht habe, sitzt der Arsch in der Falle", stieß er leise aus. Der Polizist warf die Zigarette weg, indem er sie mit dem Zeigefinger vom Daumen schnalzen ließ, und prüfte sein Funkgerät. Ein winziger roter Punkt verriet ihm, dass es funktionierte.

„Rolf von Mike", hörte er es blechern aus dem Gerät tönen, bevor er es einstecken konnte.

„Bitte", antwortete er kurz.

„Du kannst herkommen. Die Autos hier sind alle in Ordnung. Aber ich habe etwas Interessantes gefunden."

„Alles klar. Ich bin gleich bei dir."

Im Laufschritt eilte Rolf zu Mike.

„Was ist los?", fragte er hastig, als er bei Mike ankam.

„Pass mal auf. Du hast gesagt, hinter dem Golf ist jemand

vorgelaufen, oder?"

„Ja, und?"

„Sieh mal hier."

Mike deutete auf den Gehweg neben dem Golf.

„Was ist das?", fragte Rolf.

Mike leuchtete mit seiner Taschenlampe auf die Stelle des Gehwegs, die sein Partner ihm zeigte. Im Schein des Taschenlampenlichts sahen sie den halben Abdruck eines Turnschuhes. Das Profil mit dem Namenszug eines bekannten Sportartikelherstellers war deutlich erkennbar.

„Es hat nicht geregnet. Wo ist denn der Kerl reingelatscht? Doch nicht etwa in Scheiße?"

„Nein, hör mal mit dem Blödsinn auf und sieh genau hin. Ich will wissen, ob du das gleiche denkst wie ich?"

„Dieselbe Schuhmarke, die du bevorzugst?"

„Ja, schon, aber bleib mal ernst."

Rolf ging zu dem Abdruck. Das Lächeln, das er seit seinem letzten Scherz auf den Lippen hatte, wich Rolf dem Gesicht.

„Blut?", fragte er seinen Kollegen. „Ist das Blut?", wiederholte er die Frage und sah Mike an.

„Glaube ich auch. Ich habe auf der Straße und dem gegenüberliegenden Gehweg nachgesehen. Nichts mehr. Er muss die Turnschuhe ausgezogen haben. Komisch, oder?"

„Komm, vielleicht können wir feststellen, wo der Kerl hergekommen ist", schlug Rolf vor.

„Gut, wir sagen der Zentrale Bescheid. Vielleicht kommt der Hundeführer. Ist ja eh nichts los, heute Nacht."

Die Beamten setzten ihre Routinemeldung ab.

„Können Sie die verdächtige Wahrnehmung selbst erledigen? Der Hundeführer ist gerade nach Schwabing unterwegs. Vermissung einer älteren Dame."

„Kein Problem. Wir melden uns wieder, Ende", beendete Mike den Funkspruch.

„Typisch, oder?", moserte Rolf, „die ganze Nacht ist tote Hose in der Stadt, und wenn mir mal den vierbeinigen Kollegen brauchen, ist der auf der Suche nach 'ner aus dem Altenheim abgängigen Oma."

„Bleib mal ruhig, alter Knabe. Mit etwas Glück dauert die Aktion nicht so lange. Du weißt doch, dass die alten Leute sich meistens im eigenen Altenheim verlaufen."

„...und beim Zimmernachbarn im Bett gefunden werden", ergänzte Rolf Faller und lachte wieder dabei.

Die beiden Fahnder leuchteten mit den Lampen den vermutlichen Fluchtweg des Verdächtigen ab, fanden jedoch auf dem Gehweg keine weitere Blutspur mehr.

„Kann nicht sein", ärgerte sich Rolf. „Der Typ ist doch nicht mit einem Fallschirm gelandet. Wo kam der nur her?"

„Wenn auf Straße und Gehweg nichts ist, muss er über den Zaun gesprungen sein", brachte Mike vor und deutete auf den Zaun hinter ihnen.

„Bist ein cleveres Kerlchen. Kein Mensch außer dir wäre jetzt auf den Gedanken gekommen, dass er über den Zaun gesprungen sein muss."

„Arschloch!"

„Ich oder der Typ?"

„Blöde Frage, du natürlich", kam mit Grinsen die Antwort.

Die Freunde lachten kurz. Ihnen war es gelungen, trotz der harten und oftmals schockierenden Polizeiarbeit ihren Humor zu behalten. Ein Außenstehender würde es nicht begreifen, wenn sie gerade dann scherzten, wenn sie am meisten konzentriert waren. Aber es war nun mal so.

Die Zivilfahnder gingen zu dem Zaun. Erst leuchteten sie an ihm entlang, dann sahen sie in den Garten. Doch weder im Garten, noch beim darin befindlichen Einfamilienhaus konnten sie etwas Verdächtiges erkennen.

„Alles dunkel!", flüsterte Mike.

„Wollen wir rübersteigen oder gehen wir außen herum und klingeln?", wollte Rolf kurz wissen.

„Du willst doch jetzt nicht dort reingehen?"

„Natürlich. Oder hast du Angst, zwischenzeitlich etwas zu verpassen?"

„Haben die 'nen Hund?"

„Der hätte bei dem Kerl sicher schon gebellt."

„Gut. Lieber hier herumschnüffeln, als sich von Jochen zulabern zu lassen."

Der Zaun war aus Holzlatten gefertigt und knapp eineinhalb Meter hoch. Die Polizisten konnten ihn mühelos überwinden und landeten nach einem Sprung im Garten.

„So was würde mir auch gefallen, nur hätte ich mehr Pflanzen", sagte Mike, als er sah, wie groß das Grundstück war.

„Nicht schlecht. Wäre auch was für mich. Und mit den Pflanzen gebe ich dir recht. Unsere Frauen hätten bei der Größe schon den halben botanischen Garten verpflanzt", bestätigte Rolf.

Während am Zaun entlang immer wieder einzelne Bäume standen, sah man das nächste Grün erst wieder rund um die Terrasse des Anwesens.

Instinktiv zogen beide ihre Waffen. Schritt für Schritt näherten sie sich dem Haus. Immer wieder leuchteten die Beamten den Garten mit ihren Taschenlampen ab. Es war nichts Außergewöhnliches zu erkennen. Sie erreichten das Haus.

„Komm, gehen wir zur Terrasse. Vielleicht war es ein Einbruch", schlug Rolf vor.

„Ich wundere mich nur, dass so stinkreiche Leute keine Alarmanlage haben", antwortete sein Partner.

Nachdem sie das Haus von außen abgeleuchtet hatten, machten sie die Taschenlampen aus. Geduckt schlichen sie an der Hauswand entlang zur Terrasse. Die Terrassentür war halb geöffnet. Im fahlen Mondlicht konnten sie auf dem steinernen Boden der Terrasse weitere Abdrücke von Sportschuhen erkennen. Diesmal jedoch kräftiger.

„Ruf uns Unterstützung. Die Sache ist gefährlich. Könnte ein Gewaltdelikt dahinter stecken!" Rolf war nicht gerade ein ängstlicher Typ. Aber diese Sache kam ihn unheimlich vor.

Mike langte in seine ärmellose Jeansjacke und holte das Funkgerät hervor, drückte auf die Sprechtaste und rief die Zentrale:

„Zentrale für ZEG 17, bitte kommen."

„Zentrale."

Da Mike die Örtlichkeit vorher schon durchgegeben hatte, beschränkte er sich auf das Wesentliche.

„Wir brauchen nun doch Unterstützung. Auf der Terrasse des Anwesens befinden sich weitere Blutspuren. Die Tür steht offen. Wir müssen reingehen!"

„Warten Sie, ZEG 17. Ich schicke Ihnen Unterstützung."

„Verstanden. Ende."

Lange mussten die Freunde nicht warten. Innerhalb kürzester Zeit waren drei weitere Funkstreifenbesatzungen vor Ort. Während sich zwei Streifen im Garten verteilten und das Gebäude von außen absicherten, gingen Mike, Rolf und zwei weitere uniformierte Polizisten durch die offene Terrassentür ins Haus.

Rolf bekam Gänsehaut. Er spürte, wie sich seine Haare aufstellten und hatte ein ungutes Gefühl in der Magengegend. Und dieses Gefühl hatte ihn bisher noch nie getäuscht. Er rechnete mit dem Schlimmsten.

Vier Lichtkegel, ausgestrahlt von den Taschenlampen der Polizeibeamten, huschten auf der Suche nach einem Lichtschalter durch das Wohnzimmer der Villa.

Mike wurde fündig, hielt seinen Lichtstrahl auf den Schalter gerichtet, ging hin und legte den Lichtschalter um. Nichts passierte.

„Scheint Stromausfall zu sein", flüsterte er seinen Kollegen zu, gleichzeitig ließ er den Lichtkegel seiner Taschenlampe auf einer weiteren Blutspur ruhen. „Passt auf! Tretet nicht in die Spuren!"

Außer der Blutspur war in diesem Raum nichts Auffälliges festzustellen. Nichts war durchwühlt. Alles schien in Ordnung zu sein. Mike leuchtete am Fußboden entlang und entdeckte weitere Blutspuren. Sie führten zur Diele und von dort die Treppe hoch in den ersten Stock.

„Gut. Ihr beide sucht hier unten alles ab, Rolf und ich gehen nach oben."

Die angesprochenen uniformierten Polizisten nickten. Mike kannte die Kollegen nicht. Sie waren von einem anderen Revier zur Unterstützung gekommen. Er hätte sie sonst mit Namen angesprochen.

Die ZEG-Beamten gingen langsam die Treppe hoch. An Rolfs Stirn bildeten sich erste kleine Schweißperlen. Er ging voraus. Die Lichtkegel der Taschenlampen wanderten immer wieder vom Fußboden nach oben. Die Polizisten wichen gezielt den Fußabdrücken aus. Sie wollten keine Spuren vernichten.

In der linken Hand hielt Rolf die Taschenlampe, in der Rechten die entsicherte und schussbereite Dienstwaffe von Heckler & Koch. Es ist immer das gleiche Spiel, ging es durch Rolfs Kopf, entweder bist du noch dort oben, oder du bist schon weg.

„Vielleicht ist ja nur einer getürmt und es waren mehrere Einbrecher, die überrascht wurden." Auch Mike durchströmten die schlimmsten Gedanken, als er seinem Kollegen die Worte zuflüsterte.

Den Täter überrascht? Und was dann? Schießen? Er verwarf die Gedanken und konzentrierte sich auf den nächsten Schritt. Rolf spürte, wie er immer stärker zu schwitzen begann, was sich durch die dunklen Schweißränder unter seinen Achseln bemerkbar machte. Nervosität machte sich breit. Nach einer schier unendlichen Minute waren sie oben angelangt. Mike folgte mit seinem Lichtstrahl den Blutspuren, während Rolf die Türen der Räume anleuchtete. Er suchte nach einer geöffneten Tür.

Mike fand den Lichtschalter und betätigte ihn. Wieder passierte nichts. Dann leuchtete Mike an die Decke. Die Lampe war abgehängt und die Birne fehlte.

Das war es also. Der oder die Kerle haben die Birnen aus den Lampen herausgeschraubt, dachte er sich.

Mike ging zur ersten Tür neben dem Treppenaufgang. Er sah, dass sie lediglich angelehnt war und schubste sie auf. Die Waffe schützend und zielend vor sich haltend, leuchtete er mit seiner Taschenlampe das Zimmer ab. Der Raum war als Büro eingerichtet. Ein Schreibtisch stand vor dem Fenster. Links davon ein PC und daneben einige Regale mit Aktenordnern. Alles war ordentlich aufgeräumt. Am Bildschirm des Computers leuchtete die Lampe. „Stand by", dachte sich der Polizist. Das Taschenlampenlicht huschte über den Schreibtisch, erfasste ein Handy, einen Stapel Briefe, ein paar aufeinander gestapelte Bücher und ein Schreibset. Wieder schien nichts durchsucht worden zu sein. Es war keine Person im Büro, also drehte sich Mike um und leuchtete den Fußboden in der Diele ab. Dann schubste er Rolf an, der neben ihm stand.

„Sieh mal. Noch mehr Blut. Den Fußabdrücken nach muss er aus diesem Zimmer gekommen sein", flüsterte er seinem Partner zu.

Mike leuchtete die betreffende Tür an. Ihr gegenüber waren noch zwei weitere Türen, die ebenfalls verschlossen waren.

„Gut, wo fangen wir an?"

„Erst die beiden ohne Spur, damit wir sicher sind, dass auch wirklich niemand drinnen ist. Ich mach das schon. Sichere du diese hier!"

Sein Partner nickte.

Mike ging zur ersten Tür. Sie war in die Schlossfalle gezogen. Der Fahnder drückte den Türgriff nach unten und stieß die Tür mit Wucht auf. Gleichzeitig leuchtete er in den Raum, dabei immer die Pistole sichernd im Anschlag haltend. „Leer!", ließ er seinen Kollegen sofort wissen. Beim zweiten Raum handelte es sich um das Badezimmer, das ebenfalls in Ordnung war.

„Hier unten ist alles in Ordnung", riefen die Kollegen nach oben.

„Danke, verstanden!", antwortete Mike kurz.

„Dann gehts ans Eingemachte, Rolf. Das ist der letzte Raum."

Beide leuchteten nochmals auf die blutigen Fußspuren. „Was

immer uns da drinnen erwartet, ...", sagte Rolf und stieß die Tür auf, ohne den Satz zu beenden.

Beide Zivilfahnder leuchteten gleichzeitig in das Zimmer, ihre Schusswaffen wieder zur Eigensicherung im Anschlag. Immer bereit auch abdrücken zu müssen, sollte sich eine spontane Notfallsituation ergeben.

„Ach du liebe Scheiße!", entfuhr es Mike.

„Um Gottes Willen", war Rolfs Bemerkung, als sie erkannten, was sich im letzten Zimmer befand.

„Verständigt die Zentrale. Wir brauchen hier einen Leichenschauer! Fordert auch die Spurensicherung und den Kriminaldauerdienst an. Der Außendienstleiter soll ebenfalls kommen. Die Sache hier sieht aus, als ob es sich um ein Tötungsdelikt handelt", plärrte Rolf den Kollegen zu, die sich noch im Erdgeschoss befanden. Kaum hatte er ausgesprochen, hörte er den uniformierten Beamten schon mit der Zentrale telefonieren.

Mike stand immer noch mit offenem Mund neben seinem Kollegen. Erst als Rolf seinem Freund auf die Schulter klopfte, schien er wieder klar denken zu können. „Was haben die hier veranstaltet?", murmelte er Rolf zu.

Vor ihnen bot sich ein Bild der Grausamkeit. Sie befanden sich im Schlafzimmer der Villa. Ein nackter Mann saß gefesselt auf einem Stuhl. Sein Körper war blutüberströmt. Es befanden sich etliche Einschnitte an beiden Oberschenkeln und am Brustkorb. Vor der Leiche hatte sich eine große Blutlache gebildet.

„Kollegen!"

„Ja", kam die Antwort aus dem Erdgeschoss.

„Lasst eine Fahndung durchgeben. Wir suchen eine verdächtige Person, die Sportschuhe trägt, an denen Blut haftet. Eine bessere Beschreibung haben wir nicht. Macht es eilig!"

„Erledigen wir."

„Das sieht aus, wie eine Hinrichtung." Mike sah sich im Zimmer um. Er leuchtete hierzu das Schlafzimmer aus. Der Polizist ließ den Lichtkegel über die Wand auf das Bett scheinen. Alles sah ordentlich aus. „Moment!", da war doch was, durchfuhr es ihn. Mike kreiste mit dem Lichtstrahl umher, bis er fand, was ihm auffiel.

An der Wand hinter dem zu Tode gequälten Mann war mit Blut ein Wort hingeschmiert worden. Mike leuchtete es an. Bizarr glitt der Lichtschein der Taschenlampe über das Wort. Buchstabe für

Buchstabe wurde angeleuchtet.

Hurensohn

Der Polizist las es immer wieder. Er begriff es nicht, drehte sich um und ging hinaus. Rolf war schon vorgegangen und wartete im Flur.
„Was meinst du?"
„Das ist das dickste Ding, das uns jemals serviert wurde, Mike. Ich bin stinksauer, dass wir den Typen nicht erwischt haben."
„Ich meinte das Wort."
„Keine Ahnung. Vielleicht ein Racheakt. Komm mit raus, wir warten an der frischen Luft."
Vor der Tür sorgte Rolf dafür, dass niemand mehr das Haus betrat. Es sollten keine Spuren vernichtet werden. Auf der Terrasse warteten sie auf den Außendienstleiter, der die weiteren polizeilichen Maßnahmen einleitete.
„Da kommt er", stieß Rolf seinen Kollegen an, als er den Vorgesetzten kommen sah. Hauptkommissar Lechberg ging schnurstracks auf Mike und Rolf zu.
„Ich habe den Kriminaldauerdienst schon verständigt. Die Kollegen müssten in wenigen Minuten hier sein. Die Spurensicherung und die Mordkommission kommen auch. Wie sieht es innen aus?"
„Ich habe noch nie so ein Gemetzel gesehen", antwortete Rolf.
„Das muss ein Wahnsinniger gewesen sein."
Der Zivilpolizist schilderte dem Außendienstleiter die vorgefundene Situation. Dieser entschied auf die Kripo zu warten, um dann mit diesen gemeinsam den Tatort zu betreten.
Als der Hundeführer eintraf, wurde ihm die Blutspur auf dem Gehweg gezeigt. „Ich hoffe, Dinko findet etwas", sagte er knapp. Ein kurzes Kommando folgte und der Diensthund drückte seine Nase auf den Boden. Die Suche begann.

Zwischenzeitlich war das gesamte Anwesen mit Flatterleinen abgesperrt worden. Der große Polizeieinsatz blieb nicht unbemerkt. In der Nachbarschaft gingen einige Lichter an. Ein erstes Presseteam traf ein. Sie hörten den Polizeifunk ab, um schneller zu sein als die Konkurrenz. Zeitgleich mit dem Aufbau einer Filmkamera wurde der Absperrring vergrößert. Weitere Kräfte rollten zur Unterstützung an. Es durfte keine Spur vernichtet, kein Hinweis übersehen werden.

Akribische Kleinstarbeit war gefragt.

„Hat der Diensthund draußen eine Spur aufnehmen können?", fragte Mike nach einer kurzen Weile.

Der Außendienstleiter schüttelte den Kopf.

„Nein. Ich habe gerade über Funk einen Zwischenbericht erhalten. Der Fußabdruck ist alles, was wir haben. Der Täter muss den Schuh ausgezogen haben, bevor er weiterlief. Der Hund hat die Spur verloren."

„Mist!"

Der Killer stieg in sein Auto, warf seine Turnschuhe und den Rucksack in den Fußraum der Beifahrerseite, steckte den Schlüssel in das Zündschloss und lehnte sich zurück. Erst jetzt zog er seine schwarze Sturmhaube vom Gesicht.

„Das war knapp", flüsterte er vor sich hin.

Er hatte alles perfekt erledigt. Seine Tat lief nochmals vor seinen Augen ab. Wie im Film. Er saß im Kino auf dem Logenplatz. Der Projektor startete.

Sein Pkw parkte einige Querstraßen vom Zielobjekt entfernt. Zu Fuß ging er zum Haus des Auserwählten und stieg über den Zaun. Ruhiger Puls. Normaler Herzschlag. Die geöffnete Terrassentür sah er als Einladung an und fühlte sich in seiner Wahl bestätigt. Freude, aber keinerlei Aufregung! Der schmierige Typ hatte sich nicht verändert. Er saß noch im Büro. Unbemerkt näherte er sich. Er lächelte unter seiner Maske. Das Lächeln des Siegers. Ein Messer blitzte in seiner Faust. Er verpasste ihm den ersten Schnitt. Er sollte gleich merken, dass es kein Spiel war. Die Wange war kaum zerschnitten, da winselte er auch schon. Angst! Keine Gegenwehr – Memme!

Er ließ ihn sich nackt ausziehen und fesselte ihn mit Kabelbinder an den Bürosessel. Er selbst trug seine Sturmhaube. Der Moment des Erkennens sollte gut gewählt sein.

Er hatte gezittert und geweint. Wollte ihm Geld geben. Lächerlich. Was sollte er mit Geld. Er wollte seine Freiheit, seinen Frieden. Es reichte nicht offiziell aus dem Leben zu scheiden. Nein! Es hatte ihn eingeholt. Sie waren wieder da. Alles war wieder da. Es gab nur einen Weg, die Sache zu erledigen. Das Blutopfer der Schuldigen aus der Vergangenheit war gefordert.

„Wie lange war es her? Zehn Jahre? Zwölf Jahre? Oder doch länger?"

Egal. Er hatte nichts vergessen. Und es sollten noch mehr büßen. Alle würden sie geopfert werden. Alle, die damals dabei waren!

Bei Jenny war es anders als bei Mulli. Sie hatte Angst, er würde sie vergewaltigen. Er konnte sie diesbezüglich beruhigen. Er hatte anderes im Sinn. Keinen Sex. Aber das war für die Schlampe typisch. Ständig müssen diese Schlampen ans Vögeln denken.

Er war immer mehr in Wut geraten, als sie vor sich hin winselte, „Bitte nicht vergewaltigen. Bitte! Bitte!"

Der Killer fuhr sich mit der Hand übers Gesicht, wischte den Schweiß ab, der ihm in Strömen herablief. Der Anwalt hatte auf eine andere Art gewinselt. „Mein Flüstern hat ihn aufgeregt", stellte er nachträglich voller Zufriedenheit fest. Das Flüstern und das fahle Mondlicht, das durchs geöffnete Fenster hereinschimmerte, verwandelten das Schlafzimmer in einen Raum des Schreckens. Trotz des warmen Klimas hatte sich Gänsehaut auf dem Körper des Opfers ausgebreitet.

„Keine Angst", hatte er ihm zugeflüstert und gelacht, „ich habe eine Überraschung für dich. Du kennst mich."

Das Flüstern wurde immer unheimlicher.

„Wer sind Sie?"

„Du kennst mich gut. Sehr gut!"

„Nehmen Sie alles, was ich im Haus habe. Ich gehe nicht zur Polizei, nur lassen Sie mich in Ruhe."

„Ja, in Ruhe lassen. Das hättest du mich vor Jahren sollen. Du hättest mich in Ruhe lassen müssen! Alles wäre anders gekommen. Aber ich habe einen Weg gefunden, wie ich alles wieder gutmachen kann."

„Wie denn? Brauchen Sie mehr Geld? Ich kann welches auftreiben. Wie viel? Fünfzigtausend? Mehr? Brauchen Sie Arbeit? Kein Problem. Ich habe Beziehungen."

„Kein Geld, Mulli!"

Das gefesselte Opfer stutzte, dachte nach.

„Mulli? So hat mich seit Jahren keiner mehr genannt. Wer bist du?" Er verfiel vom Siezen auf das Duzen. Er musste den Eindringling kennen. Mulli sagten nicht viele Leute zu ihm. Der Spitzname stammt noch aus der Schüler- und Studentenzeit.

Der Killer lachte. Alles war perfekt. „Überraschung", sang er leise und perfektionierte damit die grausam gespenstische Szene.

„Wer bist du? Wieso weißt du, dass mein Spitzname früher *Mulli* war?"

Der Killer schwieg. Er kostete seinen Erfolg aus.

„Was soll das Ganze?"

„Verdammt! Ich will wissen, wer du bist!" Das Angstgefühl des Gefesselten verwandelte sich in Wut.

„So, du wirst neugierig. Dann will ich dir einen Tipp geben", flüsterte der Eindringling und stieß ein kurzes, heißeres Lachen aus.

„Wie viel Geld soll ich dir geben? Ich bin kein Millionär. Das Haus hat zuviel gekostet. Ich habe Schulden. Aber ich kann noch einen Kredit aufnehmen. 200.000 Euro sind kein Problem. Reicht das?"

„Ich möchte kein Geld. Ich habe andere Ziele."

„Was denn? Ich weiß nicht, was ich dir geben könnte?"

„Erinnere dich, Mulli! Erinnere dich an den Reim!"

Der gefesselte Anwalt dachte nach. Fieberhaft.

„Ich weiß nicht, was du meinst."

Der Killer beugte sich an das Ohr des Opfers und begann flüsternd einen Reim aufzusagen.

„Sie gehen hin,
geben Lohn,
tausend Väter – Hurensohn."

„Na, Mulli, erinnerst du dich?"

„Sie gehen hin,
geben Lohn,
tausend Väter – Hurensohn."

„Du?" Im Gehirn des Gefesselten ratterte es. „Nein, das kann nicht wahr sein. Du kannst es nicht sein. Du bist tot!"

Kaum hatte das Opfer den Satz ausgesprochen, verfiel der Killer restlos in Wut. Er stopfte dem Anwalt eine Socke in den Mund. „Schweig!", rief er dabei. Dann zog er sein scharfes Messer und ließ es regelrecht über den Körper seines Opfers tanzen. Schmerzschreie!

„Das reicht", sagte er schließlich, zog seine Sturmhaube ab und zeigte sein Gesicht.

„Du bist es wirklich", hauchte der Verblutende, in dessen Augen sich Todesangst spiegelte.

Seelenruhig tauchte der Killer seine behandschuhte Hand in das rote Nass, ging zur Wand und schrieb mit dem Blut seines Opfers ein Wort an die Wand.

Hurensohn

Jeder sollte es sehen. Jeder sollte es wissen, denn niemand würde ihn finden.

Er setzte sich auf das Bett und sah seinem Opfer beim Sterben zu. Mit jedem Tropfen Blut, der aus den Wunden rann, kam Gevatter Tod einen Schritt näher. Mit der Sense in der Hand, stand er unsichtbar neben dem Sterbenden. Die dunkle Kapuze über ein leeres Gesicht gezogen, sah ihn nur das Opfer. Der Killer glaubte die Anwesenheit des Todes zu spüren. Er kannte ihn. Er war schließlich sein Begleiter. Als die Gesichtsfarbe von Mulli aschfahl wurde, holte der Mörder aus dem Büro die Klamotten des Toten. Im Badezimmer stopfte er sie in den Wäschekorb. Die Idee, die Glühbirnen im ganzen Haus herauszuschrauben, war ihm spontan gekommen. Sollte das Opfer bei Nacht gefunden werden, könnte es den Horror-Effekt erhöhen. Bei Tag würden sie nachdenken. Sie würden einen Profiler hinzuziehen, der wieder eine von diesen unlogischen Theorien erstellen und am Ende doch falsch liegen würde. Ihn würden sie nie kriegen. Niemals!

Als er fertig war, verließ er das Haus wieder durch die Terrassentür. Er kletterte über den Zaun und bemerkte, dass er Blut am Schuh hatte. Auf der Straße befanden sich Flecke. Egal. Der Mörder bückte sich und zog beide Schuhe aus.

Aus den Augenwinkeln erkannte er ein langsam fahrendes Auto. Sah, dass zwei Personen darin saßen und vermutete instinktiv eine zivile Polizeistreife. Geduckt flüchtete er über die Straße. Stieg über einen Zaun, durchquerte zwei weitere Gärten und erreichte schließlich sein Auto. Jetzt fühlte er sich gut. Er startete den Motor und fuhr los. Obwohl er es genoss, während des Autofahrens Musik zu hören, ließ er das Radio aus. Er brauchte die Ruhe, um den Moment zu genießen. Vielleicht würde er morgen auch in den Biergarten gehen und Steckerlfisch essen. Alles war perfekt.

3.

Sören betrat das alte Gebäude und zeigte dem uniformierten Kollegen an der Pforte seinen nagelneuen Dienstausweis. Dieser nickte kurz mit dem Kopf und Sören ging in Richtung Aufzug. Im dritten Stock stieg er aus und ging den Flur entlang zu den Büros der Mordkommission. Das triste Grau wird durch die wenigen Pflanzen, die hier aufgestellt wurden, auch nicht vertrieben, dachte sich Sören und betrat sein Büro. Besser gesagt, das Büro seines Teams. Die Mordkommission arbeitete mit vier verschiedenen Teams. Sören gehörte dem MK 1 an, welches vom ersten Kriminalhauptkommissar Erich Landers geleitet wurde. Leer. Sören wunderte sich. „Sie haben doch gesagt, dass Montagmorgen um 7.30 Uhr Dienstbeginn ist", sagte er leise vor sich hin und sah sich um. An drei Schreibtischen waren die PCs angeschaltet. Sören ging zu den Stahlfächern, die in der Ecke des Büro standen und sperrte das Fach ohne Namensschild auf. Er nahm seine Waffe, brachte das Hüftholster am Gürtel an und steckte die 9mm Automatikpistole hinein. Dann ging er zu seinem Schreibtisch und schaltete den PC an. Ein Blick auf die Uhr. „7.45 Uhr! Wollen die mich hier verarschen, oder was ist los?", fragte sich der Neuling in München. Sören lehnte sich zurück und dachte an Gianni. Seine Gedanken kreisten immer wieder um die ersten Minuten in der neuen Wohnung und Giannis schnelle Zunge. Sören spürte, wie sich Blut in sein bestes Stück pumpte. Mit einem Lächeln auf den Lippen stellte der Ex-Hamburger fest, dass sich der Bildschirm aufgebaut hatte. Sörens Hand ging zur Maus, statt an die Hose. Die Professionalität siegte über die Geilheit. Schnell klickte er sich zur Einsatzzentrale durch und studierte die laufenden Einsätze in der bayrischen Millionenmetropole. Beim der Einsatznummer 27 blieb Sören hängen. Er las das von der Notrufannahme vergebene Schlagwort: *Tötungsdelikt!* Sören klickte den Einsatz an und las die Maske. Im gleichen Moment ging die Tür auf und Landers, sowie zwei Männer und eine Frau, betraten das Büro.

„Guten Morgen, Herr Falk", begrüßte ihn Landers, „Sie bringen ja richtig viel Arbeit mit."

Sören stand auf und reichte Landers die Hand. „Moin, moin", sagte er gewohnheitsbedingt, „bin ich zu spät?"

Landers sah Sören an. Die Kollegen lachten. Sofort war ihm klar, dass hier ‚Moin, moin' etwas befremdlich klang.

„Nein, das heißt, wir wurden heute Nacht alarmiert. Das MK 1 hat Bereitschaftsdienst. Ich habe erst gar nicht versucht, Sie zu erreichen. Ich wusste nicht, ob Sie schon in München sind, oder erst aus Hamburg anreisen. Außerdem haben Sie sich noch nicht in der Alarmliste eingetragen. Am besten, Sie tauschen gleich mit ihren neuen Kollegen die Handynummern aus."

„Ich bin Sören Falk", sagte Sören und gab zuerst der Kollegin, dann nacheinander den beiden neuen Kollegen die Hand.

„Ich bin Anna Demmler, aber wir duzen uns eigentlich alle. Also sag einfach Anna zu mir."

„Gern", antwortete Sören und betrachtete Anna. Sie war ungefähr in seinem Alter. Sehr hübsch und sportlich. Anna trug eine enge, figurbetonte Jeans, Turnschuhe und ein T-Shirt, unter dem sich ihre Brustwarzen abzeichneten.

„Günther Habermeier", stellte der nächste Kollege vor. Günther war Mitte vierzig, hatte eine Halbglatze und einen Bierbauch. Er war auf Anhieb ein Sympathieträger und ein Typ, mit dem man jederzeit auf ein Bierchen gehen würde.

„Karl-Heinz Rasch, oder Kalli, wie alle sagen", stellte sich der dritte Kollege vor. Ihn schätzte Sören auf Ende dreißig. Kalli war sportlicher als Günther und wirkte etwas ernster. Aber auch er war sympathisch. Zumindest empfand Sören keine Abneigung. Den Rest würde sowieso die Zeit an den Tag legen.

„Erich, du musst auch nicht so förmlich bleiben. Sören gehört ab heute zu unserem Team, da kannst du dir doch das blöde Siezen sparen", sagte Günther zu Landers und klopfte ihm dabei auf die Schulter.

„Günther hat recht. Sören, ich bin Erich."

„Apropos Günther hat recht", sagte dieser sofort darauf, „hast du dir schon was bezüglich deines Einstandes überlegt?" Der Polizist sah Sören an und grinste.

„Einstand? Nee, eigentlich habe ich darüber noch gar nicht nachgedacht."

„Wie wäre es mit etwas typisch bayrischem?"

„Günther, Sören hat sich noch nicht einmal alle unsere Namen eingeprägt, da kommst du Freibiergesicht schon wieder mit Einstand daher", schimpfte Anna.

Jetzt grinste Sören, dem Günthers Art gefiel. „Danke Anna, das ist schon in Ordnung. Selbstverständlich zahle ich Einstand. Was ist denn so üblich?"

Gleichzeitig kamen drei Vorschläge. Anna rief: „Kaffee und Kuchen!" Günther sagte: „Für jeden eine Maß Bier im Biergarten."

Kallis Vorschlag war: „Ein Weißwurstfrühstück!"

„Langsam, langsam", mischte sich Erich Landers ein, „über Sörens Einstand soll er in Ruhe selbst entscheiden, aber später. Jetzt möchte ich alle im kleinen Besprechungsraum sehen. Wir haben den zweiten Mord innerhalb kurzer Zeit auf den Schreibtisch bekommen und wir müssen etwas tun!"

„Erich, ich rauche noch schnell eine. Ist das in Ordnung?", fragte Günther.

Landers nickte. „Ich setze Kaffee auf und bring die Kanne rüber. Nehmt euch Tassen mit."

„Komm mit, Sören", sagte Anna und zog den blonden Hamburger zur Seite. „Du findest dort drüben im Regal, rechtes Fach, Kaffee, Zucker, Tee und Kondensmilch. Linkes Fach Tassen und Teller."

Während Sören von Anna ein bisschen eingewiesen wurde, brühte Landers frischen Kaffee. Der Duft verbreitete sich im Büro und Sören freute sich auf eine Tasse mit kräftigem Kaffee. Zehn Minuten später saßen alle im kleinen Besprechungsraum. Landers öffnete eine Akte und zog ein paar Papiere heraus.

„Bevor wir den aktuellen Fall angehen, möchte ich wissen, wie weit wir mit dem Fall von Jenny Winter sind."

Das Telefon im Besprechungsraum klingelte. Landers griff zum Hörer. „Landers", sagte er kurz. Es folgten zweimal ein Nicken und schließlich ein „Ja", dann legte Sörens Vorgesetzter auf.

„Der Chef kommt kurz vorbei."

„Was will denn Kriminaldirektor Schnellwanger in aller Früh schon wieder von uns?", moserte Kalli.

„Abwarten. Er wirds schon sagen", meinte Erich Landers.

Kurz drauf betrat KD (Kriminaldirektor) Schnellwanger den kleinen Besprechungsraum. „Guten Morgen", begrüßte er die kleine Runde.

Alle grüßten zurück.

„Herr Falk, Sie hatten ja einen imposanten Anfang in München."

Sören sah den Dienststellenleiter der Mordkommission fragend an. „Ich weiß nicht, wie Sie das meinen."

„Gestern am Bahnhof. Drei Burschen schlugen einen Touristen nieder und unser neuer Kollege aus Hamburg schritt ein. Er hat allen dreien gezeigt, wie die bayrische Polizei arbeitet, obwohl er aus Hamburg ist."

Schnellwanger lachte als einziger über seinen misslungenen Witz. „Jedenfalls war Ihr Einschreiten lobenswert. Sagen Sie mal, Herr Falk, Sie haben alle drei ziemlich krankenhausreif geschlagen. Sind Sie Kampfsportler?"

Alle Augen blickten auf Sören, dem die Situation eher unangenehm war. „Nein, eigentlich nicht. Ich habe früher nur mal intensiver trainiert. Das ist alles."

Schnellwanger nickte zufrieden. „Jedenfalls hatten zwei von den Kameraden noch Haftbefehle offen. Jetzt kurieren sie sich in Stadelheim, so heißt unsere Justizvollzugsanstalt, aus", erklärte er Sören. „Sie möchten doch bitte gleich ihren Bericht erstellen und sofort dem Sachbearbeiter, KHK Döllinger, zukommen lassen."

„In Ordnung", antwortete Sören.

„Bitte machen Sie weiter, Herr Landers. Ich höre ein wenig zu."

Während sich der ranghohe Polizeichef zurücklehnte, nahm Landers wieder die Papiere zur Hand.

„Also, Mordfall Jenny Winter. Wer geht zur Rechtsmedizin?"

„Ich war erst letztes Mal", hob Günther Habermeier die Hände.

„Ich weiß, dass ich an der Reihe bin", sagte Anna und wendete sich sofort Sören zu. „Du kannst ja mitkommen. Dann lernst du gleich unseren Pathologen kennen."

„Ich mag zwar auch keine Obduktionen, aber ich begleite dich gern."

„Dann ist das geklärt. Was hat die Befragung der Angehörigen gebracht?"

Kalli meldete sich. „Jenny Winter war äußerst beliebt und hatte keine Feinde. Beruflich war sie erfolgreich, privat seit zwei Jahren liiert, aber nicht verheiratet. Ihr Freund befindet sich seit einer Woche auf einer Geschäftsreise in Hongkong. Er kommt übermorgen zurück."

„Die Spurensicherung hat nichts gefunden", ergänzte Günther seinen Kollegen.

„Wir haben also nichts. Das ist wenig. Warten wir die Obduktion der Leiche ab, dann sehen wir weiter", sagte Landers. Er schob die Akte beiseite und öffnete die zweite Akte. „Mordfall Rechtsanwalt Dr. Michael Alois Müller."

„Ich habe selten so etwas Grausames gesehen", war Kallis erster Kommentar.

„Wenn ich daran denke, was der Kerl mitgemacht hat, wird mir schlecht", entfuhr es Anna.

„Was ist denn passiert?", fragte Sören neugierig nach.

„Der Rechtsanwalt saß nackt und gefesselt auf einem Stuhl. Mit Messerschnitten wurde er gequält. An die Wand schrieb der Mörder mit dem Blut des Opfers ganz groß das Wort: ‚Hurensohn'."

„Spuren?"

„Die Kollegen sind immer noch im Haus. Alles ist abgesperrt. Die Routinearbeit beginnt. Ach, Anna. Die Leiche des Anwalts müsste auch in Kürze unters Messer kommen. Mach doch bitte Dr. Sammer schöne Augen. Nach der Joggerin soll er sich gleich den Anwalt vornehmen."

„In Ordnung, Erich."

„Kalli und Günther, wenn die Spurensicherung durch ist, wir werden angerufen, geht ihr zum Tatort und seht euch um. Ihr wisst schon. Angehörige, Papiere, Auffälligkeiten usw. Wir treffen uns heute Nachmittag, sagen wir mal um 15.00 Uhr, wieder hier."

Sören ging den anderen ins Büro nach. Anna kam zu ihm. Mit ihren rehbraunen Augen sah sie Sören an. „Schreib deinen Heldenbericht, dann fahren wir los", sagte sie.

„Der Chef hat gesagt, ich soll ihn zu Händen von KHK Döllinger schreiben."

„Ganz einfach, Sören. Das wird bei euch in Hamburg auch nicht anders sein. Schreib einfach das Aktenzeichen, den Sachbearbeiter oder das Kommissariat auf den Bericht. Wenn du fertig bist, legst du ihn in den Auslauf zu Erich. Der sieht ihn kurz durch und leitet ihn weiter. Du kannst nichts falsch machen."

„Stimmt", lächelte Sören und fing an zu schreiben.

Eine Stunde später betraten Sören und Anna das Institut für Rechtsmedizin in München. Der Eingang erinnerte Sören eher an ein Krankenhaus, doch die Atmosphäre war düsterer. Die Luft roch steril. Überall an den Wänden waren kalte Fliesen. Ein Pförtner winkte beide durch, nachdem Anna ihren Dienstausweis vorgezeigt hatte. Sie öffnete eine gläserne Zwischentür. Sören las den Wegweiser an der Wand. Zur Pathologie ging es in den Keller. Anna ging voraus. Im Kellergeschoß betrat sie einen weiteren Flur. Der strenge Geruch nahm zu, war aber noch nicht im Bereich des Unangenehmen.

„Hier können wir uns einen Kittel und einen Nasenschutz holen", sagte Anna und öffnete die Tür zu einer kleinen Kammer. Anna nahm zwei grüne Kittel, die es scheinbar nur in Einheitsgröße gab, aus einem

Schrank und gab einen an Sören weiter. Beide streiften sich die Krankenhausbekleidung über.

„Mund- und Nasenschutz?", fragte sie, nachdem sie angezogen war.

„Die Leichen sind doch frisch, oder?", erkundigte sich Sören sicherheitshalber.

Anna lachte laut. „Ha, ha. Unsere schon, aber du weißt ja nicht, was auf dem Nachbartisch liegt."

Sören verzog das Gesicht. Ein bisschen Ekel überkam ihn, als er an den üblen Verwesungsgeruch dachte, der von den Leichen ausging und sich explosionsartig verteilte, wenn die Leichensäcke geöffnet wurden.

„Ich glaube, ich nehme gerne eine."

„Ich steck mir auch eine ein. Nur zur Sicherheit", sagte Anna und nahm noch zwei Mundtücher aus dem Schrank. Zwei Zimmer weiter klopfte sie an eine Tür. Sören las das Türschild. ‚Pathologie'.

Ein älterer Mann öffnete. „Die Mordkommission, bitte treten Sie ein", begrüßte er beide, „Frau Demmler, Sie sind hübsch, wie immer."

„Dr. Sammer, Sie Charmeur", lachte Anna.

Sören registrierte, dass sich beide kannten. Ihm war klar, dass der kleine Flirt am Rande lediglich eine Überspielung des leider allzu ersten Alltags war. Jedem der anwesenden Personen war klar, dass es hier um Mord ging. Jeder wusste, dass unbeschreibliches Leid geschehen ist und dass der oder die Täter gefasst werden müssen.

„Das ist mein Kollege, Herr Falk", stellte Anna Sören vor.

„Guten Tag, Herr Doktor", sagte Sören verlegen. Er war aus den Gedanken gerissen worden.

„Oh, Sie sind nicht von hier. Es hört sich nordisch an."

„Hamburg."

„Schöne Stadt. Ich war erst …"

„Dr. Sammer, wir haben zwei Leichen. Bitte könnten Sie anfangen?", unterbrach Anna und drängte den Pathologen zur Arbeit. Der durchgehend gefliese Sezierraum war kalt. Teils spiegelte sich das Licht der Neonröhren in den blanken Kacheln. Die Toten lagen auf silbern glänzenden Metalltischen, und waren lediglich mit weißen Leinentüchern bedeckt.

„Natürlich, Frau Demmler. Beginnen wir mit der Frau. Hier habe ich den Bericht schon fertig, wir können Sie uns gemeinsam noch einmal ansehen."

„Sie wissen doch, dass wir das sowieso müssen", sagte Anna. Sören merkte, dass seine Kollegin leicht genervt war. Dr. Sammer erinnerte Sören irgendwie an Quincy, den Fernsehpathologen einer amerikanischen Fernsehserie. Er sah ihm ziemlich ähnlich. Lediglich war Dr. Sammer etwas dicker und trug eine Brille. Aber die grauen Haare, die Gestik und Mimik stimmten überein. Vielleicht ist Quincy sein großes Vorbild, dachte sich Sören und war sichtlich betroffen, als das Leichentuch von Jenny Winter weggezogen wurde. Ein Augenlid war geschlossen, das andere halb geöffnet. Es schien, als schiele Jenny hindurch. Sören fühlte sich angestarrt. Blickte auf die leicht lilawächsern schimmernde Haut und wanderte über den nackten Körper der Toten. Während er die Einstiche ansah, hörte er den Ausführungen des Pathologen zu.

„Die Livores sind nicht wegdrückbar", fing Dr. Sammer an. „Rigor mortis ist bereits am ganzen Körper vorhanden."

Anna sah Sörens fragenden Blick. „Livores sind Totenflecke, Rigor mortis die Totenstarre", flüsterte sie ihrem Kollegen leise zu, ohne den Pathologen zu unterbrechen.

„Der Mörder hat sie von hinten gestoßen. Vermutlich ist er beim Joggen hinter ihr gelaufen. Hier an der linken Schulter ist ein leichtes Hämatom zu sehen, ebenso am rechten Oberarm und Oberschenkel. Ich gehe davon aus, dass sie links gestoßen wurde und nach rechts fiel. Der Mörder stach mit einem Messer zu. Zweischneidig, was Sie hier an den Einstichstellen gut sehen können." Dr. Sammer griff an die Leiche und zog mit beiden Händen eine Einstichstelle so auseinander, dass man die spitzen Schneidewinkel gut sehen konnte. Anna wendete sich ab.

„Er stach viermal zu, wobei der tödliche Stich mitten in die Leber traf. Die Frau hatte keine Chance, selbst wenn ein Notarzt in wenigen Minuten vor Ort gewesen wäre, hätte dieser das Verbluten nicht verhindern können. Die Klingenbreite der Tatwaffe beträgt an der breitesten Stelle drei Zentimeter. Die Klingenlänge beträgt aufgrund der Einstichtiefe mindestens 20 Zentimeter."

Sören überkam ein Wutgefühl. Er wollte den Kerl kriegen. Das Opfer war hübsch. Sie wurde weder sexuell missbraucht noch fehlte ihr etwas, also auch kein Raubmord. Welches Motiv konnte der Täter gehabt haben? Was treibt einen Menschen zu so einer Tat? Sören ballte seine Hände zu Fäusten. Er versetzte sich in die Lage des Opfers. Welche Angst musste die Frau verspürt haben?

„Wurde sie gequält?", rutschte es Sören heraus.

Dr. Sammer verstummte und starrte den Polizisten an. „Wie meinen Sie das?"

„Können Sie sagen, welcher Stich zuerst zugefügt wurde?"

Der Pathologe nahm seine Brille ab. Nichts von der anfänglichen guten Laune war mehr zu spüren. „Sie wollen wissen, ob das Opfer leiden musste? Ob eventuell Stiche post mortem zugefügt wurden?"

„Ja."

Dr. Sammer schnaufte tief ein und wieder aus. Sein Brustkorb hob und senkte sich. Das sekundenlange Schweigen des Rechtsmediziners beantworte Sörens Frage. Die Erklärung von Dr. Sammer hätte nicht mehr ausgesprochen werden müssen. „Ja, Herr ... äh.."

„Falk", half Anna.

„Herr Falk. Wenn Sie es genau wissen wollen, muss ich sagen, dass das Opfer große Schmerzen hatte. Die ersten drei Stiche taten weh. Fürchterlich weh. Allesamt wurden ante mortem ausgeführt."

„Als das Opfer noch lebte", brachte sich Anna ein.

Der Arzt nickte. „Erst der Stich in die Leber war für sie eine Erlösung. Ich kann den Zeitraum der Leidenszeit nicht genau benennen, aber wenn Sie unheimliche Schmerzen verspüren, sind zwei oder vier Minuten eine sehr lange Zeit."

Sören nickte.

„Wenn wir schon beim Thema sind, kommen Sie bitte zur zweiten Leiche."

Sie wechselten den Obduktionstisch und standen vor der Leiche des Rechtsanwalts. Dr. Sammer griff an das Leichentuch und zog es mit einem Ruck auf die Seite. Anna hatte die Leiche schon am Tatort gesehen, doch jetzt, bei grellem Scheinwerferlicht, wirkten die Stiche und Schnitte noch unheimlicher. Das Blut, welches am Tatort noch an der Leiche haftete, war abgewaschen. Der geschundene Körper offenbarte die ganze Folter. „Tut mir leid, ich muss mal kurz raus", sagte Anna und würgte.

„Oh mein Gott", stieß Sören aus. Er hatte schon vieles im Leben gesehen, doch die Leiche, die vor ihm lag, war mit Abstand das schrecklichste Bild, das Sören jemals sah.

„Auch hier wurde das Opfer grausam gequält. Allerdings extrem lange. Und der tödliche Stich ..."

„Mit einer drei Zentimeter dicken, zweischneidigen Klinge in die Leber", beendete Sören den Satz des Pathologen.

Dr. Sammer sah wieder in Sörens Augen. „Sie haben etwas an sich, dass ich sehr schätze, junger Mann. Ich sehe in Ihren Augen Feuer. Das Feuer des Jägers. Sie glühen und sind doch eiskalt. Ich bin froh, dass wir beide auf der gleichen Seite stehen."

Anna kam zurück. Sie hatte jetzt wieder eine gesündere Gesichtsfarbe als beim Verlassen des Sezierraumes.

„Ihr Kollege hat es bereits erkannt, Frau Demmler. Es hat den Anschein, dass beide Opfer von ein und demselben Täter ermordet wurden. Zumindest mit einer identischen Waffe. Bevor Sie vorhin kamen, habe ich die Wunden vermessen. Sie gleichen sich!"

„Das heißt, wir suchen einen Mörder!", presste Anna heraus.

„Ich würde mir wünschen, Sie finden ihn schnell", meinte Dr. Sammer und blickte immer noch tief in Sörens Augen. „Denken Sie an meine Worte, Herr Falk. Das Feuer des Jägers. Sie glühen und sind eiskalt. Ich habe noch nie so etwas bemerkt. Nicht in den letzten 28 Jahren, seit ich hier arbeite."

Anna sah Sören verblüfft an. „Dann komm mal wieder mit ins Büro, Feuerjäger."

„Kaum ausgekotzt, schon wieder 'ne kesse Lippe", entgegnete Sören. Anna blieb stehen. Dr. Sammer lachte. Der ernste Blick des Rechtsmediziners war verschwunden.

„Ganz schön frech", sagte Anna.

„Tja, Frau Demmler, die Hamburger sind wohl nicht so wortkarge Sturschädel wie die Bayern. Mit ihrem neuen Kollegen dürfte jetzt Stimmung im Büro aufkommen", prustete der Pathologe hervor.

Anna grinste. Ihr gefiel Sören. Gut sogar. Sehr gut. Sie gaben die Kittel und Mundschutzmasken ab.

„Den kompletten Bericht lasse ich schnellstmöglich zu Ihnen rüberbringen", verabschiedete sich Dr. Sammer.

Beim Verlassen des Instituts für Rechtsmedizin betrachtete Anna ihren neuen Kollegen genauer. Sören sah wirklich gut aus. Er hatte volles, halblanges, hellblondes Haar und wunderschöne blaue Augen. Der Körper war gut durchtrainiert. Man erkannte es schon am geschmeidigen Gang. Wenn Sören die Arme hob, wölbte sich sein Bizeps. Nicht zuviel und nicht zuwenig. Anna blickte auf Sörens Finger. Kein Ring, stellte sie mit vollster Zufriedenheit fest.

„Willst du zurückfahren?", fragte sie, als beide beim Dienstwagen ankamen.

Sören überlegte kurz. „Nein. Am ersten Tag möchte ich noch

nicht herumkurven. Ich habe null peil, wo wir jetzt hinmüssen."
„Kein Problem. Ich fahre sowieso lieber", sagte Anna und stieg ein.
„Oder geht es dir nicht so gut, dann fahre ich", setzte Sören nach, als ihm einfiel, dass Anna während der Obduktion den Raum verlassen hatte.
„Ich habe vorhin nicht gekotzt. Normalerweise macht mir so etwas nichts aus, aber …"
„Du musst dich nicht rechtfertigen, Anna. Jedenfalls nicht bei mir. Wir sind alle nur Menschen. Außerdem passiert mir das auch hin und wieder."
„Ehrlich?"
„Ich verrate dir noch ein Geheimnis."
„Jetzt bin ich aber gespannt", sagte Anna und fuhr an.
„Mich haut es um, wenn mir Blut abgenommen wird."
„Beim Arzt?"
„Ja."
„Wie süß. Ein Kerl wie ein Football-Profi und geht in die Knie, wenn 'ne kleine Nadel ankommt."
„Ist halt mal so."
Sören überlegte, weil sie gerade so gut im Gespräch waren, ob er sich gleich als homosexuell outen sollte, beschloss dann aber, dieses Thema ein anderes Mal anzusprechen. Vielleicht in einer kleinen Runde, wenn er seinen Einstand zahlt. Günthers Vorschlag, in einen Biergarten zu gehen, fiel ihm wieder ein. Ja. So sollte es sein. Er würde alle in einen Biergarten einladen und sich dann outen.

Bei der Besprechung am Nachmittag wurden alle Fakten zusammengetragen. Sämtliche Anfangsermittlungen im privaten Umfeld der Opfer verliefen negativ. Beide standen in guten Berufen, beide hatten keine Feinde. Beide waren gut situiert, wurden aber nicht bestohlen.
„Nach dem Obduktionsbericht müssen wir es auch in Betracht ziehen, dass es sich um einen Täter handelt", sagte Erich Landers.
KD Schnellwanger grübelte. „Wir gehen vorerst noch nicht an die Presse. Wenn ich nur an Mirach denke, wird mir übel. Der Boulevardjournalist bringt es fertig und sorgt zum einen für Panik unter den Münchner Bürgern, zum anderen für einen enormen Erfolgsdruck."

„Den wir auch so haben, Herr Schnellwanger", entgegnete Landers. „Sollte es tatsächlich der gleiche Täter sein, muss verhindert werden, dass eine Serie daraus wird."

„Oder eben künstlich von der Presse eine Serie erzeugt wird", konterte Schnellwanger.

„Herr Schnellwanger, entschuldigen Sie, ich meine eine tatsächliche Serie. Ich spreche von Tatsachen!"

Blicke wurden ausgetauscht. Widerspruch schien nicht gefragt zu sein.

„Wie sieht es mit dem Milieu aus. Bei dem Rechtsanwalt wurde doch ‚Hurensohn' an die Wand geschrieben. Hat sich das Opfer im Rotlichtmilieu aufgehalten?"

„Wird geprüft."

„Und die Joggerin? Kann man hier auch eine Verbindung ins Rotlichtmilieu herstellen?"

„Nein. Bisher nicht."

„Informieren Sie mich über jede Neuigkeit." Der Leiter der Mordkommission stand auf und verließ den Besprechungsraum.

„Der Alte hat wieder einmal Angst vor der Presse", schimpfte Kalli.

„Typisch Chefetage", stimmte Günther mit ihm überein.

„Es hilft nichts, Leute. Wir müssen ihn kriegen. Für heute machen wir Schluss. Morgen früh geht es weiter. Wer ist mit den Handys für die Bereitschaft dran?"

„Kalli und Anna", sagte Günther.

„Leute, ich möchte euch gerne in den Biergarten einladen. Als Einstand, aber heute passt es nicht. Ich muss noch auspacken", rief Sören in die Runde.

„Ja", triumphierte Günther, „ein glänzender Vorschlag."

„Wie wäre es am Ende der Woche? Dann geben wir den Bereitschaftsdienst an das MK 2 weiter und können abends wieder mal ein Bierchen trinken?", schlug Erich vor.

„Einverstanden. Freitagabend?", fragte Sören nach.

„Passt wunderbar. Wenn nichts Dienstliches dazwischenkommt, gehen wir am Freitag nach Dienstende in den Biergarten", freute sich Günther.

Alle waren einverstanden.

Da das MK 1 Bereitschaftsdienst hatte, blieben alle bewaffnet und nahmen die Waffen auch mit nach Hause. So konnte man im Falle einer Alarmierung sofort zum Tatort kommen. Lediglich einer aus der Gruppe musste zur Dienststelle, um ein Fahrzeug zu holen.

Auch Sören ließ seine Waffe an der Hüfte. Locker fiel das blau karierte Kurzarmhemd über die Heckler & Koch und verdeckte die Pistole. Sören verließ zusammen mit Kalli das Büro. Beide stiegen in den Aufzug. Ein uniformierter Kollege stand bereits im Fahrstuhl. Vor seinen Füßen stand eine Sporttasche.

„Servus Mehmet", grüßte Kalli den jungen Kollegen.

„Servus Kalli", kam die Antwort.

„Gehst du wieder trainieren?"

„Klar. Wie jeden Tag. Das müsstest du doch schon längst wissen", lachte der Polizist türkischer Herkunft.

Sören sah den Türken an. Jung, sportlich, gut aussehend. Eigentlich sein Traumtyp. Knackig, rassig und zärtlich. So musste er sein.

Der Fahrstuhl hielt im Erdgeschoss. Sören und Kalli stiegen aus, Mehmet fuhr in den Keller.

„Wo trainiert denn der Kollege?", fragte Sören neugierig nach.

„Mehmet von der Hauswache?"

„Wenn das der vom Aufzug war, ja."

„Im Keller gibt es ein kleines Fitnessstudio. Kannste kostenlos benutzen. Der Trainingsraum befindet sich gleich neben den Duschen."

Sören hörte interessiert zu. Kostenlos trainieren. Gut gebaute Jungs um sich herum. Das hörte sich gut an. „Mal sehen. Vielleicht schwinge ich auch mal wieder ein paar Hanteln."

Vor der Tür verabschiedeten sie sich und Sören fuhr mit dem Bus nach Hause. Würde Gianni noch da sein? War Sören vielleicht zu leichtsinnig und seine Wohnung war zwischenzeitlich leer geräumt? Blödsinn. Was von Wert besaß er denn? Eine Stereoanlage? Einen tragbaren Fernseher? Sören war gespannt.

4.

Ewald Mirach schreckte auf, als sein Telefon läutete. Der Kopf des Journalisten dröhnte. Mirach fingerte nach dem Lichtschalter, fand ihn und knipste darauf. *Klick.* Das Licht einer kalten, nackten Glühbirne erhellte den kahlen, verwahrlosten Raum, in dem der ehemals angesehene Reporter schlief. Mit zittrigen Händen schlug Mirach die speckige Bettdecke zur Seite und schwankte mehr als er ging, zum Telefon, das im Flur des kleinen Appartements stand. „Hallo", grunzte er in die Muschel.

„Herr Mirach?", fragte ein Mann aufgeregt.

„Wer soll denn sonst an mein Telefon gehen? Der Kaiser von China?"

„Herr Mirach, hier ist Kosta."

„Welcher Kosta?"

„Kosta, der Taxifahrer. Sie haben mir 50 Euro versprochen, wenn ich den Polizeifunk abhöre und Sie anrufe, wenn es etwas *Heißes* gibt."

„Ich hoffe, du hast wirklich was gutes, sonst bist du morgen einen Kopf kürzer."

„Ein Mord. Muss 'ne ganz üble Sache sein. Ein Rechtsanwalt. Die Polizei ist mit allem unterwegs, was Rang und Namen hat."

„Wo?"

„Im Villenviertel."

„Hol mich ab. Wann bist du da?"

„Das geht aber extra."

„Mach dir keine Sorgen. Wenn die Story passt, kriegst du dein Geld."

„Ich bin in zehn Minuten vor Ihrer Haustür."

Mirach legte auf und ging ins Bad. Am Spiegel des altmodischen Alibert-Schrankes kletterte der Rost hoch. Mirach öffnete den Spiegelschrank. „Ja, genau das richtige zum Aufwachen", krächzte er heraus und griff zu der Falsche billigen Cognac, die darin stand. Nach einem kräftigen Schluck stellte er die Flasche zurück, drehte den Wasserhahn auf und wusch sich Hände und Gesicht. Anschließend griff er zu einer Tube Brisk und schmierte seine fettigen, dünnen Haare an die Kopfhaut. „Perfekt", sagte er und zog sich an. Neben der Tür stand die Fototasche. Der einzig gepflegte Gegenstand in der Wohnung des Alkoholikers. Diesmal würde er es ihnen geben. Die Zeit der Rache war gekommen. Die Scheißbullen waren schließlich daran schuld, dass er vor Jahren seine Festanstellung verlor. Von wegen, er war betrunken Auto gefahren. Vier Bier und drei Schnäpse. Lächerlich. Die Drecksbullenfotze hat den Schlag in ihre Fresse verdient. Ihn deswegen zu feuern, weil er angeblich das Ansehen der großen Zeitung getrübt hatte. Ein Witz. Erst brauchte er das Gesparte auf, dann wurde die Eigentumswohnung verkauft. Absturz? Niemals. Er war der Beste. Erst jetzt hatte er zweitausend Euro für die Schlagzeile am Wochenende gemacht. Gut, der Chefredakteur war ihm einen Gefallen schuldig, doch diesmal spürte Mirach, war er an einer ganz großen Sache dran. Zwei Morde in so kurzer Zeit. Da stimmte etwas nicht.

Vor der Haustür wartete Kosta mit seinem Taxi schon. Der Reporter stieg hinten ein. „Fahr los."

Der griechische Taxifahrer drehte sich zu Mirach um. „Herr Mirach. Sie schulden mir noch vom letzten mal zwanzig Euro für die Fahrt und 50 Euro für den Tipp. Ich fahre erst, wenn ich das Geld habe."

Mirach fuhr hoch. „Was bildest du dir ein? Ich bin Ewald Mirach, der Starreporter."

„Mein Geld, Herr Mirach."

„Eine Frechheit", schimpfte Mirach und griff in die rechte Hosentasche, „ich glaube, ich muss mir einen neuen Informanten zulegen. Das ist ja unglaublich." Mirach zählte 130 Euro ab und warf das Geld wütend auf den Beifahrersitz. „Zweimal fünfzig für die Tipps, einmal zwanzig Fahrgeld und einen Zehner für die heutige Fahrt. Ist mir Wurst, was sie tatsächlich kostet."

Kosta nahm das Geld und steckte es ein. „Nichts für ungut, Herr Mirach. Ich hab beim Zocken verloren und muss morgen früh dem Chef die Abrechnung vorlegen. Das mit dem Zehner ist in Ordnung. Wir sind quitt."

„Fahr los!"

Zwanzig Minuten später stand Ewald Mirach vor dem Anwesen. Polizisten hatten es umstellt und eine Flatterleine gespannt. Es waren junge Polizisten. Der abgebrühte Journalist mit dreißig Jahren Berufserfahrung wartete, bis ein junger Polizist alleine vor dem Gartentürchen stand. Dann ging er ums Eck und schimpfte leise vor sich hin. Als er auf Höhe des Polizisten war, sah er diesen an und lächelte. „Guten Morgen, Kollege. Mitten in der Nacht wird man aus dem Bett gehauen. Spurensicherung. Ich werde erwartet."

„Guten Morgen", antwortete der junge Polizist leicht verunsichert.

„Wenn meine Kollegin kommt, richte ihr bitte aus, sie möchte den Koffer mit den Magna-Brush-Pinsel bringen. Den Foto habe ich dabei."

„In Ordnung. Wann kommt sie denn?"

„In zwei Minuten. Wir parken dort ums Eck."

„Alles klar, Kollege", sagte der junge Polizist, während sich Mirach an ihm vorbeizwängte und zum Haus des ermordeten Rechtsanwalt ging.

Der gute, alte Trick mit der Spurensicherung, dachte sich der Journalist und lachte dabei. Im gleichen Moment schob er eine kleine Kamera in die Fotowestentasche und hängte sich den großen Apparat um. Bevor er das Haus betrat, stellt er die Fototasche vor der Tür ab. Mirach ging an zwei weiteren Polizisten vorbei, die ihn nicht beachteten und bemerkte, dass sich die Tat im Obergeschoss abgespielt haben musste. Schnell hastete er die Treppe nach oben und sah durch eine geöffnete Tür eine Leiche. An der Wand stand gut leserlich ein Wort.

Hurensohn

Instinktiv griff Mirach zur kleinen Kamera und drückte zweimal ab. Einmal die Schrift an der Wand, einmal die Leiche. Dann ließ er den Apparat wieder in der Jackentasche verschwinden und hob die große Kamera ans Auge. Gleichzeitig hörte er Schimpfkanonaden:

„Was soll das?" Polizisten rannten auf ihn zu.

„Wer hat den Reporter hereingelassen?"

Der Außendienstleiter stürmte auf Mirach zu. Er erkannte den Polizeireporter und packte Mirach am Kragen. „Diesmal sind Sie zu weit gegangen, Mirach. Wenn auch nur ein einziges Beweismittel durch ihre Unverfrorenheit vernichtet wurde, werde ich dafür sorgen, dass Sie einsitzen. Das verspreche ich. Und jetzt raus hier!"

Der Polizist riss Mirach förmlich die Treppe hinunter. „Ich werde Sie anzeigen. Das ist Körperverletzung!", beschwerte sich Mirach.

Unbeeindruckt zog ihn der kräftige Polizist zur Tür. „Jetzt her mit dem Film!"

„Das ist mein Eigentum! Ich zeige ..."

„Den Film her, oder ich zerschmettere die ganze Kamera!"

Das war deutlich. Mirach öffnete das Fach für den Film und gab ihn heraus. „Die Öffentlichkeit hat ein Recht darauf, das hier zu erfahren!"

„Noch ein Wort, und hau dir eine in die Fresse, du Schmierfink! Hier ist jemand grausam ermordet worden, und du willst das gnadenlos ausnutzen, um dich zu bereichern. Raus hier, bevor ich mich vergesse."

Mirach griff nach seiner Tasche und verließ, begleitet von zwei Polizisten, das Grundstück. Der junge Polizist am Gartentürchen lief hochrot an, als der Journalist hinausgeworfen wurde. Mirach würdigte ihn keines Blickes, sondern lief sofort weg. Schnell drehte er sich noch einmal um. Niemand verfolgte ihn. Gut. Kosta wartete in etwa hundert Meter Entfernung. Vollkommen außer Atem stieg Mirach ein.

„Zu Ihnen nach Hause, Herr Mirach?"

Der Reporter überlegte. „Nein", entschied er sich. Falls die Bullen doch noch Verdacht schöpften, wäre sein Kapital weg. Sie würden die Bilder seiner Pocket-Digitalkamera sicherstellen. Das durfte nicht passieren. „Hat noch ein Internetcafe offen?"

„Am Bahnhof", sagte Kosta.

„Zu auffällig. Woanders?"

„Ich wüsste schon noch eine Adresse, aber das kostet. Dort wird gezockt."

„Wie viel?"

„Einen Hunderter für mich, einen für den Besitzer."

„Das ist Wucher."

„Dann eben Hauptbahnhof."

„Ich zahle."

Vier Stunden später läutete das Telefon des Chefredakteurs von Mirachs ehemaligem Zeitungsverlag. „Braun."

„Guten Morgen, Herr Braun. Mirach hier. Wird ja Zeit, dass Sie ins Büro kommen. Ich rufe schon das dritte Mal an."

Der Chefredakteur schnaufte kräftig durch. Nur ungern arbeitete er mit Mirach zusammen. Ab und zu gab er ihm eine kleine Spalte. Meist auf den hinteren Seiten. Wegen der guten alten Zeit. Letztes Wochenende bekam er sogar die Titelstory. Allerdings für wenig Geld. Doch künftig wollte Braun mehr Distanz zwischen sich und Mirach bringen. Er musste unbedingt seine Telefonnummer ändern lassen.

„Was ist denn so wichtig, dass Sie mich früh am morgen stören, Herr Mirach?"

„Ich habe die Titelstory schlechthin." Pause. Schweres Atmen am

Telefon. „Mit Fotos. Zwei Stück absolut exklusiv!" Das Atmen wurde schneller. Aufregung.

„Sie machen mich neugierig, Herr Mirach."

„Meine Schlagzeile vom Wochenende geht weiter."

„Jetzt sagen Sie schon, was Sie wollen." Die Stimme des Redakteurs wurde kräftiger. Braun hasste es, wenn man mit ihm Spielchen trieb.

„Im Villenviertel wurde ein Rechtsanwalt ermordet. Ich habe Fotos. Der Mörder ist ein Wahnsinniger. Ein zweiter Jack-the-Ripper. Er hat garantiert auch die Joggerin getötet."

„Wie viel haben Sie getrunken, Herr Mirach?"

„Ich bin stocknüchtern!"

„Was für Fotos können Sie vorlegen und wie sind sie daran gekommen?"

„Ein Bild von der Leiche, ein Bild vom Hinweis, den der Täter an die Wand geschmiert hat. Wie ich da rankam, ist mein Berufsgeheimnis. Ich will die Story und ..."

„Wie viel Geld wollen Sie?", unterbrach Braun den Journalisten.

„50 Riesen! Die Weitergabe an Fernsehen etc. überlasse ich Ihnen. Da können Sie wieder einiges rausholen."

Schweigen.

„Das ist verdammt viel Geld. Wie sieht es mit der Konkurrenz aus?"

„Fragen Sie doch mal ihren Mann im Polizeipräsidium. Ich schätze, die Pressekonferenz wird sehr knapp gewesen sein. Niemand weiß so viele Details wie ich."

„Wenn wir das Veröffentlichen, stören wir dann die Ermittlungen?"

„Erstens wird die Auflage in gigantische Höhe schnellen, zweitens hat der Leser ein Recht zu erfahren, dass ein Verrückter herumrennt und niedersticht, was oder wer ihm in die Quere kommt und drittens hat Sie das bislang auch niemals interessiert."

„Passen Sie auf, was Sie sagen, Mirach."

„50 Riesen, alle Anschlussstorys exklusiv und extern abgerechnet und mein Wissen gehört Ihnen."

„Ich muss ihren Text lesen und die Bilder sehen."

„Ich bin in einer halben Stunde bei Ihnen. Ich war im Internetcafe und habe alles fertig. Sie können es sich ansehen und dann entscheiden. Stellen Sie schon mal eine Flasche Cognac auf den Tisch. Aber den

guten, denn spätestens heute Abend gehört Ihr Blatt zu den auflagenstärksten Zeitungen der Stadt."
„Bis gleich." Braun legte auf. Wenn auch nur die Hälfte von dem, was Mirach ihm gerade erzählte, stimmt, könnte das tatsächlich die Auflage hochschnellen lassen. Der Preis? Man wird sehen. Jedenfalls fängt der Tag für den Verlag gut an.

Sören stieg in den Bus und fand trotz der Hauptverkehrszeit noch einen Sitzplatz am Fenster. Eine ältere Dame setzte sich neben ihn, sah Sören kurz an und gleich wieder weg. Der ewig alte Trott der Anonymität in der Stadt, dachte sich Sören und blickte aus dem Fenster. Jeder war nur mit sich selbst beschäftigt. Insgeheim studierte Sören seine Mitfahrer. Waren sie in Gruppen unterwegs, wurde zumeist gelacht. Eine Gruppe junger Kerle wollte cool wirken. Sie waren zu fünft und besetzten jeweils zwei Sitze. Niemand traute sich dazu, bis zwei Bodybuilder zustiegen. Sie trugen Muscleshirts und die aufgeblasenen Oberarme zeigten sofortige Wirkung. Wortlos standen die Jugendlichen auf, machten die Sitzplätze frei und setzten sich zu ihren Kumpels. Sören grinste innerlich über die Halbstarken. Als er auf Einzelpersonen achtete, bekam er das Gefühl, als wäre es verboten, mit jemanden zu sprechen. Das Buch ‚1984' kam ihm in den Sinn. Totale Überwachung. Sören war aufgefallen, dass viele Nationen anwesend waren. Vom Einstieg bis zu seinem Sitzplatz saßen Deutsche, Türken, Griechen, Asiaten und ein paar Slawen. Vielleicht Polen oder Russen. Möglicherweise Jugoslawen oder wie auch immer sie sich jetzt nannten. München scheint tatsächlich die Heimat vieler Menschen geworden zu sein. Der hohe Ausländeranteil war jedenfalls gut sichtbar. Wo war die Realität?, schoss es Sören durch den Kopf. Wurde nicht immer gejammert, dass die Kanaken schuld an der Kriminalität seien? München hat einen überdurchschnittlich hohen Ausländeranteil und gilt als eine der sichersten Großstädte der Welt. Liegt es tatsächlich nur an der Polizeiarbeit? An der so genannten Münchner Linie? Sören würde es bald merken. Er war schon gespannt.

Der blonde Hüne lehnte sich zurück und sah aus dem Fenster. Er versuchte sich Straßennamen einzuprägen und ließ den harten Arbeitstag noch einmal an sich vorüberziehen. Eine Joggerin wurde ermordet. Ein Journalist, der sich Polizeireporter nannte, schrieb über die Tat und ließ kein gutes Haar an den Ermittlern. Ein zweiter Mord geschah. Diesmal ein gut situierter Rechtsanwalt. Es scheint, als wurden beide Tötungsdelikte vom gleichen Täter begangen. Und was hatten sie bisher in der Hand? Nichts. Sören ging der polizeiliche Ermittlungsapparat viel zu langsam. Er hatte die Leichen gesehen. Er hatte sich in sie hineinversetzt und bekam Wut. Wenn sich morgen nichts ändert, werde ich auf meine Weise arbeiten, beschloss er. Dann war er am Ziel. Sören stieg aus und ging nach Hause. Er musste einen Gedankensprung machen. War Gianni noch da? Sören sperrte die Haustür auf. Wieder kam ihm die urige Hausmeisterin entgegen.

„Ah", sagte sie, „Ihr Gast is oba fleißig. Hod mia ´s Einkaufstascherl trogn."

„Entschuldigen Sie, Frau Fingerl, aber ich komme aus Hamburg. Ich verstehe kein Wort, wenn Sie in Dialekt sprechen."

Die alte Frau lachte. „Jo mei. Ihr Gast ist fleißig. Ich habe ihn beim Einkaufen getroffen. Er hat mir beim Taschentragen geholfen. Schade, dass er nicht länger bleiben kann", bemühte sich die Münchnerin den Satz in einigermaßen verständlichem Hochdeutsch zu wiederholen.

Er war also noch da. Gianni war einkaufen und die Hausmeisterin, obwohl so alt, so urig und eigentlich eher der verschrobene Typ Mensch, wundert sich nicht, dass ein Mann zu Gast bei einem Mann ist. Ich liebe München.

„Ja, wirklich schade. Ich wünsche Ihnen noch einen schönen Abend."

„I eana a."

Sören sah Frau Fingerl noch einmal an.

„Ich Ihnen auch", bemühte sie sich ihren bayrischen Gruß ins Hochdeutsche zu übersetzen.

Lachend verabschiedeten sie sich und Sören schob den Schlüssel ins Schloss seiner Tür. Er betrat die Wohnung und traute seinen Augen nicht. „Was ist denn hier passiert?", rief er erstaunt, als er sah, dass Gianni die Umzugskisten ausgeräumt und zusammengeklappt an die Seite gestellt hatte. Die Wohnung blitzte vor Sauberkeit und es duftete angenehm nach mediterranem Essen.

„Hallo Sören", rief Gianni aus der Küche. „Ich bin sofort bei dir."

Sören legte die Dienstwaffe im Flur ab und zog das Hemd aus. Aus der Hosentasche kramte er das Handy hervor und legte es neben die Waffe.

Ein *Plopp* war zu hören. Gläser wurden gefüllt und als Sören in die

Küche kam, stand ihm Gianni mit zwei halb gefüllten Gläsern Rotwein gegenüber.

„Ich hoffe, du magst Rotwein. Ich habe eine Spagettisauce a la Mama Gianni gezaubert. Die Nudeln machen wir frisch. Dazu gibt es frisch geriebenen Parmesan und eine Flasche trockenen Rotwein. Nur deine Weingläser habe ich nicht gefunden. Jetzt habe ich die Wassergläser genommen. Hat einen Hauch von rustikaler Landromantik", lachte Gianni.

Sören war verblüfft. Er hatte mit allem gerechnet. Damit, dass Gianni weg war und ein paar Dinge aus der Wohnung fehlten, damit, dass Gianni immer noch im Bett lag, oder damit, dass Gianni ohne irgendeine Spur zu hinterlassen verschwunden war. Aber *das* hatte Sören nicht erwartet. Er nahm Gianni ein Glas aus der Hand und prostete ihm zu. Die rehbraunen Augen des Halbitalieners bohrten sich in die stahlblauen Augen des Polizisten. Beide tranken einen Schluck des Rotweins und stellten die Gläser an die Seite.

„Kann die Soße anbrennen?", fragte Sören.

„Nein", hauchte ihm Gianni entgegen und kam näher.

Sören umarmte seinen Gast, drückte ihn fest an sich. Ein leises Stöhnen war zu hören. Gianni schmiegte seinen Körper an Sörens. Dieser fuhr mit seinen Händen durch das lockige Haar des Holländers. Ihre Lippen näherten sich und berührten sich kurz. Wieder trafen ihre Blicke aufeinander. Ein zweiter Kuss folgte. Diesmal innig, zärtlich und lange. Sowohl Sörens als auch Giannis Hose beulten sich aus. Gleichzeit zogen sie ihre T-Shirts aus, öffneten ihre Hosen und ließen sie fallen. Gianni wollte in die Knie gehen, doch Sören gebot sanft Einhalt. „Diesmal bin ich zuerst an der Reihe", hauchte er und kniete sich. Er zog den Slip des rassigen Touristen herunter und Giannis steifer Schwanz sprang Sören entgegen. Sanft nahm er den Schaft und zog die Vorhaut zurück.

„Oh", stöhnte Gianni leise.

Sörens rechte Hand rieb weiter an Giannis Prachtpenis, während die linke die Eier streichelte. Langsam näherte er sich mit den Lippen.

„Ja", hauchte Gianni, dann spürte er, wie Sörens Zunge an seinem Schwanz auf und ab leckte. „Oh, ja, das tut gut!"

Endlich war es soweit und Sören stülpte seinen Mund über die pralle Eichel des Holländers. Gianni wurde immer geiler und fing an leicht mit seiner Hüfte vor und zurück zu stoßen. Sören blieb unbeweglich knien und ließ sich von Gianni in den Mund ficken. Nur wenn der Halbitaliener zu schnell wurde, griff Sören ein, hielt die Hüften fest und zog den Mund zurück.

„Nicht so schnell, mein Freund", sagte Sören und stand auf, „sonst spritzt du gleich ab. Jetzt du."

Sie tauschten und Gianni kniete sich vor Sören. Anders als in der Nacht zuvor, verzichtete Gianni auf Zärtlichkeiten und fing sofort an, Sörens Latte zu lutschen. Mal schnell, mal langsam, mal seitlich, mal ganz tief bis in den Schlund, und mal nur die Eichel.

Sören liebte Giannis Mundakrobatik. „Ah", fing er zu stöhnen an.

Mit dem ersten Stöhnen hörte Gianni auf, stand auf und drehte sich zum Küchentisch um. Er griff die dort abgestellte Flasche mit Olivenöl und wendete sich wieder Sören zu. Der Holländer schüttete etwas von dem Öl in seine Hand und Sören grinste. Er holte aus dem Bad Kondome und legte sie bis auf einen auf den Tisch. Schnell war die Hülle aufgerissen. Sören streifte Gianni den Gummi über. Dann sagte er leise: „Tu es!" Sören drehte sich um und kniete sich auf allen vieren hin. Gianni positionierte sich hinter Sören und schmierte das Olivenöl in dessen Arschkerbe und verrieb es sanft. Sachte ließ er seinen Ständer zweimal durch Sörens Kerbe gleiten, dann kam der von Sören erwartete leichte Druck. Der Moment des Eindringens. Behutsam flutschte die Eichel Giannis in Sörens Liebesgrotte. Rhythmische Bewegungen setzten ein. Sören schloss die Augen. Heute war es wieder mal soweit, sich richtig ficken zu lassen. Der leicht schmerzhafte Moment des Eindringens war schnell vorbei und einem angenehmen Gefühl gewichen. Ja, es tat gut. Gianni war zärtlich. Immer wieder glitt sein Schwanz tief in Sören hinein, wurde wieder bis zur Spitze herausgezogen und erneut eingeführt. Die Lust stieg ins Unermessliche. Gianni wurde immer schneller. Sören glaubte zu spüren, wie Giannis Pimmel immer größer wurde, sich aufpumpte und ihn im siebten Himmel schweben ließ. Es war soweit. Giannis Hände krallten sich an Sörens Hüfte fest. Der Holländer verharrte und stöhnte laut. „Ja, ja, jaaaa." Er spritzte in Sören ab. Stieß noch ein paar Mal nach und Sören spürte, wie Giannis Massagestab sich langsam verkleinerte. Der Holländer hielt den Gummi fest und zog die Halbalatte aus Sörens Arsch. Er streifte das Kondom ab und griff noch einmal zur Olivenölflasche, um seinen eigenen Hintern einzureiben. Als die Fuge ölig glänzte, legte er sich auf den Rücken und spreizte die Beine. „Ich will dich sehen!"

Sören, der zwischenzeitlich ein Präservativ übergestülpt hatte, legte sich zwischen Giannis Beine. Gerade als er seinen zum Bersten prallgefüllten Pimmel in Giannis Liebesgrotte stecken wollte, spürte er die zarten Hände seines Partners. Dieser führte Sörens Schwanz in die Ritze, zum heißen Liebeseingang und presste die Hüfte hoch. Sörens Eichel verschwand, Gianni stöhnte auf. Je tiefer Sören stieß, umso heftiger stöhnte Gianni. Ein angenehmes Ziehen in der Lendengegend setzte ein. Eine Vulkanladung machte sich zum Ausbruch bereit.

„Ich halte es nicht mehr aus, ich spritze!", rief Sören.

Gianni zuckte zurück, ließ Sörens Zauberstab aus dem Arsch gleiten und beugte sich sofort vor. Beide Hände griffen nach dem steifen Supergerät, rieben kurz daran und er spürte, wie die Eichel pulsierte. Gianni zog das Kondom ab und legte Sörens Eichel auf die Zunge seines weit geöffneten Mundes. Dabei streichelte er den heißen Schaft leicht. Sören war wie weggetreten. Das unbeschreibliche Gefühl des Orgasmus hatte ihn voll im Griff. Das Jucken, das Zittern, das kurze Verkrampfen. Er konnte es nicht mehr halten und befreite sich durch einen Spermaabschuss. Gianni wusste, was Männer lieben und holte alles raus. Er schluckte den warmen Saft und ließ Sörens Penis erst aus seinen Lippen gleiten, als kein Tropfen Sperma mehr aus der Eichel kam.

Erschöpft umarmten sich beide. „Du bist ein traumhafter Liebhaber", sagte der Holländer.

Sören lachte. „Das Lob muss ich zurückgeben. Es macht unheimlich Spaß, mit dir zu ficken. Wie lange bleibst du noch?"

„Das kann ich dir noch nicht sagen. Ich rufe morgen zu Hause an, dann weiß ich es."

Sören stand auf und ging ins Badezimmer. Gianni sah ihm nach. Er liebte Sörens durchtrainierte Figur. Das strohblonde Haar und den makellosen Körper.

„Warum bist du kein Fotomodell geworden?", fragte er Sören, doch dieser stand schon unter der Dusche und hörte nichts. Gianni lächelte. „Ist ja auch egal. Dann gibt es jetzt etwas zu essen", sagte er zu sich selbst, als er das Wasser der Dusche rauschen hörte und stand ebenfalls auf.

„Fantastisch", schwärmte Sören, nachdem er die letzte Spagetti hineingeschlürft und mit einem Schluck Rotwein hinuntergespült hatte. „Wo hast du gelernt, so zu kochen?"

Gianni fühlte sich geschmeichelt. „Bei Mama und Papa zu

Hause", antwortete er. „Erzähl doch mal, wie war dein erster Arbeitstag?"

Sören stellte das Weinglas auf den Tisch zurück. „Lass uns lieber von etwas anderem reden."

„Noch ein Glas Wein?"

Sören winkte ab. „Sorry, aber ich habe diese Woche Bereitschaftsdienst. Wäre doch zu peinlich, wenn ein Anruf käme und ich sagen müsste, dass ich breit bin, oder?"

„Ha, ha. Das wäre ein Einstand nach Maß. Ist doch besser, du verzichtest auf Alkohol. Weißt du was. Ich laufe schnell rüber zur Tankstelle und hole Eiskrem. Ich habe heute beim Einkaufen vergessen, etwas für den Nachtisch zu besorgen."

„Hier gibts 'ne Tankstelle?", fragte Sören.

„Ja. Nur ums Eck. Vielleicht 'ne Viertelstunde für Hin- und Rückweg."

„Einverstanden, aber ich bezahle."

Sören gab Gianni etwas Geld. Als der Holländer die Wohnung verlassen hatte, ging Sören durch die Zimmer. Im Schlafzimmer war der Schrank fein säuberlich eingeräumt. Alles war geordnet. „Perfekt. Ich hätte es niemals so gut hinbekommen", sagte er lobend vor sich hin und ging ins Wohnzimmer. „Sogar meine CDs hat Gianni geordnet", entkam es ihm voller Überraschung. Sören kniete sich vor dem CD-Ständer hin und ließ seinen rechten Zeigefinger über die Coverhüllen wandern. Black Sabbath, Kiss, Bruce Springsteen, Aerosmith, Brandenburger Violinenkonzerte, Mozarts kleine Nachtmusik, Tom Petty. Nein. Alles nicht das richtige für den jetzigen Moment der Ruhe. Sören schnippte mit dem Finger, drehte den Ständer und suchte weiter. Er griff zur blauen ‚Best of Jon & Vangelis' und sagte: „Genau *das*!" Ein Druck auf den On/Off-Schalter, ein weiterer auf das CD-Laufwerk und Sören konnte die Scheibe einlegen. Als die ersten Klänge der unnachahmlichen Musik an Sörens Ohren drangen, war er zufrieden. „Perfekt!"

Sören setzte sich aufs schwarze Ledersofa und schloss die Augen. Er wollte an Gianni und die geile Nummer denken, die sie vor dem Essen in der Küche auf dem Fußboden hingelegt hatten, doch immer wieder drängten sich beängstigende Bilder in seinen Kopf. Sören konnte sich nicht mehr konzentrieren. Es tauchten die Leichen vor seinen Augen auf. Sie lagen auf dem kalten Tisch der Rechtsmedizin und starrten ihn an. Immer wieder sah er die Einstiche vor sich. Sören schüttelte den Kopf, als würden damit seine Gedanken hinausfliegen. Die Tür ging.

„Ich bin wieder da. Habe ein super leckeres Eis bekommen."

„Prima", antwortete Sören und ging in die Küche. Abwechslung. Hoffentlich klappt es.

„Schau mal, die Zeitung von morgen. Sie ist gerade geliefert worden. Da dachte ich mir, vielleicht schauen wir mal hinein", meinte Gianni und legte die neue Tageszeitung auf den Tisch.

„Gute Idee." Sören warf einen Blick auf die Titelseite des Boulevardblattes. Sofort stellten sich seine Haare auf. Gänsehaut kroch seinen Nacken hinauf und Wut bildete sich in seinem Bauch. Laut las er die Schlagzeile vor. „Serienmörder in München – eine Stadt in Angst."

„Ist das der Fall, an dem du arbeitest?", fragte Gianni, der gerade das Eis in zwei Schälchen portionierte.

„Ja", antwortete Sören und las weiter. „Ganz München zittert vor einem neuen Jack-the-Ripper. Der Serienmörder sucht seine Opfer scheinbar wahllos aus und metzelt sie nieder. Er selbst nennt sich ‚Hurensohn' und hinterlässt sein Markenzeichen." Sören betrachtete das Foto. Wütend legte er die Zeitung weg. „Das ist ein Witz! Eine Frechheit! Welcher Idiot lässt einen Journalisten an den Tatort. Niemand weiß, dass der Killer die Wand beschriftet hat."

„Lies doch mal weiter." Gianni stellte das Eis auf den Tisch und setzte sich.

„Die Kripo ist machtlos und tappt im Dunklen. Die total überforderte Münchner Kripo hat sich extra zur Auflösung dieser Mordfälle Verstärkung aus Hamburg kommen lassen. Kriminalhauptkommissar Falk wird sich ab sofort um die Ermittlungen kümmern und den Serienkiller, der sich selbst Hurensohn nennt, jagen. Dies wurde uns aus Polizeikreisen mitgeteilt. Eine ausführliche Pressekonferenz wurde leider noch nicht abgehalten." Sören schnaufte durch, legte die Zeitung weg. „Morgen wird die Hölle los sein. Ich kenne das aus meinen Hamburger Zeiten. Irgendein dummer Kollege bekommt für zweitrangige Informationen ein Trinkgeld und wird am Ende teuer dafür bezahlen. Es wissen nicht viele Kollegen, dass ich hier neu angefangen habe."

Während Gianni das Eis genoss, löffelte Sören lustlos die Glasschlüssel leer. Er war zu sehr erregt. In seinem Kopf begann es zu rattern. Ihm fielen die Worte des Pathologen wieder ein. „Das Feuer des Jägers!"

„Tut mir leid, Gianni, ich muss los. Ich kann nicht hier herumsitzen, während dort draußen ein Wahnsinniger herumrennt."
„Was willst du tun?"
„Meinem Instinkt folgen", antwortete Sören und stand auf. Er ging in den Flur, steckte Handy und Dienstwaffe ein, zog sein Hemd über das T-Shirt und öffnete die Tür.
„Pass auf dich auf!", rief ihm Gianni nach.
„Bist du noch hier, wenn ich zurückkomme?", fragte Sören und schob die Tür wieder zu.
Gianni kam auf Sören zu. „Wir beide erleben gerade einen sehr seltenen Traum. Wir finden uns gegenseitig unheimlich attraktiv und sexy. Jeder verwöhnt den anderen auf seine ganz spezielle Art und Weise. Du bist mein Held, ich deine männliche Braut."
Sören bekam einen Kloß in den Hals. Er war hin und her gerissen. Er ahnte, wie Giannis Worte enden würden.
„Sören, würde ich in München leben, so könnte ich mir ein Leben an deiner Seite vorstellen. Zumindest für einige Zeit. Aber ich bin Holländer mit italienischen Wurzeln. Ich werde früher oder später weg sein. Ich war heute den ganzen Tag alleine. Was ich hier in der Wohnung gemacht habe, habe ich aus Dankbarkeit und mit viel Freude getan. Wir hatten heißen Sex und ich habe mich auf einen schönen Abend mit dir gefreut, aber in deinen Augen sehe ich Rastlosigkeit. Du bist wie ein wilder Hengst, den man nicht einfangen, geschweige denn festhalten kann. Kommst du freiwillig zu jemand, muss man die Zeit mit dir genießen. Wenn du gehst, muss man dich ziehen lassen." Gianni stand jetzt neben Sören und himmelte ihn an.
„Gianni, du darfst mich nicht so ansehen."
„Geh und hol dir deinen Mörder. Ich warte!"
Sören Falk strich mit seiner rechten über Giannis Wange. „Ich weiß, dass wir einen Traum leben. Ich weiß auch, dass wir eines Tages aufwachen und der Traum ist vorbei. Aber lass uns noch ein bisschen Zeit damit. Lass uns noch ein bisschen weiter träumen."
Kaum ausgesprochen, öffnete er die Tür und ging, ohne sich noch einmal umzudrehen. Das Feuer des Jägers flackerte auf. Wind war in die Glut gefahren und hatte sie entfacht. Es ging los. Sören wusste es. Er spürte es. Sein erster Weg führte ins Büro. Der Kollege von der Hauswache ließ Sören herein, nachdem dieser seinen Dienstausweis vorgezeigt hatte. Sören fuhr mit dem Fahrstuhl nach oben, ging zu seiner Bürotür und sperrte auf. Er betrat das Büro, ging zu seinem

Schreibtisch und schaltete den Computer ein.
„Jetzt übernehme ich die Ermittlungen", presste er wütend heraus. „Wer immer du bist, ich werde dich kriegen. Ich hole dich! Das ist ein Versprechen."

Ewald Mirach hielt freudestrahlend die Ausgabe *seiner* Zeitung in der Hand. „Ich habe es geschafft", flüsterte er leise vor sich hin. „Ich habe es geschafft", wiederholte er ein bisschen lauter. „Heute wird gefeiert. Ich lass die Puppen tanzen", jubilierte Mirach schließlich. Er hatte es den Bullen endlich heimzahlen können. Sie haben eine schlechte Presse. Sie haben enormen Druck von der Öffentlichkeit und er hatte abkassiert. Zwar hatte sein alter Kontakt zur Registratur im Polizeipräsidium nichts Nennenswertes ergeben, aber zumindest wusste er jetzt, dass ein neuer Bulle in der Stadt war. Dadurch, dass er das gleich mal veröffentlicht hatte, brachte er zusätzlich Unfrieden zwischen die Reihen der Drecksbullenschweine. Mirach wischte sich mit dem Handrücken der linken Hand über die Lippen. Er begann wieder zu zittern. „Wird wohl Zeit für eine gute Flasche!" Heute wollte er feiern. Er hatte tatsächlich die 50 Riesen kassiert, sowie für jede weitere Story sein Exklusivrecht erhalten. 5 Riesen bekam er in bar ausbezahlt, der Rest wanderte auf sein Konto. Endlich keine Miesen mehr, waren seine ersten Gedanken. Jetzt galt es eine geeignete Feier zu veranstalten. Allein. Nur für sich. Nicht zu Hause. Nein. Er war jetzt wieder der Starreporter. Die Nr. 1. Und die Nr. 1 übernachtet im Hotel. Mirach klemmte die Zeitung unter die schweißnasse Achsel und stieg am Hauptbahnhof in ein Taxi.

„Hotel Palast", gab er dem Fahrer als Ziel an. Mirach lehnte sich zurück. Er war glücklich. Alle zweifelten an seinem Comeback, nur er nicht. „Scheiß auf den Tausender oder zwei, die ich heute verbrate", rief er aus.

„Wie bitte?", fragte der Taxifahrer nach.

„Nichts. Ich habe nur mit mir selbst gesprochen."

Zehn Minuten später stieg Ewald Mirach aus und checkte in dem Nobelhotel ein. Das Zimmer zahlte er für drei Tage im voraus und gab der Dame an der Rezeption einen Zwanziger Trinkgeld.

„Und sagen Sie dem Zimmerkellner, er soll mir eine Flasche Champagner und eine Flasche Cognac aufs Zimmer bringen. Aber bloß keinen Billigfusel. Sagen Sie auch, dass ich gleich in bar zahle!" Mirach beugte sich vor und steckte seinen Personalausweis, den er zum

Einchecken auf den Empfangstresen gelegt hatte, wieder ein.

Angeekelt von Mirachs starkem Mundgeruch und den Ausdünstungen seines vom Alkohol geschundenen Körpers, wich die junge Frau einen Schritt zurück. Höflich nickte die Hotelangestellte und griff zum Haustelefon. Während sie die gewünschte Bestellung durchgab, ging Mirach bereits die Treppe hoch. Teils mit Neid, teils bewundernd beobachtete er die anderen Hotelgäste. Ein indisches Ehepaar machte einen großen Bogen um Mirach, was ihn ärgerte. Der Journalist überlegte noch, ob er den Leuten nachschimpfen sollte, ließ es aber in einem Anflug von Anstand sein.

„Hier also hausen die Reichen der Gesellschaft", brummelte er vor sich hin, als er die Tür zu Zimmer Nr. 212 aufsperrte und eintrat. Der Teppichboden war weich. Mirach registrierte, dass das Zimmer größer war als sein schäbiges Appartement. Er schlug die Tür zu und warf sich aufs Bett. Dort rollte er hin und her. Es klopfte. Mirach ging zur Tür.

„Ihre Bestellung", sagte der Zimmerkellner höflich. Vor ihm stand ein Servierwagen mit Eiskühler, in welchem die Flasche Champagner lag. Neben dem Eiskühler stand die Flasche Cognac. Am Rand des Servierwagens waren die passenden Gläser platziert. Mirach ging zur Seite und der Keller schob den Wagen in die Mitte des Zimmers.

„Lassen Sie ihn hier stehen", sagte Mirach. „Ich zahle gleich", fügte er hinzu und kramte das Geld aus seiner Hosentasche.

Der Zimmerkellner wusste schon Bescheid und legte eine Quittung auf den Servierwagen. „230 Euro, bitte schön", sagte er und versuchte, dabei so diskret wie möglich zu sein. Mirach zog ein Bündel Geldscheine aus der Hosentasche, zählte 250 Euro ab und gab sie dem Keller. „Der Rest ist für Sie."

Der Kellner verbeugte sich mit einem „Vielen Dank" auf den Lippen und steckte die Geldscheine ein. Danach verließ er das Zimmer.

„Daran kann ich mich gewöhnen", hauchte Mirach aus und griff gierig zur Cognacflasche. Er schenkte sich ein Glas randvoll, roch daran und trank hastig die Hälfte in einem Zug leer. „Gutes Zeug", stieß er hervor, bevor der Rest des Glases geleert wurde. Mirach setzte sich aufs Bett, kramte in der Brusttasche seiner Fotoweste herum und zog eine Zigarre heraus. Ein zweiter Griff in die Hosentasche und er hielt ein Feuerzeug in der Hand. Kurz darauf qualmte die billige Zigarre. Mirach suchte seine Zeitung. „Da ist sie ja", sagte er, als er sie auf dem Boden neben dem Bett liegen sah. Er hob sie auf und blätterte erst um, nachdem er zum x-ten Mal die Headline gelesen hatte. Diesmal suchte er etwas ganz bestimmtes. Die Seite mit den Nuttenannoncen.

„Na dann wollen wir mal sehen, wer von euch denn für den genialen Mr. Ewald Mirach geeignet ist. Mein Kleiner wurde schon lange nicht mehr benutzt. Ha, ha, ha."

Aufgeregt las der Alkoholiker die Anzeigen. Schließlich grunzte er ein „Ja, das mag ich jetzt. So etwas gönnt man sich schließlich nicht jeden Tag", heraus und ging mit der Zeitungsseite in der Hand zum Telefon. Er legte die Zigarre in den Aschenbecher und wählte. Mit jeder Taste, die er drückte, wurde Mirach immer geiler. Sein Herz pochte. Er war aufgeregt.

„Jasmin, was kann ich für dich tun?"

Mirach Hände wurden feucht. „In deiner Annonce steht, dass du auch mit einer Freundin oder einem Freund kommst."

„Alles ist möglich. Aber nur Haus- oder Hotelbesuche."

„Ich bin in einem Hotel."

„Wo?"

„Kannst du auch mit Freund und Freundin kommen?" Mirach war jetzt ganz aufgeregt. Es törnte ihn an, anderen beim Vögeln zuzusehen. Heute war es ihm egal. Er hatte seit Jahren keinen Spaß mehr gehabt.

„Zu dritt?"

„Ja, zu dritt. Was macht ihr alles?"

„Mit dir oder mit uns?"

„Mit euch und vielleicht mit mir. Ich weiß es noch nicht."

„Handentspannung, Verkehr und französisch. Verschiedene Stellungen. Zwei Frauen, ein Mann. Eine Stunde Privatvorstellung mit der Möglichkeit zum Mitspielen kostet 750 Euro. Wünscht du dir Rollenspiele oder diverse Klamotten, kommt noch ein hunderter dazu."

„Keine Rollenspiele. Ich bin im Palast Hotel, Zimmer 212."

„Dein Name?"

„Wozu?"

„Weil wir oft genug verscheißert werden."

„Mirach. Man kennt mich hier. Ich bin Starreporter."

„Ich rufe gleich zurück", sagte die Frau am anderen Ende der Leitung scheinbar unbeeindruckt.

Mirach legte auf. Kleine Schweißperlen standen auf seiner Stirn. Wie gewohnt wischte er mit dem Handrücken über seine Lippen. Er brauchte einen Drink. Mit zittrigen Händen goss er Cognac nach und

trank das Glas auf ex. Dann noch einen. Er wurde ruhiger. Das Telefon läutete. Mirach ging zum Apparat und hob ab.
„Mirach."
„Süßer, wir sind in einer halben Stunde bei dir."
Mirach legte auf. Die Zigarre war ausgegangen. Der Journalist ging ins luxuriöse Badezimmer und stellte sich vor den Spiegel. „Na ja", sagte er zu sich selbst. „Das war auch schon mal besser, aber auch das kriegen wir wieder in den Griff." Er zog sich aus und stellte sich unter die Dusche. Anschließend zog er den Bademantel des Hotels an und schenkte sich einen Cognac ein.
„Na endlich", stieß er erlösend aus, als es klopfte. Mirach ging zur Tür und öffnete.
Eine hübsche Blondine mit riesigen Titten, eine schlanke Dunkelhaarige und ein Typ, der aussah wie ein Pornodarsteller aus den siebziger Jahren, standen lächelnd vor der Tür.
Die dunkelhaarige Frau begrüßte Mirach. „Herr Mirach, ich bin Jasmin. Wir beide haben telefoniert."
„Kommt rein."
„Wie sollen wir dich nennen?"
„Ewal..., nein, sagt Rocky zu mir."
„Gut, Rocky. Dann erledigen wir zuerst das finanzielle und anschließend werden wir unseren Spaß haben."
Mirach griff in die Tasche seines Bademantels. Während er auf die Nutten wartete, hatte er das Geld abgezählt und eingesteckt. Den Rest hatte er versteckt. Vorsichtshalber. Man wusste ja nicht, ob *die* einen ausnehmen wollen. „Hier sind die 750 Euro."
Jasmin nahm das Geld, zählte es kurz nach, gab ihren Begleitern deren Anteile und steckte den Rest in ihre Handtasche.
„Es ist schön hier", sagte sie, um die Atmosphäre aufzulockern.
„Geht schon." Mirach wusste nicht so recht, wie er anfangen wollte. „Ich habe Champagner bestellt. Trinken wir auf die Party. Aber nackt."
Die Nutten und der Callboy sahen sich an. Jasmin lächelte und nickte, dann zogen sie sich aus.
„Kannst du uns bedienen, während die Frauen und ich auf dem Bett sitzen?", fragte Mirach den Callboy. Er schätzte ihn auf Mitte zwanzig. Die langen Kotletten seines brünetten Haares erinnerten Mirach unwillkürlich an einen Pornodarsteller. Der Schwanz des Callboys war normal. Das heißt er war größer, als der von Mirach, aber

kein Übermonster.

„Gerne", sagte der Callboy. „Du kannst auch Ralf zu mir sagen."

„Ralf, bitte schenk uns doch Champagner ein", wiederholte Mirach. Er fing an das Spiel zu genießen.

Ralf öffnete gekonnt die Flasche des exklusiven Schaumweins und schenkte vier Gläser voll. Zwischenzeitlich setzten sich Mirach und die beiden Frauen aufs Bett.

„Setzt euch doch im Schneidersitz hin", schlug er vor. Gierig gaffte der Journalist auf die Titten und Fotzen der Nutten. Er selbst behielt seinen Bademantel noch an.

Ralf nahm die ersten beiden Gläser und trug sie zum Bett. „Für dich, Rocky", sagte er zu Mirach und hielt ihm das erste Glas hin. Mirach nahm es kommentarlos. Das zweite Glas gab Ralf der Blondine, die sich als Eva vorstellte. Er ging zum Servierwagen zurück und holte die beiden restlichen Gläser. Eines gab er Jasmin, das andere behielt er selbst in der Hand.

„Setz dich dort an den Rand", trug ihm Mirach auf und zeigte an den Bettrand neben Jasmin.

„Ex und weg", gab Mirach nun vor und trank in einem Zug sein Glas leer. Seine Gäste machten es ihm nach.

„Und jetzt möchte ich, dass Ralf Eva leckt, während Jasmin ihm einen bläst."

„Du gehst aber konkret zur Sache", sagte Jasmin. Sie hielt ein Kondom in den Händen, griff nach Ralfs Schwanz und wichste ihn. Schnell wuchs der Pimmel des Callboys und Jasmin stülpte das Kondom über. Dann nahm sie Ralfs Schwengel in den Mund. Ralf lag auf dem Rücken und Eva kniete über seinem Gesicht. Ralfs Zunge spielte mit den Schamlippen der blonden Nutte.

„Ja, so ist es gut." Mirach stand auf und ging um das Bett herum. Er gierte überall hin und griff an die großen Titten von Eva. Sie stöhnte dabei. Mirach wusste, dass das Stöhnen gespielt war, aber es gefiel ihm.

„Stellungswechsel. Jetzt soll Eva mit Ralf die klassische Nr. 69 hinlegen, während Jasmin am Arsch von Eva leckt."

Eva beugte sich nach vorne. Ihre Brüste schwabbelten dabei hin und her. Jasmin stand auf und leckte an den Arschbacken ihrer Kollegin.

„Heb deinen Hintern ein bisschen höher, ich will deine Muschi von hinten sehen", forderte Mirach die dunkelhaarige Jasmin auf. Die Augen des geilen Alkoholikers saugten sich direkt an der rasierten

Vagina Jasmins fest. Er griff unter den Bademantel und spielte mit seinem immer noch schlaffen Pimmel.

„Stellungswechsel", befahl er erneut. „Jasmin soll sich über Ralfs Gesicht knien und Eva soll auf ihm reiten."

Alle drei kamen den Aufforderungen ihres Geldgebers nach. Ralf leckte an Jasmins Muschi. Sie schloss die Augen und stöhnte. Eva setzte sich über die Latte des Callboys, griff nach dem Ständer und ließ ihn langsam in ihrer Muschi verschwinden. Mirach stellte sich hinter Eva und hielt ihre großen Titten fest, während sie ihren Körper auf und ab bewegte.

Jasmin sah Mirach in die Augen. „Soll ich dir einen blasen?"

„Keine schlechte Idee. Ihr beide hört zu ficken auf. Ralf soll sich neben mich hinstellen. Eva, während Jasmin mir einen bläst, nimmst du Ralfs Schwanz in den Mund."

Jasmin holte ein weiteres Kondom und Mirach ließ seinen Bademantel fallen. Seine Figur wirkte neben der des gut gebauten Callboys lächerlich. Dünne Arme, kleiner Bierbauch. Ungesunde Hausfarbe. Blass. Mirach schien das nicht zu stören. Jasmin saß vor dem Journalisten am Bett und rieb an seinem Schwanz. „Na komm schon", flüsterte sie. Mirach bekam keinen Ständer.

„Los hilf ihr", befahl er Eva, die neben Jasmin saß und Ralfs Ständer bearbeitete.

Eva streichelte Mirach kleinen Sack. Der Journalist schloss die Augen. Nichts passierte.

„Soll ich mal?", fragte Ralf.

„Spinnst du? Ich bin nicht schwul!"

„Entschuldige, Rocky, ich dachte nur …", fing Ralf an, sich zu entschuldigen, wurde aber von Jasmin unterbrochen, die ihm ins Wort fiel.

„Ralf ist spitze. Außerdem ist man doch nicht gleich schwul, wenn man einmal im Leben von einem Mann verwöhnt wird", versuchte die Edelhure die unangenehme Situation wieder einzurenken.

„Wir können uns ja so lange gegenseitig französisch verwöhnen", schlug Eva vor.

Mirach sah alle drei nacheinander an. Er hatte 750 Euro hingeblättert und wollte ficken. Das mit dem Ständer würde sich bestimmt wieder einrenken, wenn er etwas Geiles sehen würde. Sollten sie sich doch die Fotzen gegenseitig lecken. Das würde ihn bestimmt auf Hochtouren bringen. Und Ralf? Soll er doch. Eigentlich scheißegal.

Weiß ja niemand davon.

„Na gut. Wir versuchen es."

Jasmin und Eva knieten sich gegenüber. Jasmin spielte an Evas Brust. Sie küssten sich.

„Ohne Vorspiel. Leckt euch", moserte Mirach.

Eva legte sich hin, Jasmin kniete sich über sie. Beide spielten mit ihren Zungen an den Schamlippen der anderen. Ralf massierte Mirach Schwanz. Sanft ließ er seine Finger über die Eichel gleiten, streichelte den Sack und packte schließlich den Schaft mit beiden Händen. Sanft knetete er Mirach Schwanz. Es funktionierte. Der schlaffe Pimmel wuchs. Schnell stülpte Ralf das Kondom über die Halblatte und nahm den Schwanz in den Mund.

„Er kann es besser als du", jubilierte Mirach, doch schnell war der Traum von der coolen Nummer wieder vorbei. Mehr als die Halblatte war nicht drin. Die Schlaffheit siegte, die Halblatte fiel in sich zusammen und der Schwanz des Alkoholikers hing wie ein verkümmerter Regenwurm über dem kleinen Sack. Mirach war impotent. Zumindest in diesem Moment.

„Scheiße. Ihr seid euer Geld nicht wert. Schert euch raus!", beschimpfte er die professionellen Prostituierten in einem Wutanfall. Er explodierte richtig.

Jasmin und Eva erschraken. Ralf ging einen Schritt zur Seite.

„Zieht euch an und verschwindet. Das ist eine Frechheit."

Vollkommen perplex zogen sich alle drei an und verließen, ohne ein Wort zu sagen, das Hotelzimmer. Mirach schloss hinter ihnen ab. „Lausige Vorstellung!", plärrte er gegen die Tür. Er musste seinen Frust loswerden. Mirach sah sich im Zimmer um, ging zum Servierwagen und schnappte sich die Flasche Cognac und legte sich ins Bett. Mirach nahm noch zwei große Schlucke, kippte er zur Seite und fing an zu schnarchen.

5.

Als er am Nachmittag aufwachte, fühlte er sich herrlich. Der zweite Schritt seiner Befreiung war getan. Bald sollte die Vergangenheit ausgelöscht, und er gesund sein. „Mulli ist Geschichte. Genauso, wie Jenny", flüsterte er mit einer heißer klingenden Stimme. Er schlug die dünne Bettdecke zur Seite und setzte sich. Das Gesicht des Mannes wirkte trotz seines Lächelns steinhart. Der nackte, braungebrannte Oberkörper war muskulös. Mit jeder Bewegung, die ausgeführt wurde, wanderten unter der narbenübersäten Haut sichtbar Muskelstränge hin und her. Er stand auf und ging ins Badezimmer. Sein Gesicht tauchte im Spiegel auf. „Nur noch zwei!" hauchte er aus. Sein Blick wurde starr. Langsam vergrößerten sich die Augen und glotzten ins Leere. Dann hielt er sich die Ohren zu. Es fing wieder an. Sie sangen wieder. Er hörte die Stimmen deutlich. Der Reim. „Sie gehen hin, geben Lohn. Tausend Väter. Hurensohn!", drang es durch seinen Kopf.

„Nein!", brüllte er. „Hört auf!" Sein Gesicht färbte sich rot vor Zorn. Es war verzerrt, als spürte er Schmerzen. Dann wurde es leiser. Viel leiser. Er lachte. „Es wird weniger. Es funktioniert. Nur noch eine Stimme singt den verfluchten Reim. Bald bin ich frei. Wenn ich alle erwischt habe, wird niemand mehr singen!"

Es war vorbei. Er wusch sich und ging die Treppe hinunter. Im Flur sprang er über eine eingetrocknete Blutlache hinweg, als sei es eine Pfütze und er ein Kind. Er lachte dabei. War fröhlich. In der Küche öffnete er den Kühlschrank. Leer. Nichts mehr zu essen da. Er war weiß Gott nicht verwöhnt. Schon tagelang hatte er sich von Insekten ernährt, doch die gab es hier im Haus nicht. Er befand sich schließlich nicht im Dschungel.

„Ach ja", sagte er und schnippte gut gelaunt mit den Fingern. „Die Tiefkühltruhe." Er ging aus der Küche hinaus in den Flur. Öffnete die Tür zum Keller und stieg die Treppen hinunter. Die ehemals roten Blutspritzer, die auf den Stufen hafteten, waren bereits schwarz verfärbt. Im Vorratsraum blieb er vor der Kühltruhe stehen und öffnete sie.

„Was haben wir denn da? Hähnchen. Nein, das dauert zu lange, oder was sagen Sie dazu?" Er lachte, als er in das Gesicht der eingefrorenen Leiche blickte. Mit Leichtigkeit hob den Torso der älteren Frau hoch. „Pizza! Das ist super." Er zog unter der Leiche eine Pizza aus der Tiefkühltruhe, ließ die Leiche los und schloss die Truhe wieder. Pfeifend ging er in die Küche und schaltete den Herd an. Er war zufrieden. Hier war er sicher. Zumindest, solange er in der Stadt war.

Schon einmal war er zurück nach München gekommen, doch er fand keine passende Bleibe, also verschwand er wieder. Erst jetzt, als die Stimmen aus der Vergangenheit immer öfter den Reim sangen, wusste er, dass er zurückkommen musste.

Es war Zufall, absoluter Zufall, dass er das abgelegene Haus fand. Er joggte. Hielt sich fit. Der Körper musste immer funktionieren. Er war sein Kapital, sein Leben. Er lief aus der Stadt hinaus und sog die Luft es immer üppiger werdenden Grüns ein. Der Weg war nicht einmal befestigt. Nur eine alte Schotterstraße. Der Mercedes der Alten fuhr langsam an ihm vorbei. Er ärgerte sich. Musste die stinkenden Auspuffgase einatmen. Dann bog der Wagen ab. Er lief näher heran. Die Alte fuhr in eine Einfahrt. Man sah sie kaum. Durch eine jahrelang gewachsene Hecke verschiedenster Baum und Buscharten, wurde das Haus dahinter fast unsichtbar. Er hatte selten so ein gutes Versteck gesehen und blieb den ganzen Tag. Am Abend lief er zurück zu seinem Hotel, checkte aus und beobachtete das Haus und die Alte für weitere drei Tage. Kein Besuch. Keine Hunde. Sie lebte allein. Hier würde er seine Basis haben. Hier könnte er bleiben, bis die Arbeit erledigt war. Am vierten Tag klingelte er. Er hatte sich extra seinen hellen Anzug angezogen. Wollte unaufdringlich und gut situiert wirken. So ein großes Haus. Hier konnte er sicherlich ein Zimmer mieten. Die Alte machte auf, sah ihn argwöhnisch an und wollte die Tür vor seiner Nase zuschlagen, noch bevor er sich richtig vorstellen konnte. Eine Frechheit. Blitzschnell brachte er seinen Fuß zwischen Tür und Angel und wuchtete sie auf. Er sah das große Küchenmesser in der Hand der Alten und schlug zu. Nur einmal. Es reichte. Sie landete auf dem Boden und war tot. Selbst schuld, dachte er sich. Ich hätte sogar für das Zimmer bezahlt. Er sah sich im Haus um. Alles war perfekt. Nicht mehr das Neueste, doch für seine Zwecke ideal. „Sogar ein Auto hast du mir hinterlassen. Vielen Dank", sagte er, als er sie in die Gefriertruhe steckte. So sparte er sich das lästige Begraben.

„Heute gehe ich in die Stadt und amüsiere mich."
Er packte die Pizza aus, öffnete das Backrohr und schob sein Essen hinein. „Morgen werde ich Nummer drei besuchen."

Sören Falk starrte auf den Bildschirm seines PCs. Wo sollte er anfangen? Er ging zu Landers Schreibtisch und holte sich die Akten der beiden Mordfälle. Als er die Akte ‚Jenny' aufschlug, fiel sein erster Blick auf die Lichtbildmappe. Sören schlug sie auf und in seinem Kopf blitzte es. Er sah die Bilder aus der Rechtsmedizin vor seinen Augen. Er sah Dr. Sammer, wie dieser mit seinen Gummihandschuhen auf die Einstichwunden zeigte und das tote Fleisch auseinanderzog. Sören schloss die Augen für einen kurzen Moment und lehnte sich zurück. Dann beugte er sich über die Lichtbildmappe und betrachtete die Fotos vom Tatort mit der Auffindesituation der Leiche. Das Gehirn des Ex-Hamburgers begann zu rattern. Langsam kam er in die Gänge. Er hatte Ruhe. Es waren keine Kollegen anwesend, die mit Vorschlägen und Gegacker seine Art zu Denken störten. „Es war Dämmerung, wurde langsam dunkel", sagte er laut. Seine Augen wanderten von Foto zu Foto. Immer stärker kreisten Sörens Gedanken um die Tat. Es war, als wäre er ein stiller Beobachter geworden. Er fühlte sich, als sei er unsichtbar. Er war dort. Sie lief. Joggte auf ihrer Route. Es dämmerte. Wo warst du? Fragte er sich und suchte förmlich nach dem Täter. Sören legte die Fotos beiseite und las den Erstzugriffsbericht der uniformierten Beamten, die als erstes am Tatort waren. „Gut gearbeitet", lobte er, obwohl er alleine im Büro war. Sie hatten die Leiche gefunden, den Tod der Frau festgestellt und den Tatort weiträumig abgesperrt. Sören verglich den Erstzugriffsbericht mit dem Protokoll der Spurensicherung. Verärgert legte er das Protokoll wieder weg. „Nichts!", schimpfte er. Er war nicht auf die Kollegen des Fachkommissariats sauer, sondern auf den Täter. Die Jungs von der Spurensicherung sind sicherlich genauso gut wie die in Hamburg. Sie verstehen ihr Handwerk. Sind ja auch speziell ausgebildet. Nein, hier liegt kein Fehler vor, aber wo warst du? Wo hast du dich aufgehalten?

Sören schloss wieder die Augen. Dämmerung. Jenny lief. Der Killer sah die Frau. Kannte er sie? Suchte er ein beliebiges Opfer aus? Der Polizist erinnerte sich an die Worte des Pathologen. „Kein Hinweis für einen sexuellen Missbrauch jeglicher Art."

Hast du dich daran aufgegeilt, sie abzustechen? Bekommst du einen Ständer, wenn der Stahl deines Messers die Haut durchtrennt und sich tief ins Fleisch der Opfer bohrt? Stehst du auf Quälen? Oder hattest du ein anderes Ziel? Du hast sie laufen sehen. Hast du gewartet? Bist du hinterhergelaufen? „Gewartet!", stieß Sören selbstsicher aus. Er schnappte sich wieder die Berichte und studierte sie erneut. Wurde die

Umgebung abgesucht? Seine Augen flogen regelrecht über die Zeilen. Absatz für Absatz. Endlich fand er, wonach er gesucht hatte. Ja, sie hatten die Gegend in einem Umkreis von 100 Metern rund um den Tatort abgesucht. Negativ. Kein Versteck, kein Taschentuch, keine Zigarettenkippen. Nichts. Sören war sich absolut sicher, dass der Täter auf sein Opfer wartete. Die Beweise hierfür würde er schon noch finden.

„Du bist schlau", sagte Sören, den jetzt das Jagdfieber packte. Er notierte sich auf einem Zettel, dass er den Tatort selbst noch einmal besichtigen würde und öffnete die zweite Akte.

Auch hier spiegelten sich die Bilder aus der Rechtsmedizin in Sörens Kopf wider. Das Opfer war gequält worden. Wesentlich heftiger als das erste. Gleiche Tatwaffe. Wie bist du auf das zweite Opfer gekommen? Sören betrachte sich jetzt die Fotos vom Tatort. Ihm fiel augenblicklich der Zeitungsbericht dieses Mirach ein. „Dieses Riesenarschloch hat es geschafft, den Tatort zu betreten." Sören dachte noch einmal wutentbrannt über den kompletten Zeitungsbericht nach. Wie zum Teufel hatte Mirach davon erfahren, dass Sören seinen Dienst bei der Münchner Mordkommission angetreten hatte? Wie schrieb er am Ende seines Berichts?

Die total überforderte Münchner Kripo hat sich extra zur Auflösung dieser Mordfälle Verstärkung aus Hamburg kommen lassen. Kriminalhauptkommissar Falk wird sich ab sofort um die Ermittlungen kümmern und den Serienkiller, der sich selbst Hurensohn nennt, jagen.

Sören schlug mit der Faust auf den Tisch. „Morgen früh wird es ein Donnerwetter geben. Das verspreche ich! Und diesen Mirach kaufe ich mir!"

Der Kriminalpolizist verdrängte die ärgerlichen Gedanken und widmete sich wieder der Akte des zweiten Opfers. Rechtsanwalt. Gut situiert. Sören überflog eine Notiz von Landers.

Nach ersten Ermittlungen keinen Bezug ins Rotlichtmilieu, verdeckte Ermittler sind aber noch immer an der Sache dran. Abschluss hierzu folgt.

„Spielschulden? Mafia? Waffengeschäfte?" Sören zählte laut alle Möglichkeiten auf, die üblicherweise für solche Mordfälle in Betracht gezogen wurden. Wieder schloss er die Augen und lehnte sich zurück. Es ist dunkel. Du arbeitest noch am Computer. Es ist warm. Die Hitze will auch in der Nacht nicht verschwinden. Du lässt Türen und Fenster offen. Zumindest sind sie nicht versperrt. Er kommt. Du hörst ihn nicht. Er ist leise. Zielstrebig geht er zu dir und überwältigt dich. Wie? Laut Tatortspurenbericht fand kein Kampf statt. Außer er hätte alles wieder fein säuberlich aufgeräumt, aber das ist eher unwahrscheinlich. Er lässt ihn sich nackt ausziehen. Warum? Hast du dich daran aufgegeilt? Möglich. Aber ebenso ist es möglich, dass du einen nackten Menschen besser, gezielter foltern kannst. Wolltest du Informationen? War es zu deiner Befriedigung? Warum hast du Hurensohn an die Wand geschrieben?

Sören sah sich das Foto an. Musste dein Opfer das Wort lesen? Wer ist der Hurensohn? Du oder er? Was sollte das mit den kaputten Glühbirnen? Liebst du die Dunkelheit und bist lichtscheu? Spielst du mit uns? Die Kollegen von der Zivilfahndung hätten dich fast gehabt. Angst? Hattest du Angst? Du sollst Angst haben, denn ich werde dich jagen, bis ich dich bekomme, du HURENSOHN!

Sören warf nun einen Blick auf die Lebensläufe der beiden Opfer, soweit sie von seinen Kollegen schon zusammengetragen wurden. Jenny Winter war leitende Angestellte einer großen Werbeagentur. Liiert mit Jan Keiler, einem Kaufmann, der sich seit einer Woche im Ausland befindet. Vor sechs Monaten sind sie zusammengezogen. Offensichtlich keine Feinde. Jenny Winter rauchte nicht, trank wenig Alkohol und nahm keine Drogen, was die Untersuchung im Institut für Rechtsmedizin bestätigte. Sören ging zurück. Studium an der Akademie der Künste in München. Abi am Städtischen Gymnasium.

„Nichts."

Sören warf noch einen Blick auf die Auswertung der Wohnungsdurchsuchung von Jenny Winter. Doch auch die hatte nichts erbracht.

„Dann wieder zum Rechtsanwalt", sagte er und las dessen Lebenslauf. Anwalt mit eigener Kanzlei. Zuvor zwei Jahre lang angestellter Jurist bei einem Autokonzern. Jurastudium mit hervorragendem Abschluss. Abitur im Städtischen Gymnasium.

Sören fiel auf, dass beide Opfer die gleiche Schule besucht hatten, schenkte dem aber nicht allzu viel Aufmerksamkeit. Er machte sich eine Notiz, um dies am nächsten Tag nachzuprüfen und holte die Asservatenkisten mit den sichergestellten, persönlichen Gegenständen der Opfer. Jennys Kiste war fast leer. Der blutdurchtränkte Jogginganzug war noch im Labor. Sören fand lediglich Jennys Autoschlüssel und ein Notizbuch vor. Das Notizbuch stammte aus der Wohnung. Man hatte sich Adressen erhofft. Sören stöberte es durch, fand aber keinen Hinweis auf das zweite Opfer.

In der Asservatenkiste von Rechtsanwalt Müller sah es ähnlich aus. Sören sah ein Mobiltelefon. Es muss dem Anwalt gehören, dachte er sich. Da kein Hinweis vorhanden war, dass es sich um einen Spurenträger handelt, ging Sören davon aus, dass er das Mobiltelefon anfassen durfte und griff in die Kiste. Fast andächtig betrachtete Sören das Handy. Es handelte sich um ein Sony Ericsson. Während die Gedanken des Kriminalbeamten verzweifelt in seinem Kopf herumkreisten und vergeblich einen Nenner suchten, fuhr sein Zeigefinger auf die Tasten. Es war noch angeschaltet. Der erste Blick des Ermittlers ging zur Akkuanzeige. „Voll", sagte Sören zufrieden. Ein kurzer Blick zurück in die Asservatenkiste verriet ihm, dass das Ladegerät ebenfalls sichergestellt war. „Die Kollegen dachten mit", murmelte er und blätterte im Menü des Telefons herum. Nach und nach ging er die Eintragungen im Telefonbuch durch und stieß auf keine einzige Auffälligkeit.

Sören sah auf die Uhr. Es war 20.30 Uhr. Er wusste aus Hamburger Zeiten, dass die Zivilfahnder mehrere Nachtschichten hintereinander Dienst hatten. Zu gern hätte er die beiden Kollegen gesprochen, die gestern Dienst hatten und den Killer fast erwischt hätten. Er legte das Handy zur Seite und suchte in der Akte den Bericht der Besatzung ZEG 17. Sören fand das Schriftstück. „Mist", ärgerte er sich. Die Adresse der Dienststelle war aufgestempelt, die Telefonnummer aber unleserlich. Der Neu-Münchner ließ seine Finger nun über die Tastatur wandern und eine Dienststellenübersicht des Polizeipräsidium Münchens erschien auf dem Bildschirm. Sören klickte die richtige Polizeiinspektion an und suchte dort nach dem Büro der Fahnder. „Bingo", sagte er und wählte die Nummer.

Ralf, Jasmin und Eva beherrschten sich, bis sie das Hotel verlassen hatten, doch schon ein paar Meter neben dem Haupteingang hielten sie es nicht mehr aus und fingen lauthals an zu lachen.

„Der hat doch einen an der Rübe, oder?", prustete Jasmin aus. Eva hängte sich ein. „Ich fasse es nicht. 750 Euro für zwanzig Minuten ohne Abschuss."

„Der Kerl hatte doch wirklich 'ne Vollmeise. Ich bin mir vorgekommen wie beim Film", war Ralfs Meinung. Dann äffte er Mirach nach und ging um die beiden Frauen herum. „„..ich will deine Fotze sehen…" Das folgende Gelächter war groß.

„Wisst ihr was, Mädels. Der Abend ist jung und wir stehen theoretisch noch für 'ne gute halbe Stunde in den Diensten des verrückten Starreporters. Lasst uns doch was trinken gehen", schlug Ralf vor.

„Ich bin dabei", sagte Eva.

„Einverstanden. Wohin?", fragte Jasmin.

„Rüber zum Hauptbahnhof, dort in einer Seitenstraße gibt es 'ne Bar", meinte Ralf.

„Da gibt es etliche Bars."

„Klar, aber ich meine eine bestimmte. Sie gehört einem Kumpel von mir. Ist echt irre gemütlich. Karibisches Flair, gute Cocktails und schönes Ambiente."

„In der Hauptbahnhofsgegend?", wunderte sich Eva.

„Na da bin ich aber gespannt", sagte Jasmin.

„Prima, hört sich an, wie ein glattes ‚ja'. Also keine Widerreden mehr, ich rufe uns jetzt ein Taxi."

Wenig später saßen alle drei im ‚Little Cuba'. Die Bar war weder schmuddelig, noch nobel. Aus den Musiklautsprechern dröhnten karibische Klänge. Die Sitzbänke waren in rot gehalten und erinnerten an die Rücksitze von Cadillacs. Die Stimmung in der Bar war ausgelassen. An der Theke saßen drei amerikanische Touristen und lachten viel. Scheinbar erzählten sie sich einen Witz nach dem anderen. Am Tisch neben Ralf, Jasmin und Eva saß rücklings zu ihnen ein einzelner Herr, und in der anderen Ecke des kleinen Gastraums unterhielten sich drei Türken. Ralf war vom Wirt herzlich begrüßt worden und der erste Cocktail ging auf Kosten des Hauses. Um nicht unhöflich zu sein, bestellten alle drei noch einen zweiten Cocktail. Immer wieder griffen sie das Thema vom impotenten Starreporter Mirach auf.

„Ich lese morgen schon die neueste Schlagzeile", lachte Ralf, „weil mir ein Mann einen blies, bin ich impotent." Alles brüllte.

„Oder wie wäre es damit: Skandal im Palast Hotel. Impotenter Starreporter dreht einen Privatporno!"

Wieder schallendes Gelächter. Sogar die drei amerikanischen Touristen drehten sich um.

Der Herr am Nachbartisch faltete seine Zeitung zusammen und zahlte. Er hatte genug gehört. Außerdem wollte er die Gegend wechseln. Nachts waren zu viele Bullen im Bahnhofsbereich unterwegs. Eine Kontrolle wäre das Letzte, was er jetzt bräuchte.

„Mike, geh du ans Telefon. Ich sortier gerade die Haftbefehle durch", sagte Rolf Faller. Er stand mit einer blauen Mappe in der Hand vor den Einlauffächern und ordnete neue Haftbefehle in ihren persönlichen Fahndungsordner ein.

„Komme schon", rief sein Kollege und kam mit zwei Tassen Kaffee ins Büro. „Heike hat Kaffee gemacht. Nächste Schicht bringt sie einen Kuchen mit."

„Jetzt geh schon ran. Das Läuten nervt mich", drängte Rolf. Sie hatten seit einer halben Stunde Dienst. Ihre zweite Nachtschicht. Der Leichenfund von letzter Nacht war für die Fahnder schon wieder abgehakt. Zumindest was die äußere Coolness anging. Der täglich anfallende Arbeitsaufwand ließ keine Zeit zum langen Nachdenken zu.

„ZEG-Büro, Stahl", meldete sich Mike kurz.

Rolf quatschte dazwischen. „Ach nee. Wir haben wieder mal 'nen Haftbefehl von Guido Schwarzmann. Ich schätze, wir drehen nachher eine Runde um den Hauptbahnhof."

Neben der Bekämpfung der Straßenkriminalität, vollstreckten die Zivilfahnder auch Haftbefehle der unterschiedlichsten Art. Da waren die kleinen, nervigen Teile, wenn jemand mal seinen 30 Euro-Strafzettel nicht bezahlt hat, aber auch welche, bei denen die Untersuchungshaft beziehungsweise längere Haftstrafen anzutreten waren.

„Entschuldigung, ich habe Sie nicht verstanden, mein Kollege hat gerade dazwischen gequatscht."

„Mein Name ist Falk. Mordkommission."

„Ach der neue Kollege aus Hamburg. Wir haben schon Zeitung gelesen."

Sören rang sich ein kurzes Lachen ab. „Richtig. Ich möchte mich erkundigen, wann die beiden Fahnder wieder Dienst haben, die letzte Nacht die Leiche des Rechtsanwalts aufgefunden haben."

„Das waren wir. Michael Stahl und Rolf Faller", antwortete Mike.

„Ich würde gerne noch einmal mit euch sprechen." Sören zog nun das kollegialere ‚Du' vor.

„Wir haben doch alles in unseren Bericht geschrieben. Passt etwas nicht?"

„Doch, aber ich würde trotzdem gerne mit euch sprechen."

„Wann geht es denn bei Ihnen?", fragte Mike nach.

„Jederzeit. Und ich heiße Sören."

„Wir haben heute Nachtschicht."

„Wie weit ist eure Dienststelle von der Mordkommission weg?"

„Nur ein Katzensprung", sagte Mike. „Einfach einmal quer durch den Hauptbahnhof durch, dann links, über die Kreuzung und wieder rechts rein. Zu Fuß keine zehn Minuten."

„Dann komme ich heute Nacht noch vorbei."

„In Ordnung. Aber bitte nicht jetzt gleich, wir müssen noch einen alten Bekannten aufsuchen. Haftbefehl."

„Macht nur eure Arbeit. Ich komme und melde mich dann."

„Bis später." Mike legte auf.

„Und?", wollte Rolf neugierig wissen. Er nahm seinen Kaffee, trank einen Schluck und zündete sich eine Lucky-Strike an.

„Der Neue von der Mordkommission möchte mit uns quatschen."

Rolf blies den Rauch seiner Zigarette aus. „Dann bin ich mal gespannt, was der von uns will. Normalerweise geben sich die Herren von der edlen Mordkommission doch nicht mit uns Haus- und Hofschnüfflern ab." Er nahm einen zweiten Schluck Kaffee. „Wenn ich geraucht habe, suchen wir Guido."

„Einverstanden, allerdings verschiebt sich der Termin um eine Minute. Wir fahren, wenn ich geraucht habe", sagte Mike und zündete sich ebenfalls eine Zigarette an.

Nachdem Rolf seine Zigarette ausgedrückt hatte, schnappte er sich den Einsatzkoffer und die schusssichere Weste. „Anziehen, oder mitnehmen und anziehen, wenn wir 'nen entsprechenden Einsatz kriegen?", fragte er Mike.

Dieser sah nach draußen. „Wenn es heute wieder so warm ist, wie gestern, verrecke ich in der kugelsicheren Unterziehweste. Weißt du was. Wir suchen doch jetzt sowieso nach Guido. Nehmen wir sie so mit und ziehen sie später an."

„Genau mein Vorschlag", grinste Rolf und verließ das Büro. „Der letzte macht das Licht aus", lachte er.

Mike packte seine Weste und den Autoschlüssel. Sie hatten sich heute für den BMW entschieden. Sollte der Kerl von gestern tatsächlich nochmals auftauchen, wollten sie verhindern, dass er sie erkennt, nur weil sie das gleiche Fahrzeugmodell fuhren.

Sie packen ihre Schutzwesten und den Einsatzkoffer ins Fahrzeug und stiegen ein.

„Was ist das für ein Haftbefehl, den Guido wieder mal offen hat?", fragte Mike und fuhr in die Nymphenburger Straße ein. Er bog nach links ab und kam am Cinema-Filmtheater vorbei. Es war wieder warm. Vom nahe gelegenen Löwenbräu-Biergarten drang Musik an ihre Ohren.

„Haben die heute Live-Musik?"

„Hört sich so an, Rolf."

Die Leute feierten ausgelassen und eine oktoberfestähnliche Stimmung strömte bis auf die Straße. Am Stiglmairplatz bog Mike rechts ab und fuhr bis zur Paul-Heyse-Unterführung. Dort ordnete er sich links ein und fuhr an der Nordseite des Hauptbahnhofs langsam die Arnulfstraße entlang. Die Blicke der Fahnder kreisten auf die Passanten.

„Guido treibt sich jeden Tag irgendwo am Hauptbahnhof herum. Ich wette um den Mitternachtskaffee, dass wir ihn erwischen", murmelte Rolf. Er hatte die Mappe mit den Haftbefehlen aus dem Einsatzkoffer gekramt, um Mike die Frage zu beantworten, weshalb der Haftbefehl gegen Guido Schwarzmann ausgestellt wurde.

„Die Wette halte ich nicht. Aber ich sag dir was."

„Was denn, Mike?"

„Wir fahren rüber auf die Südseite und klappern die dortigen Schuppen ab."

„Wieso denn das?"

„Die letzten beiden Male haben wir Guido hier auf unserer Seite verhaften können. Er weiß sicher, dass wir ihn suchen. Deshalb!"

„Also gut, Sherlock Holmes. Fahren wir rüber auf die andere Seite und latschen durch Klein-Istanbul." So nannten Rolf und Mike die Südseite des Hauptbahnhofs, da sich dort nicht wenige Geschäfte ausländischer Einwanderer angesiedelt hatten. Das Viertel bekam nach und nach seinen eigenen Flair. Spazierte man hindurch, konnte man mit etwas Fantasie das Gefühl bekommen, man befände sich im Urlaub.

„U-Haft. Nichterfüllung von Auflagen."

„Guido muss einsitzen?" Mike lachte. „Mich laust der Affe. Der aalglatte Ganove ist doch bisher jedem Knastaufenthalt durch irgendeine Mogelei entkommen. Junge, der wird zusehen, dass wir ihn nicht erwischen."

Mike parkte bei der Polizeiinspektion am Hauptbahnhof und legte die Anhaltekelle ins Fahrzeug, damit der zivile Dienstwagen nicht abgeschleppt wird. Anschließend stiegen sie aus und schlenderten durch die Bahnhofshalle. Auf der Südseite angelangt, kreisten ihre Blicke wieder umher. Sie bemühten sich nicht, unauffällig zu wirken. Heute Nacht waren sie nicht darauf aus, ein paar Kleindealern in die

Suppe zu spucken. Sie wollten Guido Schwarzmann. Mike wechselte die Straßenseite, während Rolf auf seiner Seite blieb. Ohne sich aus den Augen zu verlieren, schlenderten sie parallel zueinander die Seitenstraßen rund um den Bahnhof ab.

Es war amüsant, den Dreien zuzuhören. Guido verstand jedes Wort. Er hatte den Artikel gelesen. Er wusste, dass die Sache Staub aufwirbeln würde. Ein Serienmörder in München. Schrecklich. Die Bullen würden sauer auf diesen Schmierfinken sein. Wie nannten sie ihn? Mirach. Genau. Der Kerl hat auch seinen Namen unter die Titelstory gesetzt. Man, der ließ es aber krachen. Zwei Nutten und einen Callboy hatte er sich aufs Zimmer bestellt. Und zwar nicht irgendwo, sondern im Palast Hotel. Nachdem sich die Geschichten, allerdings zu inhaltslosen Floskeln unnötig wiederholten, zahlte Guido. Er setzte seinen Hut auf und verließ die Bar. Karibik war bei dem Wetter genau das Richtige. Er fühlte sich in Urlaubsstimmung und bummelte die Schillerstraße hoch. Wie ein Blitzschlag traf es Guido Schwarzmann, als er von hinten angesprochen wurde.

„Hallo Guido. Wir haben wieder mal einen Haftbefehl gegen dich!"

Schwarzmann erkannte die Stimme sofort. Es war Mike Stahl, der Zivilfahnder. Ohne sich umzudrehen, rannte Guido sofort auf die Straße. Ein Taxifahrer bremste und hupte. „Arschloch!" war noch das harmloseste Schimpfwort, das er Guido nachschrie.

Trotz seiner 52 Jahre war Guido schnell. Gewandt schlängelte er sich durch zwei geparkte Pkw und wollte gerade in ein türkisches Cafe laufen, als Rolf Faller ihn von der Seite packte.

„Na, na, na", sagte dieser nur und schüttelte den Kopf.

Guido keuchte.

„Wohin so eilig, Guido?"

Mike kam dazu. „Sieh mal einer den Herrn Schwarzmann an. Fast schon Rentner und trotzdem flink wie ein Windhund."

„Ich wollte nur aufs Klo", log Guido und setze ein freundliches Gesicht auf. „Was gibt es denn?"

„Aufs Klo wolltest du also. Wie wäre es, wenn du bei uns auf der Dienststelle pinkeln gehst, Guido?"

„Nicht heute, Jungs. Ich weiß, dass ich Mist gebaut habe. Ich habe vergessen mich zu melden. Morgen wäre ich zur Staatsanwaltschaft und hätte das alles erklärt. Ich war krank, wisst ihr."

„Guido, spar dir deine Märchen", sagte Mike und hielt seine Handschellen in der Hand.

„Das muss nicht sein." Die Freundlichkeit hatte Guidos Gesicht nun endgültig verlassen. „Ich laufe nicht weg."

„Das habe ich gerade gesehen."

„Die wollen mich in Untersuchungshaft stecken. Dabei bin ich unschuldig. Versteht ihr das nicht?"

„Guido, wir können nicht verhandeln. Gehts ohne, oder müssen wir dir den Achter anlegen?"

Guido wusste, dass er verloren hatte. Beide Bullen waren ihm körperlich überlegen. Er war sowieso froh, dass diese beiden ihn erwischt hatten. Sie waren in Ordnung. So blöd es auch klingen mochte. Wenn schon festgenommen, dachte sich Schwarzmann, dann von Stahl und Faller. Er fügte sich. „Vergiss den Achter. Ich gehe ohne Handschellen mit."

Die Fahnder nahmen Guido in ihre Mitte und gingen zurück zum Dienstwagen.

Dr. Jonken saß auf seiner Terrasse und betrachtete das Spiel der Schmetterlinge. Sie tanzten mit den letzten Sonnenstrahlen über einem Meer von Blumen. Dr. Jonken liebte Blumen über alles. Seit er vor zehn Jahren sein Pensionsalter erreicht hatte, weinte er dem Schuldienst keine Träne nach. Es war eine schöne, teils auch anstrengende Zeit gewesen, doch eine neue Ära war angebrochen. Er genoss mit seiner Frau den Ruhestand. Das Reiheneckhaus war längst abbezahlt, die Kinder außer Haus. Zwei, manchmal auch dreimal im Jahr fuhren die Jonkens in Urlaub. Meistens nach Österreich, aber einmal im Jahr flogen sie nach Madeira. Das musste sein. Ein Blumenparadies mitten im Ozean. Dr. Jonken beobachtete einen Zitronenfalter, der scheinbar mit einem Pfauenauge ein Flugduell austrug.

„Liebling, bist du im Garten? Ich bin wieder da", rief seine Frau Rosi nach ihm.

„Ich bin auf der Terrasse und habe den Tisch gedeckt. Ich dachte, wir essen draußen zu Abend."

„Eine gute Idee. Ich war noch beim Metzger und habe deine Lieblingssalami gekauft."

„Auch ein Baguette?"

Frau Jonken kam durchs Wohnzimmer auf die Terrasse. „Baguette, Salami, Oliven und eingelegte Paprika", grinste sie.

„Du bist ein Engel, Liebling. Ich liebe dieses Essen."

„Ich weiß, deshalb habe ich es ja auch gekauft. Haben wir noch Rotwein?"

„Ich gehe in den Keller und hole eine Flasche." Dr. Jonken stand auf. Eine geniale Idee von seiner Frau. Seit 42 Jahren waren sie nun ein Paar und er bereute noch keinen einzigen Tag. „Sag mal, Liebling, gibt es einen Grund zum Feiern? Ich habe doch nicht etwas vergessen?"

„Nein, Fritz. Ich genieße nur das warme Wetter. Da dachte ich, wenn wir schon Temperaturen wie am Mittelmeer haben, könnten wir auch Essen wie im Urlaub."

Dr. Jonken holte den Wein aus dem Keller, entkorkte ihn in der Küche und kam mit zwei Weingläsern zurück auf die Terrasse. Zwischenzeitlich hatte seine Frau das Baguette aufgeschnitten und saß auf ihrem Gartensessel aus Eukalyptusholz. Die gelb-weiß gestreifte Markise war halb ausgefahren und hüllte die Terrasse in ein leicht gelbliches, angenehmes Licht.

Der pensionierte Lehrer stellte die Weinflasche auf den Tisch und deutete auf die Markise. „Brauchen wir die noch?"

„Lass sie mal so, wie sie ist. Ich finde es angenehm."

Er setzte sich ebenfalls, schenkte Wein ein und das Ehepaar prostete sich zu. Dr. Jonken hatte gerade eine Olive gegessen und ein Baguette mit Salami belegt, als er einen Blick in den auf dem Boden abgestellten Einkaufskorb warf.

„Du hast eine Tageszeitung besorgt?", fragte er seine Frau.

„Ist die von morgen. Als ich vom Metzger rausging, hat der Zeitungsausträger gerade den ‚stummen Zeitungsverkäufer' aufgefüllt. Ich dachte mir, fürs Frühstück."

„Oder nach dem Essen", erwiderte Dr. Jonken. Er aß das Baguette auf und warf einen Blick auf die Schlagzeile.

„Was lese ich da? Ein Serienmörder in unserem München. Den Artikel lese ich schnell. Da bin ich mal gespannt."

„Fritz, jetzt iss doch erst mal auf. Du trägst ja die ganze Gemütlichkeit hinaus", ärgerte sich Rosi Jonken, doch sie kannte ihren Mann nur allzu gut. Sie wusste, dass er den Artikel lesen musste, sonst würde er keine Ruhe geben.

„Nur den einen Artikel. Versprochen", liebäugelte er mit verschmitztem Lächeln.

Rosi Jonken konnte nicht widerstehen. „Also gut. Aber wirklich nur diesen einen Artikel. Ich möchte den Abend genießen.

Wie einen Urlaubsabend."

„Du meinst, wie einen richtigen Urlaubsabend? So mit allem, was nach der Flasche Wein dazugehört?"

„Fritz", sagte seine Frau und sah sich um. „Wenn die Nachbarn das hören. Wir sind doch keine zwanzig mehr."

„Na und. Aber wir gehören noch lange nicht zum alten Eisen. Vielleicht sind wir nicht mehr so spritzig wie mit zwanzig, aber wir sind immer noch gut aktiv."

„Trotzdem. Also, lies jetzt den Artikel, dann genießen wir den Abend."

Dr. Jonken nahm die Tageszeitung aus dem Korb, schob sich eine Olive in den Mund uns spülte sie mit einem Schluck Rotwein hinunter. Er begann zu lesen, stockte und las den Satz ein zweites Mal. Gebannt griff er zum Glas Rotwein und las die Titelstory zu Ende.

Rosi Jonken fiel auf, dass sich der Gesichtsausdruck ihres Mannes geändert hatte.

„Was ist los? Geht es dir nicht gut?"

Fritz Jonken zitterte leicht. „Rosi, ich bin mir nicht ganz sicher, aber ich glaube, ich muss sofort zur Polizei gehen."

„Um Gottes Willen, Fritz. Nun sag schon! Was ist los?" Rosi Jonken fing an sich Sorgen zu machen. „Weshalb musst du denn jetzt zur Polizei?"

Dr. Jonken schob seinen Teller zur Tischmitte, stellte das Glas mit Rotwein zur Seite und legte die Zeitung auf den Tisch.

„Ich kenne die Opfer dieses Serienmörders. Es zwar schon lange her, aber sie waren Schüler von mir."

„Fritz, weißt du, wie lange du schon in Pension bist. Zehn Jahre. Du hast tausende und abertausende von Schülern unterrichtet. Wie kommst du denn darauf, dass du sie kennst?" Rosi Jonken war aufgestanden und stand jetzt neben ihrem Mann. Sie beugte sich über die Zeitung und las den Artikel. „Grausam. Wie kann ein Mensch nur so etwas machen?"

„Er war schon als Schüler nicht einfach. Hochintelligent, sportlich, aber ein überaus schwieriger Junge."

„Wer denn?"

„Rosi. Ich glaube, der Serienmörder ist einer meiner ehemaligen Schüler."

„Fritz. Ich frage dich noch einmal", Rosi wurde energischer, „und diesmal möchte ich endlich eine Antwort haben. Wie kommst du darauf, dass der Mörder ein Schüler von dir war?"

„Wie ich schon sagte, es ist lange her. Manche Namen und Gesichter vergisst man. Die meisten sogar. Die Kinder kommen zur Schule, man begleitet sie ein paar Jahre und sie verlassen die Schule wieder. Aber einige wenige bleiben in Erinnerung. Ich weiß noch genau", lachte Dr. Fritz Jonken, „als ich ein junger Lehrer war. Ich war gerade mal im dritten Dienstjahr, da unterrichtete ich eine Klasse in der ein dicker Junge ständig Unsinn machte. Er hieß Peter Lauermann. Der Kerl ließ keinen Streich aus. Wenn ihn seine Mitschüler wegen seiner Körperfülle hänselten, mussten sie mit Peters Rache rechnen. Er hat sie alle gekriegt und am Ende des Jahres gab es niemanden, der nicht mindestens einmal von Peter hereingelegt wurde. Selbst mich hat es erwischt."

„Fritz, du weichst vom Thema ab. Wir reden nicht über diesen Peter sonst irgendwas, sondern über den Mörder aus der Zeitung."

„Ich wollte damit nur ausdrücken, dass man manche Dinge nicht vergisst."

„Was konntest du bezüglich dieser Sache nicht vergessen?"

„Es war eine Clique. Sie gingen nicht in die gleiche Klasse, aber irgendwie hingen sie in der Pause und auch nach der Schule immer zusammen. Die Opfer dieses Mannes, Jenny Winter und Rechtsanwalt Müller, gehörten dazu. Ihre Namen hatte ich vergessen, oder verdrängt. Aber jetzt, als ich sie in der Zeitung las, sind sie mir wieder eingefallen."

„Das sind doch Allerweltsnamen. Täuscht du dich nicht?""

„Nein, Rosi. Es hängt mit dem Wort ‚Hurensohn' zusammen. Zu der Gruppe um Jenny Winter und Michael Müller gehörte damals unter anderem auch ein etwas sonderbarer Schüler. Ich komme momentan nicht auf den Namen. Es war etwas Englisches. Charles. Ja genau", triumphierte Dr. Jonken, „er hieß Charles Jäger. Alle nannten ihn Charly. Er war wirklich sehr begabt. Ein Sprachengenie. Seine Mutter war allein erziehend und eine Gelegenheitsprostituierte. Irgendwann bekam Charlys Clique davon Wind. Sie verhöhnten ihn. Anfangs scherzhaft, dann wurde es immer schlimmer. Sie sagten immer so einen Reim auf. Ich bringe ihn nicht mehr zusammen, aber die Quintessenz daraus war, dass er ein Hurensohn war und seinen Vater nicht kannte."

„Schrecklich. Was hast du damals unternommen?"

„Ich habe Gespräche geführt, Verweise erteilt und versucht, Charly aus der Schusslinie zu nehmen. Es hörte auf. Zumindest bekam ich nichts mehr mit."

„Und wieso soll er jetzt der Mörder sein?"

„Charly Jäger reagierte nicht auf meine Hilfe. Als ich ihm anbot, er könne sich mal mit einem Bekannten von mir treffen, einem Psychologen, rastete er aus. Charly wurde zunehmend gewalttätiger. Er war kräftig und sportlich. Jeder, der ihn auch nur schief ansah, wurde verprügelt. Letztendlich musste ich ihn von der Schule entfernen."

„Ja und?"

„Charly gab seiner Mutter die Schuld. Zwei Monate nach der Schulentlassung, die mir sehr schwer fiel, brachte seine Mutter wieder einen Freier mit nach Hause. Charly hat sowohl den Freier, als auch seine Mutter krankenhausreif geprügelt. Danach ist er zur Schule gegangen, ist dort eingebrochen und hat sowohl sein Klassenzimmer, als auch mein Büro verwüstet. An die Tafel schrieb er ein Wort: ‚Hurensohn'."

„Er wurde aber erwischt, oder? Jeder wusste ja, was er getan hatte."

„Nein, Rosi. Als er wieder nach Hause kam, fand er seine Mutter total betrunken vor. Sie stritten. Seine Mutter schlitzte sich vor Charlys Augen die Halsschlagader auf."

„Himmelherrgott!" Rosi hielt sich die Hände vors Gesicht. „Die Halsschlagader? Das ist doch sehr ungewöhnlich, oder?"

Dr. Jonken ließ die Frage unbeantwortet und erzählte weiter. „Charly verständigte sofort den Notarzt, doch jede Hilfe kam zu spät. Frau Jäger starb. Daraufhin packte der Bursche seine Sachen und verschwand. Tags darauf wurde er in Saarbrücken bei einem Ladendiebstahl erwischt. Charly sollte eigentlich zurück nach München fahren, doch er war nicht im Zug. Der Junge klaute ein Auto und verunglückte tödlich."

„Wie meinst du das?"

„Wie ich es gesagt habe. Soviel ich weiß, ist Charly Jäger tödlich verunglückt."

„Fritz", sagte Frau Jonken zu ihrem Mann, „und wie kann er dann der Mörder sein?"

„Ich weiß es nicht, aber dieses Bild in der Zeitung. Der Schriftzug. So wie dort ‚Hurensohn' an die Wand geschmiert wurde, erinnert mich absolut an damals. Ich muss das der Polizei mitteilen, auch wenn es noch so unglaublich klingt."

„Die werden dich für verrückt halten, Fritz."

„Rosi. Auch wenn Charly tot ist. Irgendwer kennt seine

Geschichte. Ich muss das erzählen."
Sie grübelte. Schließlich nickte Rosi Jonken. „Du hast recht. Komm, lass uns gleich losgehen." Sie zögerte, sah auf die Uhr. „Ist jetzt überhaupt noch jemand von der Mordkommission da?"
„Wir fahren zu dem Revier, wo Michael Müller wohnte. Die werden uns schon zuhören."
„Einverstanden. Aber ich komme mit!"
Das ältere Ehepaar räumte den Tisch ab. „Stell die Sachen nur auf die Spüle. Wir machen das später sauber. Wenn draußen alles weg ist, fahren wir", sagte Frau Jonkens.

Sören legte gerade den Hörer auf, als die Tür des Büros aufging. Anna kam herein. „Nanu. Was machst du denn hier?" fragte die Kriminalpolizistin ihren Kollegen. Beide sahen sich erstaunt an.
„Die Sache lässt mir keine Ruhe. Ich musste etwas tun", begann Sören.
„Die Zeitung?"
Sören verstand die Anspielung. Anna hatte das Boulevardblatt also auch gelesen. Er nickte. „Das war der Auslöser."
„Ich sehe, du bist die Akten noch einmal durchgegangen. Bist du schon über etwas gestolpert?"
„Nein, das kann man nicht gerade behaupten. Ich habe mit den ZEGlern telefoniert. Wir treffen uns nachher auf ein kurzes Gespräch."
„Was willst du denn mit den Zivilfahndern? Glaubst du, die Kollegen können uns helfen?"
„Warum nicht?"
„Naja", räusperte sich Anna. Sie hatte sich zwischenzeitlich an die Kante von Sörens Schreibtisch gesetzt. „Für Zugriffe aller Art sind sie die Besten." Anna zögerte etwas. „Vielleicht nach dem Spezialeinsatzkommando, oder beide sind gleich gut", fügte sie hinzu und sah Sören an, der immer noch nicht reagierte. „Egal. Aber wenn es um Ermittlungen geht? Ich weiß nicht", schüttelte sie den Kopf, als ob sie etwas verneinen würde.
„Du vergisst, dass die Zivilfahnder täglich im Dreck wühlen. Sie sind dort zu Hause, dienstlich natürlich, wo du nur mit Schutzanzug und Gummihandschuhen hingehst. Sie kennen das Milieu, sie wissen, wo sich die Ratten versteckt halten und sie sind Profis. Zumindest, wenn sie bei dem bestehenden Festnahmedruck, den sie von oben erhalten, ihre Erfolge heimfahren. Du darfst die

Kameraden niemals unterschätzen."
„Klingt plausibel. Aber wir suchen weder einen Junkie, noch einen Zuhälter oder Rauschgiftdealer."
„Aber in der Szene wird geredet. Hier in der Stadt ist jemand, der wirbelt Staub auf. Er schreckt alle Bullenärsche hoch und das Milieu wird durchforstet. Das mögen die Berufsverbrecher nicht. Sie wollen ihre Ruhe haben."
„Und deshalb glaubst du, sie können Informationen preisgeben?"
„Wenn wir Glück haben. Es kommt darauf an, ob sie überhaupt etwas wissen. Jedenfalls dürfte wohl klar sein, dass in deren Kreisen andere Informationen bekannt sind, als in unseren Kreisen."
„Sören, du hast recht. Außerdem wäre es nicht schlecht, wenn wir bis morgen Vormittag ein bisschen mehr wüssten als jetzt. Der Pressebericht wird einen innerdienstlichen Orkan auslösen. Kriminaldirektor Schnellwanger wird unter Druck geraten. Der Oberstaatsanwalt wird anklopfen und der Polizeipräsident wird Ergebnisse sehen wollen. Ich sehe die Spirale jetzt schon rotieren."
„Das heißt?", fragte Sören nach.
„Riecht nach Sonderkommission. Zusätzlich wird das Kommissariat für Amtsdelikte ermitteln."
„Sozusagen die Kollegenpolizei, die böse Polizisten dingfest macht."
„Richtig, denn irgendwoher muss dieser Mirach ja seine Informationen haben." Anna sah in Sörens tiefblaue Augen. Ein paar Strähnen seines Haares hingen lose ins Gesicht. Er trug eine Jeans, ein T-Shirt und ein gemustertes Hemd darüber. Das Eau de Toilette, das er benutzte, roch gut. Anna kannte den Duft nicht. Sie wurde neugierig. „Dein Duftwässerchen riecht gut. Was benutzt du denn?"
Vom Themenwechsel etwas überrascht, grinste Sören seine Kollegin an. „Zino Davidoff", antwortete er.
Anna war etwas leichter gekleidet als im Dienst. Sie trug ein leichtes Sommerkleid und führte eine Handtasche mit. Sören schätzte, dass Anna Handy und Dienstwaffe in der Handtasche verwahrte. Schließlich war Bereitschaft. Als Anna nicht hersah, ließ Sören seinen Blick über ihren Körper schweifen. Sie hatte schöne Brüste. Nicht zu groß und nicht zu klein. Ihr Hintern war knackig. Das war ihm schon beim ersten Kennen lernen aufgefallen. Ihre brünetten Haare hatte sie zu einem Zopf gebunden. Sommerlich, dachte er. Anna war in der Tat eine Augenweide für Männer. Für Heteros. Obwohl Sören schwul war,

oder gerade deshalb, fühlte er sich zu Anna hingezogen. Freundschaftlich. Ohne sexuelle Hintergedanken, wie vermutlich die meisten anderen Männer, mit denen Anna zusammenkam. Er spürte auch, dass sie für ihn Sympathie hegte. Man merkt so etwas. Zweifellos. Wenn sie seine feste Partnerin werden würde, hätte sich der Schritt, nach München zu gehen, schon gelohnt. Zudem war sie clever, ohne dies großkotzig mitzuteilen. Anna war in Ordnung.

„Kommst du mit, wenn ich zu den Fahndern gehe?"

„Gehen?", fragte sie nach. „Ich bin mit dem Auto da. Natürlich komme ich mit. Aber wir fahren", grinste sie.

Sören betrachtete Annas Beine. Sie waren gepflegt, rasiert und braungebrannt. Ihre Füße steckten in bequemen Turnschuhen mit modernem Camouflage-Muster.

„Kommen wir heute noch mal ins Büro?", wollte Sören wissen.

„Kommt darauf an, ob wir noch etwas ermitteln. Warum fragst du?"

„Weil ich die Akten und die Asservaten auf meinem Schreibtisch verstreut liegen habe."

„Ist doch egal. Dann kommen wir morgen früh eben ein paar Minuten eher", beschloss Anna und sprang vom Schreibtisch. Sie schnappte ihre Tasche und ging zur Tür.

Sören sah ihr nach, stand auf und folgte Anna. Echt geiler Arsch, dachte er und beeilte sich.

Anna fuhr ein Peugeot 207 Cabrio. Sören gefiel der Wagen. Nicht zu groß, spritzig und jetzt im Sommer genau das Richtige.

„Hast du kein Auto?", wollte Anna wissen.

„Ich hab 'ne Harley, aber die ist noch in Hamburg."

„Wieso denn das?"

„Bei einem Kumpel in der Werkstatt. Wir warten noch auf das Ersatzteil. Kommt direkt aus USA."

„Und im Winter?"

„In Hamburg hatte ich es nicht weit zur Dienststelle und in der Stadt war ich auch gleich. Da brauchte ich kein Auto."

„Du hast heute Morgen erzählt, dass du am Stadtrand eine nette Wohnung gefunden hast. Was machst du, wenn es winterlich ist?"

„Du bist ganz schön neugierig?"

Anna lachte. „Ich möchte schon wissen, mit wem ich es zu tun habe."

Jetzt grinste auch Sören. Er betrachtete Anna. Sie hatte schöne

Hände. Gepflegt. Ihre Fingernägel waren nicht zu lang und nicht zu kurz. Anna war auch nur dezent geschminkt. Keine von den Tussis, die in den Schminktopf fallen müssen, bevor sie nur einen Schritt auf die Straße machen würden. Ob sie alleine war? Er sah keinen Ring. Blöde Gedanken. Sie war seine Kollegin und er war schwul. Was sollte das?

„Gibt es eine *Frau* Sören?" Anna betonte das Wort *Frau* besonders.

„Gibt es einen *Herrn* Anna?", kam Sörens Gegenfrage.

„Du hast mich erwischt. Über das Thema zu sprechen dauert länger", Anna machte eine kurze Pause und zwinkerte Sören zu. „Jetzt sind wir am Ziel, also muss das Thema vertagt werden."

„Dann müssen wir mal ein Bierchen trinken gehen, oder magst du lieber Wein?"

Anna parkte direkt vor der Polizeidienststelle. „Alles zu seiner Zeit", antwortete sie. „Und ich habe das soeben als Einladung aufgefasst. Du kannst dich schon mal darauf vorbereiten, einen Abend mit mir zu verbringen."

„Ha, ha. War das eine Warnung?"

„Hey, Hombre. Es gibt Männer, die würden mir dafür die Füße küssen." Anna stieg aus, Sören auch.

„Vielleicht Günther oder Kalli?"

Jetzt lachte Anna vollends. „Nein, die beiden bestimmt nicht. Aber eines garantiere ich dir. Wenn du mit Günther und Kalli ausgehst, nimm eine Packung Tempotaschentücher mit. Du wirst dich krumm und buckelig lachen. Wenn die Burschen in Fahrt sind, bleibt kein Auge trocken." Anna tupfte mit ihrem Finger an die vom Lachen feuchten Augen.

„Geht's?" fragte sie Sören und kam nah an ihn heran. Er roch ihr Parfüm. Sommerlich. Nicht allzu aufdringlich.

„Wenn du mich fragen willst, ob etwas verschmiert ist oder so? Nein. Es passt alles."

„Wunderbar, dann lass uns mal mit den Kollegen reden."

Sie betraten den Vorraum der Polizeiinspektion. Es gab zwei Eingänge. Eine gläserne Tür und eine schwere Stahltür. An der gläsernen Tür stand mittig groß KEIN EINGANG. Neben der stählernen Tür war in großen Lettern *BITTE LÄUTEN!* geschrieben. Sören drückte auf den Klingelknopf. Gleichzeitig sah er sich um. An der Wand hingen Fotos von Polizisten. Es waren die Kontaktbeamten. Sie durchstreiften meistens zu Fuß ihr Viertel und kümmerten sich um alles, was den Bürger so am Herzen lag. Sie waren die Polizisten zum Anfassen. Sozusagen eine Wiederauflebung des Schutzmannes an der Ecke. Sören begrüßte solche Arbeitsweisen. Gerade für Kinder oder ältere Menschen waren die Kontaktbeamten wichtige Ansprechpartner. Gleich daneben hingen ein paar Fahndungsfotos.

„Irgendwie sind alle Polizeireviere gleich", sagte er. Ein Summen erklang. Aus der Wache hörten sie jemanden rufen: „Drücken!"

Sören drückte gegen die stählerne Tür. Sie ging leichter auf, als er dachte. Sie standen im Wachraum. Der Dienstraum war nicht gerade groß. Zwei Schreibtische standen hintereinander. Jeweils mit PC und Telefon. Seitlich davon, an der Wand, befand sich eine Sitzbank. Hinter dem Wachraum führte eine Tür zu einem weiteren Büro. Der Dienstraum des Gruppenleiters. Sören sah ihn am Telefon sitzen. Er gestikulierte heftig mit Händen und Armen. Alltagsstress bei der Polizei, dachte sich Sören. Ein junger Kollege kam an den Tresen und begrüßte sie.

„Guten Abend, was kann ich für Sie tun?"

„Wir sind von der Mordkommission", sagte Anna und zeigte ihren Dienstausweis.

„Wir suchen die Zivilfahnder. Mist, jetzt habe ich die Namen schon wieder vergessen. Anna, wie hießen sie gleich noch mal?"

Der junge Polizist antwortete schneller. „Mike und Rolf. Die haben mir gesagt, dass ein Kollege kommt. Sören Falk."

„Das bin ich", sagte Sören freundlich.

„Kommt rein. Die Twins sind in ihrem Büro, gleich dort ums Eck. Sie sind eine Minute vor euch reingekommen. Hatten 'nen Festgenommenen dabei."

„Twins?" Anna sah den Wachhabenden verwundert an. „Das sind doch keine wirklichen Zwillinge, oder?"

„Nee, die beiden fahren aber schon seit etlichen Jahren miteinander. Das ist *das* Team überhaupt. Ich glaube in ganz München gibt es kein ZEG-Team, das nur annähernd so lange miteinander fährt."

Sören fiel auf, wie respektvoll der junge Kollege von den Fahndern sprach. Er war gespannt auf sie. Was sind das wohl für Typen? Wer so lange im Team erfolgreiche Arbeit auf dem Sektor der Fahndung leistet, dachte sich Sören, der muss wirklich zu den Profis zählen. Und Profis brauchte der neue Mann von der Mordkommission jetzt.

Der uniformierte Polizist klopfte an die Bürotür. „Ja, bitte", hallte es heraus. Der junge Kollege öffnete die Tür. „Die Kollegen von der Mordkommission sind da."

„Kommt rein", sagte Mike, stand auf und reichte zuerst Anna, dann Sören die Hand.

„Servus, ich bin Anna Demmler, Sörens Kollegin", stellte sich Anna vor. Sie musterte erst Mike, dann Rolf, befand beide für sympathisch und entschied sich deshalb gleich mal für das übliche duzen.

„Ich bin Mike Stahl. Das ist Rolf Faller. Seht euch nicht um. Ich weiß, es ist knalleng bei uns, aber zwei Plätze finden wir allemal."

Rolf nickte den Kripobeamten zu. „Sorry, aber wir haben gerade Guido Schwarzmann verhaftet."

Guido grüßte höflich. „Guten Abend. Also, wenn ich störe, gehe ich und melde mich morgen wieder hier."

Rolf lachte. „Ha, ha. Nein, nein, Guido. Du bleibst schön hier bei uns."

Das Büro der Fahnder war wirklich nicht groß, ein Doppelschreibtisch und vier Schränke füllten die etwa zwölf Quadratmeter vollends aus.

Der junge Kollege von der Wache kam noch einmal zum Büro der Fahnder zurück. „Hätte ich fast vergessen. Vorhin, als ihr ausgerückt ward, war so ein komischer Opa hier. Er wollte unbedingt mit euch oder der Mordkommission sprechen. Ging um die Sache, die gerade in der aktuellen Zeitung steht. Ihr wisst schon, die Schlagzeile mit dem Mord."

Allen vieren flog förmlich die Mundklappe auf.

„Was?", fragte Mike nach. „Das sagst du erst jetzt!"

„Mach mal halb lang, Mike. Der Typ hatte einen an der Waffel", rechtfertigte sich der uniformierte Polizist.

Sören mischte sich ein. „Inwiefern?"

Der Wachhabende sah nun Sören an. Er zuckte mit den Achseln und sagte: „Das, was er erzählt hatte, hörte sich eben blöd an. Eben so, als ob er Rad locker hat." Um seine Aussage zu untermalen hob der Polizist seine Hand zum Kopf und drehte sie vor der Stirn, als ob er eine Schraube eindrehen würde.

„Ich würde gerne wissen, was der alte Mann gesagt hat", sagte Sören ein bisschen energischer, aber immer noch in freundlichem Ton.

„Er kam rein", fing der Wachhabende zu berichten an, „und sagte sofort, dass er eine wichtige Information für die Mordkommission hat. Ich fragte sofort, um was es denn gehe. Da hat er gesagt, dass er den ‚Hurensohn' kennt."

Alle sahen den Kollegen fassungslos an. „Und?", entfuhr es Rolf Faller.

„Genauso habe ich ihn angesehen", fuhr der junge Polizist mit dem Bericht fort, „dann hat er erzählt, dass er Lehrer war und der Hurensohn bei ihm zur Schule ging. Seit zehn Jahren ist der Lehrer pensioniert. Und der Schüler, den er als Hurensohn identifiziert hat, ist damals irgendwo bei Saarbrücken bei einem Unfall ums Leben gekommen."

Anna, Mike und Rolf prusteten auf einmal los. Sogar der Gefangene, Guido Schwarzmann, lachte mit. Nur Sören rang sich kein Lachen ab. Auf seiner Stirn bildeten sich Denkfalten. Es ratterte in Sörens Gehirnwindungen. Warum kommt ein pensionierter Akademiker zur Polizei und macht sich lächerlich? Hat er wirklich einen an der Waffel, oder beschäftigt ihn sein Wissen, seine Ahnung so sehr, dass er es unbedingt mitteilen muss?

Anna stieß Sören an. „Hey, Nordlicht. Ist bei euch dort oben das Lachen verboten?"

Mike klopfte sich auf die Schenkel. „Ich dachte mir doch gleich, dass dein Dialekt außerhalb des Weißwurstäquators angesiedelt ist." Er meinte damit Sören.

„Du hast sicherlich die Personalien des Lehrers notiert, oder?", wollte Sören wissen.

„Ja, das habe ich schon gemacht, aber warum?", wollte der junge Kollege wissen. Auch Anna und die Fahnder sahen Sören fragend an.

„Weil ich den Tod von zwei Menschen aufklären muss. Ein Wahnsinniger rennt dort draußen herum, ich möchte mir nicht irgendwann vorwerfen, eine Spur, und war sie auch noch so unglaublich klein oder vollkommen verrückt, nicht verfolgt zu haben."

„Wow. Soviel zum Dienstengagement. Wieder etwas gelernt", kommentierte Rolf Sörens Worte.

Sören sah Rolf an. Er überlegte, ob der Fahnder ihn verarschen wollte. An der Gestik des Zivilschnüfflers erkannte er jedoch, dass Rolf diesen Satz ernst gemeint hatte. Jetzt grinste auch Sören. Der junge Kollege wühlte im Wachraum im Papierkorb und fischte einen Schmierzettel heraus. „Ich schreibe sie noch mal sauber auf", rief er ins Fahnderbüro. Mike und Rolf lachten wieder.

„Jetzt mal zu euch beiden", sagte Sören. „Könnt ihr mir noch einmal genau, und zwar mit euren eigenen Worten, berichten, was ihr erlebt habt. Ihr wisst schon, was ich meine."

„Guido, ich glaube, wir stecken dich erst mal hier in eine Zelle. Wir müssen erst mit den Kollegen sprechen. Du hast ja mitbekommen, um was es geht", sagte Rolf und stand auf.

Guido Schwarzmann presste sich fester auf seinen Stuhl. Er sah Sören und Anna an. „Ich habe auch eine Information für euch. Ich weiß, wo ein Lebender ist. Jemand, mit dem ihr sicherlich gerne sprechen würdet."

„Komm Guido. Jetzt ist keine Zeit für deine Geschichten." Rolf stand vor Guido und deutete mit seinen Händen, dass der mit Haftbefehl Gesuchte aufstehen sollte.

„Moment mal", unterbrach Anna Rolf. „Was für eine Information könnten Sie für uns haben?"

„Es geht um den Zeitungsartikel", presste Guido schnell hervor.

„Was ist damit?", fragte nun Sören.

Guido sah Sören an. „Ich möchte gern mit Ihnen alleine sprechen."

Rolf sah Sören an. Dieser blickte erst zu Mike, dann zu Anna. „Einverstanden. Meine Kollegin bleibt aber auch hier."

„In Ordnung", freute sich Guido. Er überlegte immer noch fieberhaft, wie er es schaffen konnte, dem Gefängnisaufenthalt zu entkommen.

„Guido, du alte Labertasche. Ich schätze, die beiden hier", Rolf deutete auf Sören und Anna, „werden dich und deine Geschichten in weniger als drei Minuten durchschaut haben."

„Gebt ihm fünf Minuten", sagte Mike und sah Anna dabei an, „dann kann ich in Ruhe eine rauchen."

„Gute Idee", stimmte ihm sein Partner zu. Beide verließen ihr Büro und ließen Sören, Anna und Guido Schwarzmann allein.

Sören setzte sich gegenüber von Guido Schwarzmann auf Rolf Fallers Platz. Anna hockte sich auf die Kante von Mikes Schreibtisch. Guido saß in ihrer Mitte.

„Los gehts!", forderte Sören den Mann auf.

„Ich war heute in einer Bar. Am Nachbartisch saßen zwei Nutten und ein Stricher."

„Nichts aufregendes", meinte Sören und trommelte mit den Fingern seiner linken Hand im Takt auf Rolfs Schreibtisch herum.

„Ich weiß, wo sich der Journalist aufhält, der den Bericht geschrieben hat."

„Klingt schon interessanter", sagte Sören und dachte dabei eher an persönliche Rache, als an einen dienstlichen Ermittlungserfolg.

„Das wollte ich nur mitteilen."

„Wenn das alles war, können wir die Kollegen wieder hereinrufen."

Guido schwitzte. „Halt, warten Sie. Mein Haftbefehl ist nur eine Lappalie. Ich habe vergessen, mich zu melden."

„Auf gut deutsch. Sie warten auf eine Anklageschrift, sind mit der Auflage, sich zu bestimmten Zeiten bei einer Polizeidienststelle zu melden, aus der Untersuchungshaft entlassen worden und haben sich einen Dreck um die Auflagen geschert", warf ihm Anna sofort vor. „Mit so etwas habe ich kein Mitleid!"

Sören verstand Annas Spiel. Tough Lady und nice guy. Aber was brachte das?

Guido standen Schweißperlen auf der Stirn. „So wie die Nutten erzählt haben, hat der Reporter gute Kohle mit dem Artikel gemacht und feiert ausgelassen. Er hat sich ein Zimmer in einem Luxushotel genommen. Ohne mich finden Sie ihn nie."

„Was haben Sie ausgefressen?", war Sörens nächste Frage.

„Ich habe mir von einer sehr entfernten Bekannten Geld geliehen."

„Und was dafür versprochen?", hakte Anna nach.

Guido wurde es noch heißer. Unter seinen Achselhöhlen bildeten sich Schweißflecken. „Ich … äh..naja", druckste er herum.

Anna hob eine Hand und begann zu zählen. „Eins, zwei, dr.."

„Die Ehe. Ich habe ihr vorgegaukelt, ich werde sie heiraten."

„Ich soll einem Betrüger und Heiratsschwindler trauen", lachte Sören und schlug mit der Hand auf den Tisch.

„Der Hauptbahnhof ist meine zweite Heimat. Ich kenne jeden und alles."

Sörens Lachen verstummte. Bilder aus seiner Jugend drängten sich in seine Gedanken. Er stromerte zwischen dem Bahnhof und der Herbertstraße hin und her. Er kannte jeden Junkie, jeden Dealer und jede Prostituierte. Er wusste, bei welcher sich die Freier ansteckten, wo sie abgezockt und wo sie nicht beschissen wurden. Wer weiß, wo er gelandet wäre, hätte es seinen Ersatzvater, wie er den alten Rene Dorner immer gerne nannte, nicht gegeben. Rene zeigte Sören alles, was man wissen musste, um auf dem Kiez zu überleben.

„Ich beschaffe Ihnen sämtliche Informationen, die sie möchten."

Sören wurde aus seinen Gedanken gerissen. Er sah Anna an.

„Glaubst du, wir können da was machen?"

Entsetzt stand Anna auf. „Spinnst du? Gegen den Kerl besteht ein richterlicher Haftbefehl. Du darfst ihn jetzt nicht gehen lassen!"

„Kennst du zufällig den Richter, der den Haftbefehl unterschrieben hat?"

„Sören! Jetzt ...", sie stoppte, Anna entdeckte auf Mikes Schreibtisch den Haftbefehl, nahm ihn in die Hand und schimpfte ein: „Männer!" heraus.

„Und?", erkundigte sich Sören nach ein paar Sekunden.

Anna nickte. „Ich kenne ihn. Es ist der übliche Ermittlungsrichter unseres Präsidiums."

„Können wir dort morgen ein gutes Wort für Herrn...", Sören sah Guido an.

„Schwarzmann", sagte dieser schnell ergänzend.

„...einlegen?"

„Das Eis ist dünn, Sören."

„Dann lass uns doch den Jour-Staatsanwalt anrufen und ihn auf unsere Seite bringen."

„Ich verstehe den ganzen Aufwand nicht."

Sören stand auf, deutete Schwarzmann an, ebenfalls aufzustehen und ging mit ihm in den Wachraum. „Kollege, kannst du bitte einmal kurz auf Herrn Schwarzmann aufpassen? Wir müssen kurz etwas besprechen."

„Logisch", sagte der Wachhabende freundlich. Er war wohl froh, etwas für die Mordkommission tun zu können, um die Scharte mit dem Opa auszuwetzen.

Schwarzmann saß auf der Bank, Sören schloss die Tür.

„Sören, bitte erkläre mir die Sache, ich kann beim besten Willen keinen Sinn erkennen."

„Der Typ weiß zwar im Moment nicht sehr viel, aber er ist einer von denen, die überall alles erfahren."

„Du willst, dass der Heiratsschwindler ein Spitzel für dich wird? Ein Informant?"

„Anna, was haben wir in der Hand? Nichts. Was kann schon passieren? Dieser Schwarzmann ist so Reviertreu wie ein alter Dackel. Er geht uns täglich ins Netz, wenn wir ihn haben möchten."

Anna überlegte. „Wenn die Fahnder einverstanden sind, lassen wir ihn laufen. Ich regle das dann morgen mit Richter Hohlmann."
„Und der Jour-Staatsanwalt?"
„Vergiss ihn. Ich rede mit dem Richter. Wird schon klappen."
„Anna, du bist ein Schatz."
Anna sah Sören an. Mein Gott, wenn der Kerl wüsste, wie ich auf ihn stehe, schoss es durch ihren Kopf. Sie lächelte.
Mike und Rolf kamen zurück. „Geheimbesprechung beendet?" fragten sie.
„Hört mal zu. Wir würden gerne euren Schwarzmann wieder am Bahnhof aussetzen. Wenn es hart auf hart kommt, wie schnell könntet ihr ihn wieder kriegen?"
„Guido laufen lassen? Warum?", stieß Mike aus.
„Vielleicht brauchen wir ihn. Er kennt sich im Bahnhofsmilieu aus. Wir warten ein paar Tage, dann könnt ihr ihn wieder holen, wenn er nichts bringt."
„Die Ratte von gestern Nacht möchte ich kriegen", presste Rolf wütend hervor.
„Ich auch", sagte Sören.
„Wir alle", bestätigte Anna.
„Sind wir mit von der Partie oder kämpft die Mordkommission wieder alleine?"
„Ihr beide seid dabei. Mein Wort darauf", sagte Sören.
Anna wunderte sich über die Vorgehensweise von Sören. Sie war ungewöhnlich. Sie konnte bislang aber nichts Verwerfliches feststellen. Also sollte es ihr recht sein.
„Haut ihn raus", lachte Mike.
Sören ging in den Wachraum und bat Schwarzmann wieder ins Büro. „Guido", sagte er, „ich darf doch Guido sagen, oder?"
Guido nickte.
„Wir lassen dich laufen."
Guido stieß ein: „Ja!" hinaus und klatschte in die Hände.
„Moment", fuhr Sören fort. „Das Ganze hat einen Preis."
„Der wäre?", fragte Guido nach.
„Ich möchte deine Handynummer. Ich möchte wissen, wo du schläfst und ich möchte, dass du unter der Handynummer auch erreichbar bist. Wenn ich Fragen habe, oder auch jemand anderes aus diesem Büro, kümmerst du dich darum. Funktioniert das nicht, sperren wir dich ein. Im Gegenzug reden wir mit dem Richter. Du hältst künftig

deine Auflagen ein und die Sache ist vom Tisch."
„Meine Handynummer schreibe ich gleich auf. Aber muss ich sagen, wo ich schlafe?"
Sören nickte. Mike und Rolf grinsten.
„Na gut", seufzte Guido. „Ich habe ein Zimmer in der Pension Lolita. Ich weiß, das verstößt auch gegen die Auflagen, aber in meinem Appartement in der Landshuter Allee ist es fürchterlich laut. Und die Nachbarn ..."
„Spar dir den Rest. Geht in Ordnung, Guido. Wir rufen an", verabschiedete sich Sören von Guido, nachdem ihm dieser seine Handynummer auf ein Stück Papier gekritzelt hatte. „Hotel Palast. Zimmer 212", sagte Guido und ging freudestrahlend aus dem Büro.
„Jetzt zum Lehrer. Ich möchte ihn unbedingt noch heute sprechen. Anna, wir rufen ihn an, dann machen wir Schluss."
„Einverstanden."
„Fühlt euch wie zu Hause", sagte Mike. „Wollt ihr einen Kaffee?"
„Nein danke, ich brauche nachher etwas Kräftigeres", sagte Anna und heimste dafür Blicke von Mike und Rolf ein, deren Augen mehr als einmal bei den Titten der Kriminalpolizistin hängengeblieben waren.
Sören wählte die Nummer des Herrn Dr. Jonken. Er sah auf die Uhr, dann auf die Adresse, während das Telefon läutete.
„Sie dir mal an, wo der Lehrer wohnt. Kann er schon zu Hause sein?", wollte Sören wissen.
Anna las die Anschrift, dachte kurz nach und gerade, als sie antworten wollte, fing Sören an zu sprechen.
„Guten Abend, Herr Dr. Jonken. Mein Name ist Sören Falk. Ich bin von der Münchner Kripo, auch wenn sich das dem Dialekt nach nicht so anhört."
Mike, Rolf und Anna lachten. Sie wendeten sich ab, um Sören nicht anzustecken.
„Ich hoffe, es ist noch nicht zu spät für einen Anruf."
„Kein Problem, Herr Falk. Wir sind gerade eben nach Hause gekommen. Wir waren bei ihren Kollegen, aber ..."
„Ich weiß, Herr Dr. Jonken. Genau der Kollege, der mit Ihnen gesprochen hatte, hat mich informiert."
„Das glaube ich ja nicht. Ich hatte eher das Gefühl, er würde mich für geisteskrank halten."
„Sehen Sie, so kann man sich täuschen." Sören schaltete auf mithören, nachdem sich seine Kollegen beruhigt hatten. Jetzt lachte

keiner mehr.

„Sie hatten Informationen für mich?"

„Ich weiß, es klingt absolut nicht glaubwürdig, aber es passt so vieles zusammen. Ich dachte, ich erzähle einfach mal davon."

Der pensionierte Lehrer teilte die gleiche Geschichte mit, die er zuvor seiner Frau erzählt hatte. Sören und die anderen Polizisten hörten aufmerksam zu. Als Dr. Jonken ausführlich berichtet hatte, bedankte sich Sören. „Ich verspreche Ihnen, an der Sache dranzubleiben. Eine Frage hätte ich noch. Gibt es die Akten von damals noch in der Schule? Wurde der Schriftzug an der Tafel fotografiert? Und gibt es ein Foto von Charly Jäger?"

„Das waren aber mehr als eine Frage", dröhnte es aus dem Hörer. „Ich werde mich morgen zur Schule begeben und mich erkundigen. Übrigens merke ich daran, dass sie mich nicht für verrückt halten."

Sören wusste erst nicht, was er antworten sollte. Dann entschied er spontan, das Letzte nicht gehört zu haben. „Wunderbar. Ich melde mich bei Ihnen, dann könnten wir uns vielleicht mal treffen."

„Danke, das wäre gut."

Sören legte auf.

„Warum siehst du uns so fragend an?", wollten Mike und Rolf gleichzeitig wissen.

„Ich möchte wissen, ob wir wirklich so gut sind, wie der Kollege von der Wache meinte. Ihr habt Nachtdienst, oder?"

Sie nickten. Was für eine blöde Frage.

„Schmeißt euch an die Telefone und kriegt raus, was damals in oder um Saarbrücken mit einem Charly Jäger aus München passiert ist. Wann kann ich mich bei euch melden?"

„Morgen am späten Nachmittag. Wir fangen dann wieder an."

„Ihr habt ja richtig Powerdienst", stellte Sören fest.

„Aber dafür auch wieder mal entsprechend frei. Allerdings würde ich meine ganzen Überstunden spendieren, wenn ich den Hurensohn kriegen könnte", ärgerte sich Rolf.

„Bis morgen, Jungs", verabschiedete sich Sören. Er fand beide Typen sympathisch.

„Servus", sagte Anna. Als beide die Polizeiinspektion verlassen hatten, sahen sich die Fahnder an.

„Er ist irgendwie cool", meinte Mike.

„Und er vögelt seine Kollegin. Wetten!"

„Rolf, ich glaube, du hast recht. Anna hat den Sören doch fast

gefressen und er hat es nicht gemerkt."
„Oder er wollte es nicht merken."
„Ring habe ich keinen gesehen. Weder bei ihr, noch bei ihm."
„Im Grunde ist es mir egal, wer mit wem fickt, aber von der Bettkante würde ich Anna auch nicht stoßen."
Sie lachten und suchten im Polizeiadressbuch nach Telefonnummern von Polizeirevieren aus Saarbrücken und Umgebung heraus. Die *Twins* stellten sich auf eine Nachtschicht der anderen Art ein.

Er trainierte fast den ganzen Tag. Liegestütze, Waldlauf, Klimmzüge, Dehnungsübungen und Schattenboxen. Am Abend duschte er, zog sich eine bequeme, weit geschnittene Jeans an. Die Hosenbeine waren unterhalb der Knie abgeschnitten. Er streifte sich ein eng anliegendes Muscleshirt über und schlüpfte in lederne Mokassins. Sein Messer würde er heute Abend nicht brauchen. Dafür steckte er sich ein paar Geldscheine und etwas Kleingeld ein. Er beschloss zu Fuß zu gehen. Ständig mit dem Mercedes seiner verstorbenen Vermieterin zu fahren, war zu gefährlich. Bis zur nächsten großen Straße waren es gut zwei Kilometer. Ein netter Spaziergang. Dort würde er entweder ein Taxi anhalten, oder so lange die warme Abendluft genießen, bis er eine Bushaltestelle finden würde. Vielleicht würde er sich heute in einen Biergarten setzen. Gut gelaunt ging der Killer los. Er beobachtete das Spiel der jungen Spatzen, die in kleinen Schwärmen das Fliegen lernten. Immer gewagter wurden ihre Ausflüge. Wurde einer der Jungvögel aufgeschreckt, stob gleich der ganze Schwarm auf und flog zurück auf den heimatlichen Baum. Die Grillen stimmten ihr Lied an und das Zirpen begleitete den Killer bis zur nächsten Straße. Es kam kein Taxi und obwohl er nicht langsam schlenderte, erreichte er die nächste Bushaltestelle erst nach 35 Minuten. Außer ihm wartete niemand. Der Killer studierte den Fahrplan. Schnell kam er hinter das System und sah auf seine Uhr. „Neun Minuten", flüsterte er. Während er wartete, betrachtete er die Zeitungskästen und amüsierte sich über die unterschiedlichen Schlagzeilen. Von ‚Hurra, der Sommer ist da', bis ‚Die Vorboten der Klimakatastrophe' war alles zu lesen. Moment. Seine Augen rasten zurück zum mittleren Zeitungskasten. Er war auf der Titelseite! Zwei Schritte. Ein Griff in die Hosentasche. Schnell warf er das Münzgeld ein. Wegen so einer Bagatelle würde er sich bestimmt nicht erwischen lassen. Also zahlte er. Ein schneller Griff und er hielt die Boulevardzeitschrift in der Hand. Im Buswartehäuschen setzte er sich. Das Licht der untergehenden Sonne reichte aus. Gierig verschlang er die Zeilen. Sein Lächeln wurde immer breiter. Immer größer. Am Ende des Artikels angelangt, fühlte er sich bestätigt. „Dieser Journalist müsste einen Preis dafür bekommen", jubilierte er. Seine Gedanken kreisten. Was würden die Bullen denken? Jeder Bulle glaubte doch, der verrückte Serienkiller wäre jetzt sauer auf den Reporter. Blödsinn.

Der Bus kam. Er faltete die Zeitung zusammen, erkundigte sich beim Busfahrer, wohin der Bus fuhr, löste eine Fahrkarte und setzte sich hin. Das Einzige, was ihm nicht gefiel, war der Teil von dem neuen Bullen aus Hamburg. Er wollte, dass sie einen Profiler einschalten. Seine mit Absicht dummen Spuren und Hinweise, wie die Sache mit den kaputten Lampen, sollten Grund genug sein, ein Täterbild anfertigen zu lassen. Er sah sie direkt vor sich. Ein kahler, leerer Raum. Die typischen Beamtengesichter. Übergewichtig. Brillen. Schweiß auf der Stirn. Ein Profiler, halb Polizist, halb Psychologe, hielt ein paar lose Blätter in der Hand. „Der Täter ist weiß, zwischen dreißig und vierzig Jahre alt und …". Er musste lachen. Ja, heute war ein guter Tag zum Feiern. Er wurde berühmt. Jack the Ripper kam ihm in den Sinn. Er wurde auch nie gefasst. Vielleicht sollte er ihnen sagen, dass er die Wiedergeburt von Jack the Ripper ist. Er lehnte sich in seinem Sitz zurück. Die Lichter der Großstadt wirkten. Das Leben in den Straßen nahm mit jedem Kilometer zu, den sie sich dem Stadtkern näherten. Wenn der Bus an den Haltestellen stehen blieb, wanderten die Augen des Mörders über die Zeitungskästen, die neben den blauen Wartehäuschen standen. Immer wieder sah er Menschen, die *seine* Zeitung kauften. Die Schlagzeile zog sie an. Wie automatisiert griffen sie in ihre Hosentaschen oder Geldbörsen, kramten Münzen heraus und warfen sie in den kleinen Geldschlitz. Wie eine Jagdbeute hielten sie die erworbenen Zeitungen hoch und lasen triumphierend den Leitartikel. Es brachte ihn schließlich auf eine Idee. Er würde die Ermittler, Profiler und wie sie alle hießen, noch besser lenken. Ja, regelrecht steuern würde er die ganze Mannschaft. Gleich morgen würde er sich mit dem Journalisten in Verbindung setzen. Perfekt!

In Bahnhofsnähe stieg er aus. Erinnerungen kamen zurück. Sein altes Leben fand hier statt. „Früher", murmelte er vor sich hin, „sah es hier fast genauso aus."

Der Killer ging nur wenige Straßenzüge, dann steuerte er einen großen Biergarten an. Durch einen Holzzaun von der Straße abgetrennt, schien urtümliche bayerische Gemütlichkeit dahinter zu herrschen. Als er durch das Eingangstor schritt, betrat er eine andere Welt. Duftschwaden von Steckerlfisch, Bratwurst, Sauerkraut und gegrillter Schweinshaxn strömten in seine Nase. Sein Magen knurrte. Die Augen wanderten umher, als würde er die Besucher sondieren. Seine Mundwinkel verzogen sich ein klein wenig nach hinten. Für einen kurzen Moment konnte man denken, er wäre glücklich. Er sah ein paar freie Plätze und entschied sich, zu bleiben. Gezielt ging er zum Ausschank und stellte sich in der Reihe an. Als er vorn war, bestellte er sich eine Maß Bier und einen Steckerlfisch mit Brezel. Er zahlte, legte die große Laugenbrezel auf den Teller, packte mit der anderen Hand den Maßkrug und suchte einen freien Platz. Etwas abseits stand ein gänzlich freier Tisch. Schnurstracks ging er darauf zu und setzte sich mittig auf die Holzbank. In seinem Rücken befand sich der Zaun zur Straße, vor sich konnte er den kompletten Biergartenbetrieb beobachten. Ein guter Platz. Er brach sich ein Stück von der Laugenbrezel ab und begann zu essen.

„Und jetzt?", fragte Anna, als sie vor der Polizeiinspektion standen.

„Ich glaube, ich gehe nach Hause." Sören dachte an Gianni. Er wusste, er würde den heißen Holländer nicht mehr lange haben. Zwar hatte er heute schon genialen Sex mit ihm, aber gegen eine zweite Nummer war auch nichts einzuwenden. Andererseits war Sören etwas müde. Alles in allem hatte er einen sehr anstrengenden Tag hinter sich.

Anna zog ihr Handy aus der Handtasche. Sören fiel auf, dass sie das gleiche Modell benutzt, wie der getötete Rechtsanwalt. Anna drückte auf einen Knopf: „Ermittlungsrichter wegen Haftbefehl aufsuchen." Sie schaltete das Diktiergerät wieder aus und ließ das Handy in ihrer Handtasche verschwinden. „Du musst den Dienst mal vergessen und abschalten. Wir trinken ein Bierchen oder ein Glas Wein, dann gehen wir nach Hause. Einverstanden?"

Sie war nett. Kumpelhaft. Eigentlich sein erster Freund in der neuen Stadt. Insgeheim lächelte Sören. Sein erster Freund war eine Freundin. Sollte er Anna vergraulen? Auf keinen Fall.

„Wo?", grinste er ihr entgegen.

Gegenüber der Polizeidienststelle befand sich ein kleines italienisches Eiscafe. Anna schielte über die Straße. „Was hältst du von dem kleinen Italiener?"

„Na dann mal ab die Post", sagte Sören und beide gingen gut gelaunt über die Straße. Die Entscheidung war spontan gefällt. Es war wieder einer dieser Momente, in denen ein Polizist vergisst, an was er gerade arbeitet. Beide verdrängten die Morde. Verdrängten die Angst, *er könnte wieder zuschlagen*. Sie legten den Fall in eine Schublade ihres Gehirns und verschlossen sie.

Sören und Anna hatten Glück und bekamen einen Sitzplatz im Freien. Anna bestellte sich ein kleines Pils. Sören überlegte erst, ob er den roten Hauswein bestellen sollte, sagte dann aber schnell: „Für mich bitte auch ein Pils."

Sie warteten, bis der Kellner das Bier brachte, griffen zu den Gläsern und prosteten sich zu. Der Schluck tat gut. Erfrischend rann der Gerstensaft die Kehlen hinunter und spülte die Bitterkeit des Tages hinfort.

„Richtig nett hier", meinte Sören und sah sich um. Die meisten Gäste hatten Eisbecher vor sich stehen. Sie schlemmten die verschiedensten Sorten. Sören konnte von seinem Sitzplatz aus hinter die Tresen sehen. Ein schlanker Italiener, auf dessen Kopf ein weißes Schiffchen mit dem Namenszug des Lokals saß, wirbelte nur so herum. Schnell füllte er einen Kelch mit bunten Eiskugeln, schnipselte Fruchtstücke hinein, goss rote Fruchtsoße darüber, krönte sein Werk mit Sahne und rundete alles mit einem Schuss Likör ab. Dann steckte er zwei Wunderkerzen hinein, zündete sie an und gab dem Kellner das kleine Meisterwerk. Sören sah, wie der große Eisbecher einem jungen Pärchen serviert wurde.

„Und?" Anna sah Sören an.

„Man fühlt sich wie in Italien", antwortete er. „Es ist noch warm, wenn es dunkel ist. Die Straßencafés sind gut besucht. Die Menschen genießen das Wetter."

Anna lachte. „Das habe ich nicht gemeint."

„Sondern?"

„Warum bist du nach München gekommen?"

Sören sah seiner Kollegin tief in die Augen. „Vielleicht reden wir ein andermal darüber. Nicht heute."

Anna warf ihren Kopf zurück. Es war, als ob sie damit sagen wollte, dass sie ihn versteht. „Alles klar. Ich falle wieder mal mit der Tür ins Haus."

„Ist doch klar, dass das interessiert. Ich werde auch kein Geheimnis daraus machen, nur passt das Thema jetzt nicht ganz hierher."

„Dann erzähle ich am besten mal, wie bei uns so alles abläuft. Vielleicht hilft es dir ja."

„Eine gute Idee."

Anna war eine glänzende Unterhalterin. Nahezu alle Fragen, die Sören nach und nach einfielen, beantwortete sie detailliert. Erst war der Dienst an der Reihe. Anna klärte Sören über das Team auf. Zählte Stärken und Schwächen von Kollegen auf. Erklärte, worauf Sören bei Kriminaldirektor Schnellwanger achten sollte und gab schließlich die üblichen Abläufe bei Ermittlungen bekannt.

Die Zeit floss nur so dahin. Sören war es keine einzige Sekunde langweilig. Gierig saugte er die Informationen seiner Kollegin auf. Als Anna schließlich fertig war, waren sie fast die letzten Gäste im Eiscafé. Beide hatten ein paar kleine Pils getrunken und waren entsprechend angeheitert. Es wurde gelacht.

„Wenn jetzt ein Anruf kommt, müssen wir uns direkt krank melden", kicherte Anna.

„Und das gleich am ersten Tag. Hi, hi", lachte Sören, „die werden denken, dass ich die Schnapsdrossel vom Kiez bin."

Anna und Sören waren jetzt genau in der Stimmung, in der über jeden noch so kleinen Scherz lange gelacht wurde. Sie zahlten und schlenderten die Nymphenburger Straße entlang. Anna hatte sich entschlossen, ihr Auto stehen zu lassen. Sie suchten ein Taxi. Anna ging erst dicht neben Sören, dann hakte sie sich unter. Wie ein Liebespaar, lediglich ohne zärtliche Berührungen, bummelten sie dem nächsten Taxistand entgegen. Sie waren ausgelassen, vom Alkohol beschwingt.

„Wo musst du hin?", fragte Anna, als sie ein paar Minuten später die hintere Tür des elfenbeinfarbigen Mercedes öffnete. Sören nannte die Adresse, Anna überlegte kurz.

„Was denkst du?", wollte Sören wissen.

„Ich müsste in die andere Richtung von München. Absolut entgegengesetzt! Aber eigentlich würde mir noch ein kleiner *Absacker* schmecken. Was meinst du dazu?"

Sörens Müdigkeit war dahin. Die Arbeit war erledigt, der Abend mit Anna bisher entspannend und lustig. Er sah auf die Uhr. Bevor er etwas sagen konnte, hörte schon wieder seine Kollegin.

„Wir müssen morgen früh zwar ins Büro, aber ein Drink schadet nicht zum Abschluss."

„Schmecken würde mir schon noch ein Schlückchen. Außerdem war der Abend bisher total schön. Ich gebe mich geschlagen." Sören überlegte, ob er vorn und hinten einsteigen sollte. Er entschied sich für die Beifahrerseite, um sich den Weg zu seiner Wohnung besser einprägen zu können.

„Zu mir oder zu dir?"

Sören drehte sich nach hinten um. „Du könntest bei mir pennen. Ist nicht groß, aber ausreichend. Morgen gehen wir zusammen zur Arbeit und zwischendrin kommst du bestimmt mal nach Hause." Sören macht eine kurze Pause. „Ich meine, zum Umziehen."

Anna grinste ihren Kollegen an. „Einverstanden. Was hast du zu Hause?"

„Zum trinken?"

„Natürlich."

Sören grübelte kurz. „Rotwein", antwortete er schließlich. Gianni und er hatten nicht alles getrunken. Gleichzeitig dachte er an den rassigen Holländer. Er würde sicherlich schon schlafen. Falls nicht, sollte Gianni ein Glas mittrinken. Ja, dachte sich Sören, eine gute Idee. Anna sollte die erste Person in seinem neuen Leben sein, vor der er keine Geheimnisse haben würde.

„Wunderbar", fand Anna. „Rotwein ist eine kleine Sünde wert."

„Wohin?", fragte der Taxifahrer, der geduldig seinen Fahrgästen zugehört hatte. Sören nannte die Adresse und sie fuhren los.

Vor Sörens Wohnhaus hielt der Taxifahrer an. Sören zahlte und lehnte eine Fahrpreisbeteiligung von Anna strikt ab. „Wenn ich dich einlade, dann ganz", bestätigte er forsch.

„Schön ruhig ist es hier", stellte Anna fest. Sie gingen ins Haus. Vor seiner Wohnungstür lauschte Sören unauffällig und sperrte auf. Es war dunkel. Gianni schlief. Genauso, wie er vermutet hatte.

„Ich dachte, du bist erst eingezogen. Wo sind denn die ganzen Umzugskartons? Wo ist die Unordnung?", sagte die Polizistin, während sie sich in Wohnküche und Wohnzimmer umsah. Die Tür zum Schlafzimmer war zugezogen. Sören fiel auf, das Gianni abgewaschen und alles sauber gemacht hatte. Ein toller Kerl! „Ich hatte einen fleißigen Helfer", antwortete er.

Anna setzte sich ins Wohnzimmer. Sie sah sich Sörens Musiksammlung an, suchte eine ruhige Scheibe aus und zog sie aus dem Pulk der CDs. „Die Balladen von Nazareth. Darf ich sie einlegen?"

„Gern. Kennst du dich aus?" Sören stand in der Küche und öffnete eine Flasche Rotwein. Er schenkte zwei Gläser ein und kam damit ins Wohnzimmer.

„Irgendwie sind alle Anlagen gleich", äußerte Anna, drückte auf *Power* und legte die CD ein. Sanfte, rockige Klänge drangen aus den Boxen. Anna dachte mit. Aufgrund der späten Uhrzeit regulierte sie die Lautstärke. Dann stand sie auf, nahm Sören ein Weinglas aus der Hand und beide prosteten sich zu. Sören stellte das Glas auf den kleinen Tisch. „Ich muss mal kurz für kleine Jungs. Das Bier treibt", grinste er.

Anna setzte sich. Ihr wurde heiß und kalt. Sören war ein cooler Typ. Anders als all die anderen Männer, hatte er sie an diesem Abend kein einziges Mal blöd angebaggert. Er zeigte gar kein Interesse, sie flach zu legen. Das war es wohl, was sie besonders anmachte. Anna merkte, wie sich ihre Brustwarzen aufstellten. Sie wurde geil. Sören würde ihr gefallen. Sollte sie den Spieß umdrehen und den Kerl anmachen? Es wäre das erste Mal in ihrem Leben. Anna sah wirklich gut und sexy aus. Bis zum heutigen Tag war ihr so etwas noch nicht untergekommen. Ob er sich seinen Schwanz wäscht, damit ich ihn blasen kann? Sex machte sich in Annas Gedanken breit. Sie war scharf. Wie stelle ich es am besten an? Soll ich ihm ein bisschen mehr Einblick gewähren? Anna öffnete die obersten zwei Knöpfe ihres Kleides. Ihre mächtigen, strammen Brüste ließen den Spalt im Kleid gut auseinanderklaffen. Sie trug keinen Büstenhalter. Anna beugte sich vor und testete, was passiert, wenn sie sich ihr Weinglas holt. Eine Brust machte sich selbstständig und ragte bis über die Brustwarze hinaus aus dem Kleid. Anna schüttelte den Kopf und rüttelte ihren Ausschnitt wieder zurecht. Das war viel zu auffällig, da kannst du dich gleich ausziehen, dachte sie sich und lehnte sich zurück. Die Spülung ging. Anna wurde immer geiler. Eine ihrer Hände fuhr am Oberschenkel hoch. Die Finger krochen unter das Kleid und berührten ihren Slip genau über der Klitoris. Die Polizistin stöhnte leicht auf. Sie wurde nicht nur feucht, sondern regelrecht nass. Anna hörte den Wasserhahn. Er wäscht sicher seinen Schwanz. Jetzt übernehme ich das Kommando. Einmal im Leben muss man einfach den Ton angeben, beschloss sie und streifte das Kleid ab. Ihre Brüste hoben sich wie zwei Hügel vom Oberkörper ab. Fest und rund. Die Nippel standen. Anna zog den Slip herunter und stöhnte dabei ein wenig. Der Alkohol machte sie frei. Er enthemmte und sie lachte innerlich. Nüchtern hätte sie das nie gemacht. Ihre Schamhaare waren teilrasiert. Ein schmaler Streifen, der mittig stehen geblieben war, wurde von Anna liebevoll *Landebahn* genannt.

Die Tür ging. Anna setzte sich, lehnte sich zurück, hob einen Fuß auf das Sofa und streckte den anderen aus. Sie präsentierte sich Sören vollkommen und zeigte all ihre Geheimnisse. Schritte. Er kommt. Anna war aufgeregt. So etwas hatte sie noch nie gemacht. Es machte sie an. Sie kochte. Ob er wohl nackt aus dem Bad kommen würde? Nein! Das wäre doch ein wenig zu frech.

Sören kam. Er blieb im Türrahmen stehen und starrte Anna an. Sein Blick wanderte von ihrem Kopf über ihre Brüste, am Bauch entlang zu ihrer Vagina, dann über die Oberschenkel bis zu den Füßen und wieder zurück.

„Überraschung", hauchte Anna, in der Erwartung, Sören würde sofort seine Hüllen fallen lassen, zu ihr herkommen, sich hinknien und sie küssen oder lecken. Doch Sören blieb wie angewurzelt stehen.

„Was ist los? Schockiert?", lächelte sie fragend.

„Ich…", stotterte Sören.

„Bist du schüchtern?"

„Ich …bin …", stammelte er erneut. Wie sollte er die Situation nur klären? So ein Mist. Das hätte er nie und nimmer erwartet. Im Hintergrund wurde gerade der ewige Schmachtfetzen von Nazareth geschmettert. *Love Hurts.*

„Anna, ich muss dir was sagen."

Anna stand auf. Sie kam auf Sören zu. Ihre Brüste wackelten dabei leicht hin und her. Eigentlich sehr erotisch. Anna lächelte immer noch. Sie blieb vor Sören stehen.

„Anna…", fing er an, dann legte sie ihren Zeigefinger auf seinen Mund und deutete damit an, dass er ruhig sein sollte. Sie umarmte ihn und hielt ihn fest.

„Sören, du musst jetzt nichts sagen. Genieße nur den Augenblick. Normalerweise mache ich so etwas nicht, aber heute bin ich absolut in Stimmung."

„Anna, ich bin schwul!"

Regungslosigkeit. Anna ließ Sören los und sah in seine Augen. Im Hintergrund lief immer noch *Love Hurts.*

„Du willst mich jetzt verarschen?"

„Nein, Anna. Ich bin wirklich schwul. Ich stehe auf Männer."

„Ach du liebe Scheiße", entfuhr es Anna. Sie errötete. „Ich fasse es nicht. Der erste Mann, den ich rumkriegen will, ist schwul. Ich bin so dumm." Annas Stimme veränderte sich leicht. Sören merkte es sofort. Anna ging zum Sofa, drehte wieder um, kam zurück zu Sören, der immer noch im Türrahmen stand.

„Du willst mich doch verarschen. Das glaube ich nicht. Liegt es an mir? Stehst du nicht auf mich?" Annas Augen wurden feucht. Die Situation war ihr mehr als peinlich. „Ich bin ab jetzt die Lachnummer der Nation. Im Büro werden sie Witze über mich reißen. Um Gottes Willen", stöhnte sie und dicke Tränen kullerten der nackten, hübschen Frau über die Wangen.

Sören nahm Anna an den Schultern. Er drückte sie an sich. Zuerst wollte sie ihn wegstoßen, doch dann gab sie nach und schluchzte. Ihr Kopf lag an seiner Brust. Ihre Haut war warm und weich. Ein Hauch ihres Parfüms kroch in Sörens Nase. Sie hatte Geschmack, duftete richtig gut.

„Anna, niemand wird über dich lachen. Es wird auch niemand etwas von diesem Abend erfahren. Ich mag dich. Sehr sogar. Du bist meine erste richtige Freundin hier und ich vertraue dir. Ich hoffe, wir können ein Leben lang eng befreundet bleiben."

Anna nahm ihren Kopf zurück. Sören ließ sie kurz los, holte aus dem Bad zwei Kleenex und gab sie Anna. Sie hatte sich zwischenzeitlich aufs Sofa gesetzt, war aber immer noch nackt.

„Und glaube mir. Wenn ich Hetero wäre, wärst du die Frau, die ich momentan am meisten begehren würde."

Anna lächelte. „Du bist so süß und ich komme mir so albern vor."

„Ich habe dir soeben mein größtes Geheimnis verraten. Du weißt es als erste."

„Du meinst deine Homosexualität?"

„Ja."

„Ich sage es keinem."

„Das ist mir egal, Anna. Ich bin auch nach München gekommen, um frei zu leben. Ich mache kein Geheimnis aus meiner Neigung. Ich bin schwul. Ich stehe auf Männer. Das ist lediglich eine andere Art, seine Sexualität auszuüben. Das ist für mich normal und nur für Heteros *strange*. Ich tue niemand weh und bin auch sonst ganz normal. Ich werde daraus auch kein Geheimnis machen, nur den Zeitpunkt, wann ich wem etwas sage, den bestimme ich individuell. Ich meine, manchmal ist eben nicht der richtige Moment da."

„Wie meinst du das?" Die Tränen versiegten, ihre Nacktheit spürte Anna nicht mehr.

„Heute in der Rechtsmedizin, während der Pathologe die Messerstiche vermessen hat, hätte ich dir da zuflüstern sollen: Anna, ich bin schwul."

Anna lachte. „Du bist witzig. Nein. Das wäre wirklich kein guter

Zeitpunkt gewesen."

Die Schlafzimmertür ging auf. Gianni kam ins Wohnzimmer. Er war nackt.

„Oh, Entschuldigung. Ich wusste nicht, dass Besuch da ist", entfuhr es Gianni und er hielt sich die Hände vor sein Geschlechtsteil. Anna sah abwechselnd Gianni und Sören an. Sören sah erst zu Anna, dann zu Gianni. „Das ist Gianni, meine Urlaubsliebe", stellte er den südländisch wirkenden Holländer vor. „Und Gianni ist sicherlich von der nackten Anna genauso verblüfft, wie umgekehrt. Ihr müsstet eure Gesichter sehen", lachte Sören. Dann fingen auch Anna und Gianni zu lachen an.

„Hol dir ein Glas und setz dich, Gianni. Und bleib so, wie du bist. Im Adamskostüm gefällst du mir am besten", forderte Sören Gianni auf. „Lasst uns gemeinsam auf eine wirklich gute und einmalige Freundschaft anstoßen."

Gianni verlor seine Zurückhaltung. Auch Anna blieb cool und nackt. Es war ihr in diesem Moment entweder nicht bewusst oder vollkommen egal, dass sie hüllenlos zwischen zwei homosexuellen Männern saß. Gianni kam mit einem Weinglas zurück ins Wohnzimmer. Anna betrachtete den Holländer genau. Er war zuckersüß. Gertenschlank und unten herum gut gebaut. Sie bemühte sich, ihren Blick nicht allzu lange auf Giannis Schwanz kleben zu lassen. Das wäre doch ein bisschen peinlich. Das Gesicht von Gianni war wie gemalt. Ein Künstler hätte richtig Freude, den Adonis auf Leinwand zu verewigen. Er war wie ein Fotomodell anzusehen. Nicht mit Sören vergleichbar, sondern eine Schönheit für sich. Annas Blut fing wieder an in Wallung zu geraten. Was war heute nur los mit ihr?

„Wir können gern anstoßen, aber du musst dich auch ausziehen", sagte Gianni und sah Sören an.

Jetzt erst wurde es Anna richtig bewusst, dass sie splitternackt war. Sie überlegte kurz, ob sie sich ihr Kleid überziehen sollte, verwarf den Gedanken sofort wieder und unterstützte Gianni. „Ich muss deinem Freund zustimmen. Wenn schon nackt, dann alle!"

„Das ist nicht euer Ernst?"

Anna und Gianni sahen sich an und grinsten. „O doch!", kam es fast gleichzeitig.

„Ihr spinnt doch", versuchte sich Sören zu widersetzen.

„Freiwillig, oder wir helfen nach!", drohte Gianni und zog aus Spaß ein grimmiges Gesicht.

Anna griff an Sörens Gürtel. „Wie er schon gesagt hat."
„Na gut. Ihr habt gewonnen. Dann machen wir eben eine Nackt-Nacht-Wein-Party!"
Sören stand auf. Erst schlüpfte er aus Hemd und T-Shirt. Anna bestaunte den gut durchtrainierten Körper und verfluchte kurz die Tatsache, dass Sören Männer bevorzugte. Sören wiegte seinen Körper nun leicht zu den Rhythmen des Soft Rock von Nazareth. Seine Tanzeinlage wirkte geschmeidig. Eine Hand schlängelte durch die Luft. Erinnerte ein wenig an einen langsam ausgeführten Disco-Tanz, wie es John Travolta in den Siebzigern praktizierte, und wanderte schließlich zur Taille. Von dort glitt sie zur Gürtelschnalle und öffnete diese. Dann knöpfte er die Jeans auf und zog den Reißverschluss herunter. Die Hüften hin und her bewegend rutschte die Hose langsam herunter und legte den knappen Slip frei. Anna und Gianni klatschten Applaus, als Sören die Jeans mit den Füßen zur Seite bugsierte. Er bückte sich, drehte sich um und streckte seinen beiden Gästen den knackigen Po entgegen. Er zog ganz langsam den Slip aus. Er stellte sich wieder gerade hin und drehte sich um. „Tatata taaa!", ahmte er einen Tusch nach und breitete die Hände aus. Annas Augen hatten sich an Sörens Schwanz festgesaugt. Sie schien ihn in Gedanken zu vernaschen. Gianni war aufgestanden. Er hatte einen Ständer bekommen. „Das war zuviel. Sorry, Anna. Ist mir schon etwas peinlich."

Jetzt war es Anna, die cool blieb. Sie wurde heiß, geil und zwischen den Beinen feucht. „Peinlich ist etwas anderes. Ich weiß, dass ihr beide jetzt gleich riesigen Spaß haben werdet. Ich bin zwar auch geil, aber um bei euch mitzumachen, fehlt mir ein gewisses Stückchen", grinste sie und zeigte zwischen ihre Beine. Die Landebahn wirkte wie ein Wegweise. Hier hinein, bitte!

Sören lachte. Gianni sah Anna an. Seine Augen wanderten über ihre Titten zur Landebahn und zurück. „Ich bin bi." Er war aufgestanden und befand sich nun zwischen Sören und Anna. „Wenn ihr beide auch Lust habt, warum nicht mal zu dritt?"

Sowohl Sören als auch Anna waren etwas perplex. Beide befanden sich zum ersten Mal in so einer Situation. Sören griff an Giannis Bein vorbei an sein Weinglas und nahm einen großen Schluck. Er stellte das Glas zurück und Giannis Rohr stand direkt vor seinem Mund. Ein schräger Blick zu Anna, die scheinbar ebenfalls mit ihrem Innersten kämpfte, dann spürte Sören, wie sich Blut in seinen Schwanz pumpte. Er wurde scharf. Richtig geil und streckte seine Zunge aus. Sie berührte die Spitze von Giannis Schwanz. „Wow, dass ich so etwas mal erlebe, hätte ich nie gedacht", hauchte Anna aus und griff nach Giannis Schwanz. Sie rieb ihn ein bisschen und steckte ihn Sören in den Mund. Dann beugte sie sich vor, hielt mit beiden Händen Giannis Arschbacken fest und leckte seine Eier. Gianni stöhnte vor Wolllust laut auf. Anna wanderte mit ihrer linken Hand an Giannis Arschbacke entlang. Sie suchte den Weg nach unten, wechselte von Giannis Oberschenkel zu Sörens Bein und wanderte dort mit der Hand zärtlich nach oben. Anna spürte, wie es wärmer wurde. Sie hatte Sörens Genitalbereich erreicht und griff an dessen Prachtlatte. Fest und hart war Sörens Rohr. Anna fing an zu wichsen. Sie wollte sich das nicht nehmen lassen und Sören war so geil, dass es ihm egal war, ob Anna einen Schwanz hatte oder nicht. Das Wichsen tat gut. Sie war sanft. Fast so wie Gianni, dessen Pimmel er lutschte. Gianni griff nach unten und spielte mit Annas Brüsten. Er zog seinen Schwanz aus Sörens Mund und kniete sich zwischen Annas Beine. Sie hatte zwischenzeitlich ein Kondom aus ihrer Handtasche gezogen und stülpte es Gianni über den Pimmel. Dann ging Giannis Kopf nach unten. Seine Zunge fuhr an Annas Landebahn entlang, erreichte die feuchte Stelle und leckte zärtlich über die Klitoris. Anna stöhnte laut. Gianni leckte jetzt über beide Schamlippen, dann glitt seine Zunge in Annas Muschi hinein. Ihr Körper bibberte. Annas Griff um Sörens Schwanz wurde fester. Sollte er sich von einer Frau einen blasen lassen? Nicht unbedingt, dachte er sich und löste Annas Hand von seinem Schwengel. Gianni saugte gerade an einer Schamlippe, als er einen sanften Druck an seinem Kopf spürte. Er ging nach oben und sah Sörens Hammer, der nur darauf wartete, in Giannis Mund zu verschwinden. Gianni ließ seine Zunge über Sörens Eichel kreisen. Dann leckte den Schaft bis zum Sack und zurück und schließlich nahm er den ganzen Liebesstab in den Mund. Sören stöhnte auf. Gleichzeitig packte Anna Giannis Schwanz und rieb ihn über ihre Muschi. Sie ließ Giannis Eichel über der Klitoris hin und her tanzen und als sie triefend nass war, verschwand das holländische Prachtstück ganz in Annas Liebesgrotte. Sie spürte den warmen Penis an ihren Schleimhäuten. Er glitt langsam hinein, wurde wieder hinausgezogen und wieder reingeschoben. Immer heftiger fickte Gianni. Ihre Hände vergruben sich in Giannis Arschbacken. Anna drückte den Holländer förmlich zwischen ihre Beine. Ihr Stöhnen wurde immer lauter. Anna unterdrückte Lustschreie. Ihr Blut war in Wallung. Sie gab sich vollends dem Liebesspiel hin. Giannis

Fickrhythmus passte und sie war so geil, wie noch nie zuvor. „Ja, ja", stieß sie aus. „Ich komme!" Die Wellen des weiblichen Orgasmus schlugen über ihr zusammen. Sie hörte das Meer rauschen, flog auf einer Wolke und befand sich im siebten Himmel. Nur langsam ebbte der Höhepunkt ab. Es war, als wolle die Welle, auf der sie ritt, nicht am Strand ankommen. Anna genoss das Gefühl und ließ es beide Männer spüren. Zärtlich.

Sören zog seinen Riemen aus Giannis Mund. Er wollte aufstehen. Anna sah Sörens Schwanz und stülpte sofort ihre Lippen über die Eichel. Sören stöhnte auf. Sie beherrschte ihr Handwerk, fuhr es durch seinen Kopf. Er ließ sie ein bisschen blasen, dann reichte es. Er war fast zum Abschuss bereit. Er brauchte Giannis Arsch. Gianni kniete vor Anna und rammelte enthusiastisch. Auch er stöhnte. Anna hatte ihre Beine hinter Giannis Rücken verschränkt und hielt ihn damit fest. Sören fasste an Annas Beine und hob sie sanft zur Seite. Dann kniete er sich hinter Gianni. Sören spuckte in seine Hände und rieb Giannis Arschloch ein. Er ließ einen Finger hineingleiten und hörte Giannis Lustschrei. Sören ging in Stellung. Ein suchender Blick. Annas Kondompackung lag griffbereit auf dem Sofa. Sören beeilte sich. Sicherheit vor Geilheit! Mit eingepackter Latte rieb er seine Eichel in der Spalte des Holländers. Wild schleuderte Gianni seinen Arsch hin und her. Er war voll in Fahrt. Sören stieß zu und drang in Gianni ein. Dieser verharrte kurz und nahm nach einer kleinen genussvollen Pause wieder seinen Fickrhythmus auf. Anna war gekommen. Glücklich und entspannt ließ sie Gianni noch weiterficken und genoss jeden Stoß. Diesmal gab Sören den Rhythmus vor. Langsam versenkte er sein Prachtstück in der Liebeshöhle des hübschen Holländers, drückte ihn leicht nach vorn und zog die Prachtlatte bis zur Eichelspitze wieder heraus. Immer wieder rammelte Sören langsam und genussvoll in Giannis Arsch, während dieser seinen Schwanz noch in Annas Fotze stecken hatte. „Ich spritze gleich ab", stöhnte Gianni.

„Ich auch", hauchte Sören aus.

„Spritzt mir über die Titten", sagte Anna und griff nach Giannis Schwanz. Sie zog ihm das Präservativ ab. Gianni wartete. Sören zog seinen Zauberstab aus dem Arsch des Holländers und zog ebenfalls den Gummi ab. Beide knieten sich links und rechts neben Anna aufs Sofa und küssten sich innig. Anna rieb währenddessen an den stehenden Schwänzen. Sören fühlte die angenehme, fremde Zunge und ließ seine eigene um den ‚Eindringling' kreisen. Er spielte mit Giannis Mund und spürte, wie sein Schwanz anfing zu pumpen. Das Jucken zog sich vom Oberschenkel bis in die Lenden. Der kommende Orgasmus lähmte jegliches Denken. Genießen war angesagt. Himmlisches Genießen. Auch Giannis Körper begann zu beben. Zwei Vulkanausbrüche standen bevor. Das Sperma suchte seinen Weg aus den Körpern, verbreitete megageile Feelings und kroch bis zu den Eichelspitzen empor. Die Vulkane spuckten. Gleichzeitig entluden sich die steifen Schwänze von Gianni und Sören über Annas Brüste. Zärtlich rieb sie an den Schäften und holte alles raus, was das Rohr hergab. Schließlich rieb Anna beide Schwänze an ihre Backen, über ihre geschlossenen Lippen und gab zum Abschluss jeder Eichel einen kleinen Kuss. Sie kam nicht umhin, einen Tropfen Sperma auf ihrer Zunge zergehen zu lassen. Der Geschmack von warmen Mandeln breitete sich in ihrem Gaumen aus, während der Holländer das verspritzte Sperma über Annas Brust und Bauch verrieb. Am Ende der heißen Nummer saßen alle drei nebeneinander auf dem Sofa. Sören und Anna waren erst etwas verlegen. Ihre Geilheit hatte sie in den flotten Dreier der anderen Art getrieben. War es ihnen peinlich? Nein. Lediglich die Situation war neu. Ungewohnt. Sören hatte zwar schon in früher Jugend erste sexuelle Erfahrungen mit Mädchen gehabt, doch sehr schnell gemerkt, dass er auf Jungs steht. Anna dagegen hatte es noch nie mit zwei Männern gemacht. Wenn man das in diesem Fall überhaupt sagen konnte. Eines war aber erreicht. Sie war seit langer Zeit zum ersten Mal wieder richtig befriedigt worden. Da muss erst ein schwuler Kollege mit seinem bisexuellen Freund auftauchen, dachte sie sich, damit ich so richtig geil durchgevögelt werde und einen Jahrhundertorgasmus erlebe.

Die ersten scheuen Blicke trafen sich. Sören und Anna fühlten sich immer noch so, als wären sie bei etwas Verbotenem erwischt worden. Gianni brach das Schweigen. Er nahm sein Weinglas und hob es hoch. „Freunde, das war die geilste Nummer, die ich jemals geschoben habe."

Sören nickte. „Muss ich irgendwie zustimmen. Es war auf jeden Fall die interessanteste Nummer", sagte er und griff ebenfalls zu seinem Weinglas.

„Ich hatte einen bombastischen Orgasmus und das ist mir schon lange nicht mehr passiert. Ich finde, es war die ungewöhnlichste Nummer. Auf jeden Fall die verruchteste. Prost!"

Sie tranken ihren Wein leer, duschten nacheinander und gingen zu Bett.

6.

Der Fisch hatte hervorragend geschmeckt. Die Maß Bier war genau richtig. Zur Feier des Tages hatte er sich einen zweiten Liter Bier geholt. Doch er spürte den Alkohol. Er war kein Trinker. Im Gegenteil. Er hasste sie. Seit frühester Kindheit hasste er Trinker. Sie waren es, die seinen Traum von einer liebevollen Mutter zerstört hatten. Sie waren es, die ihn aus den Träumen rissen. Er ballte seine Faust. Die Erinnerungen kamen zurück. „Nicht jetzt", schrie er aus und merkte, wie ihn die Gäste von den Nachbartischen ansahen. Was sollte er tun? Schweigen? Nein! Es über sich ergehen lassen? Warum nicht? Es war sowieso alles bald vorbei. Sobald er die letzten der Clique dorthin gebracht hatte, wo sie hingehörten, war es vorbei. Dann konnte er wieder ganz normal leben. Zwei junge Männer gingen an seinem Tisch vorbei. Sie lachten und jeder trug eine Maß Bier in der Hand. „Ist hier noch frei?"

Er wurde aus seinen Gedanken gerissen. Wer hatte ihn angesprochen? Er blickte in die Gesichter der beiden jungen Männer.

„Entschuldigung. Ist hier noch frei?"

Er sah sich um. Der Biergarten hatte sich gefüllt. Es war ihm gar nicht aufgefallen. Gerade, als er antworten wollte, waren die Beiden weitergegangen. „Komm, der sieht aus, als ob er Stunk sucht. Gehen wir lieber."

Ohne darauf zu reagieren, sah er den jungen Männern nach. Sein Blick machte wieder die Runde durch den Biergarten. Der Duft der warmen Nacht umgab ihn. Laternen strahlten Licht aus. Die großen Kastanienbäume, die tagsüber kühlen Schatten spendeten, wirkten jetzt auf ihn erdrückend. Die Luft war getränkt vom Dunst der Zigaretten, die an manchen Tischen geraucht wurden. Kleine blaue Wölkchen wurden in die Luft geblasen und hielten sich eine Zeit lang über den Rauchern auf, bevor sie sich in den Himmel emporhoben, um gänzlich zu verschwinden. Das Klirren der Gläser. Biergeschmack. Murmelnde und lachende Menschen. Er schnaufte tief ein. Wie lange war es her, seit er davonlief? Wie war es gekommen, dass er so hart wurde? Wieso hat er so lange auf seine Lösung warten müssen? Im Kopf des Mörders spukte es herum. Er nahm einen großen Schluck Bier und stellte den Maßkrug krachend auf den hölzernen Tisch. Dann versank er in Gedanken. Er durchlebte die Vergangenheit noch einmal. Erst wollte er sich wehren. Aufstehen und davonlaufen, doch er lief nicht mehr weg.

Er war gekommen, um für Ordnung zu sorgen. Er war hier, um aufzuräumen. Ein für allemal. Es blitzte vor seinen Augen. Er wartete auf die Stimmen. Auf den Reim. Doch es kam nichts. Unter den tausend Gedanken, die in seinem Kopf explodierten, fehlten die gehässigen Sprachgesänge, die ihn in den Wahnsinn treiben sollten.

Stattdessen sah er seine Mutter vor sich. Sie blutete. Schwallartig schoss der rote Lebenssaft aus ihrem Hals. Ein Notarzt war eingetroffen. Er stand nur da und sah in die Augen seiner Mutter. Sie schien zum ersten Mal in ihrem Leben zu lächeln. Sie sah so friedlich aus. Noch heute weiß er, wie es war. Der Notarzt schüttelte den Kopf: „Exitus!"

Charly Jäger drehte sich um, ging in sein Zimmer und packte ein paar Sachen zusammen. Dann ging er in die Küche und kramte aus der Tasse im obersten Fach das bisschen Geld, das Mama zur Seite gelegt hatte. Zwischenzeitlich war auch die Polizei in der Wohnung. Er beachtete sie gar nicht, sondern zog seinen alten Armeeparka an, schnappte sich die Tasche und verließ die Wohnung. Für immer.

Mit der U-Bahn fuhr er zum Hauptbahnhof. In seinem Gepäck ein Buch über die Fremdenlegion. Das war sein Ziel. Er wollte von vorn beginnen. Ein Neuanfang für Charles Jäger, der seinen Vater niemals kennen lernen durfte. Die Zugfahrkarte fraß sein Bargeld auf. Bis Saarbrücken reichte es. Dort stieg er aus und übernachtete auf einer Parkbank. Am nächsten Morgen bekam er Hunger. In einem Supermarkt steckte er Brot und Salami in seinen Parka und wollte den Laden verlassen. Sie hatten ihn erwischt. Ein dicker Ladendetektiv hielt ihn am Kragen fest. „Halt, Junge! Was hast du da eingesteckt?"

„Nichts."

Der bullige Detektiv riss seinen Parka auf und die Salami fiel heraus. Charly Jäger wurde ins Büro gebracht, dort warteten sie auf die Polizei. Nach zwanzig Minuten kamen zwei Polizisten. Der Ältere war der Wortführer.

„Na, mein Junge. Wie heißt du denn?", fragte er.

Charles Jäger schwieg und sah den Polizisten an.

„Darf ich dich nicht duzen? Wäre es dir lieber, ich würde dich siezen?"

Keine Reaktion des Ausreißers.

„Zu mir hat er auch kein Wort gesagt", erklärte der Detektiv. Er wischte sich Schweißperlen von der Stirn. So wollte Charly nie aussehen. Fettleibig, schmierig und verschwitzt. Ekelhaft. Der Typ erinnerte Charly an die Männer, die ständig seine Mama besuchten. Er ballte die Faust.

„Haben Sie in seinen Taschen nachgesehen, ob er einen Ausweis dabei hat?", fragte der jüngere Polizist den Ladendetektiv.

Dieser schüttelte den Kopf. „Nein. Ich wollte, aber der Bursche wich zurück und ballte die Fäuste. Da dachte ich mir, ich warte lieber auf Sie. Wer weiß, was der Typ mir angehängt hätte."

„Charly Jäger."

Der Detektiv und die beiden Polizisten blickten zu dem Dieb.

„Nanu. Wir können doch sprechen?", lächelte der Ältere Charly zu. „Hast du einen Ausweis dabei?" Er wartete kurz. Dann sprach er weiter. „Ich weiß, das ist für dich alles unangenehm, aber wir müssen die Anzeige entgegennehmen. Außerdem glaube ich, dass du noch nicht volljährig bist. Das wird bedeuten, dass wir dich zu deinen Eltern bringen müssen."

Charles Jäger griff in die Brusttasche seines Parkas. Er fingerte seinen Pass heraus und gab ihn dem alten Polizisten. Er fand ihn durchaus sympathisch. Obwohl es ein Bulle war, wirkte der Alte nicht so. Es war wohl das Väterliche, das der Kerl ausstrahlte. Charly vertraute ihm.

„Meine Eltern sind tot. Das heißt, meine Mutter ist tot. Es gibt keinen Vater."

Das Gesicht des Polizisten verfärbte sich leicht. In seinen Augen las Charly so etwas wie Trauer oder Mitleid. „Wo lebst du jetzt? Deiner Aussprache nach, bist du nicht von hier."

Verfluchter Dialekt!, durchzuckte es Charly, der seine Herkunft nicht verleugnen konnte. Er entschied sich für die Wahrheit. So konnte er sich nicht in Widersprüchen vergabeln. Möglicherweise bot ihm das für später eine Chance zur Flucht. Sollten sie doch alles wissen. Er würde sowieso abtauchen.

„Ich bin aus München. Meine Mutter hat gestern Selbstmord begangen. Vater gibt es keinen. Da habe ich meine Sachen gepackt und bin weggelaufen."

„Junge, du bist siebzehn. Wo wolltest du hin?", fragte der Polizist nach. Er hatte bereits Charlys Personalien notiert und hielt sie dem Ladendetektiv hin.

„Ich sah sie in ihrem Blut dasitzen. Der Notarzt schüttelte den Kopf. Da bin ich gegangen."

„Was hat er gestohlen?", erkundigte sich der jüngere Polizist.
„Salami und Brot."
Der Alte verzog keine Miene. „Du hast kein Geld, aber Hunger. Stimmt das?"
Charly nickte.
„Stehlen ist keine Lösung. Hast du schon einmal eine Anzeige bekommen?"
Charly dachte an die Prügeleien. Sicher hatten auch die Lehrer wegen der Sache mit der Verwüstung Anzeige erstattet. Konnten die Bullen in Saarbrücken das herausbekommen? Charlys Hirn ratterte. Er war Jugendlicher. Bestimmt hätten die Bullen ihn in ihrem blöden Computer gespeichert. Aber er hatte noch nie Fingerabdrücke abgeben müssen. Was sollte er dem Alten antworten? Charly entschloss sich für einen Kompromiss. „Ich hatte mal 'ne Schlägerei. Ich weiß aber nicht, ob ich da eine Anzeige bekommen habe. Und in der Schule habe ich mal das Klassenzimmer verwüstet."

Der jüngere Polizist lachte und wurde vom Älteren daraufhin schief angesehen. „Nun ja", räusperte sich der Alte, „wir werden das später mal nachprüfen. Hört sich so an, als ob du bisher eine weiße Weste hast. Oder hast du schon einmal geklaut?"

„Nein! Niemals!", entgegnet Charly entrüstet.

„Das sagen sie alle", entfuhr es dem Ladendetektiv.

Charly sah in die Fratze des Fettsacks. Am liebsten würde er ihn anspringen und eine in die Schnauze hauen, doch dann wäre es vorbei. Er musste sich den Mist, den der Fettsack ausplauderte, gefallen lassen.

„Ich lüge nicht."

„Der Junge hat den Suizid seiner Mutter mit angesehen. Wenn Sie mich fragen, steht er unter Schock. Wollen Sie die Anzeige aufrechterhalten?"

Charly schöpfte Hoffnung.

„Auf jeden Fall. Er bekommt von uns auch noch eine Rechnung. Die Fangprämie muss er zahlen."

„Arschloch!"

Wütend sprang der beleibte Detektiv auf. „Hören Sie! Das ist nicht der lammfromme Junge, den er spielt. Der Typ ist gefährlich. Das muss ich mir wirklich nicht gefallen lassen."

„Jetzt herrscht hier Ruhe!", schimpfte der alte Polizist. Mit ernster und böser Miene sah er sowohl zu Charly, als auch zu dem Detektiv.

„Hier sind die Personalien des Jungen. Schicken Sie mir ihre hausinterne Anzeige aufs Revier. Mein Name ist Herbert Rossler. Hier meine Karte."

Der Detektiv nahm die Visitenkarte des Alten und setzte sich wieder.

„Komm, Charly. Wir müssen erst mal mit dir aufs Revier. Dort klären wir alles weitere."

Kurz darauf saß Charly auf dem Rücksitz des Polizeiwagens. Neben ihm befand sich der junge Polizist. Der alte Bulle fuhr. Auf dem Polizeirevier musste Charly auf einer Holzbank warten. Die Zeit schien unendlich langsam zu vergehen. Es war schon wie eine Erlösung, als ihn der Alte holte und in ein Büro brachte.

„Setz dich dorthin." Er schob Charly eine Tasse mit dampfenden Kaffee hin. „Ich hoffe, du magst ihn so. Er ist nicht besonders stark."

„Danke schön."

Der Alte bückte sich und griff in eine Aktentasche. Er zog eine Plastikdose heraus und öffnete sie. „Meine Frau hat mir zwei Wurstbrote gemacht. Ich teile gern mit dir." Er klopfte sich auf den Bauch. „Ich bin sowieso zu dick", grinste er.

Charly nahm das Brot und verschlang gierig die ersten Bissen. Dann griff er zur Tasse Kaffee und nippte daran. Er war nicht zu heiß und nicht zu kalt.

„Es ist weder Milch noch Zucker hier."

„Vielen Dank. Ich trinke ihn am liebsten schwarz." Charly nahm noch einen Schluck. „Und er schmeckt wunderbar."

Als Charly aufgegessen hatte, lehnte er sich zurück. Er war froh, dass der Alte seine Sache bearbeitete. Irgendwie vertraute er dem Kerl. Allerdings mit gebührendem Abstand. Der Alte war schließlich ein Bulle.

„Als du gewartet hast, habe ich deine Personalien überprüft und in München angerufen."

Charlys Herz pochte. Die Stunde der Wahrheit war gekommen. Was haben die Münchner Bullen in ihrem Computer über mich stehen?

„Die Kollegen haben noch einige Fragen an dich. In der Wohnung wurde Blut gefunden. Nicht nur das von deiner Mutter, sondern auch noch von jemand anderem. Du bist nicht verletzt, wie ich erkennen kann. Was ist nur los?"

„Sie hatte Streit mit einem Freier."

Die Worte trafen den Polizisten hart.

„Was?", fragte er nach. Hoffte fast, er hätte sich verhört.

„Sie hatte sich mit einem Freier geprügelt. Sie war 'ne Nutte."
Der Alte kratzte sich verlegen am Hinterkopf. „Charly, ich kann dich nicht gehen lassen. Erstens bist du noch nicht volljährig, zweitens möchten die Kollegen in München mit dir sprechen. Du hast eine Anzeige an der Backe kleben und ich muss das mit dem Staatsanwalt abklären. Hast du Verwandte?"
„Niemand."
„Sie werden dich in ein Heim bringen."
„Sollen sie doch."
„Jetzt pass mal auf, Charly. Ich habe vorausgesetzt, dass du vernünftig bist und mit den Kollegen in München vereinbart, dich in den Zug zu setzen. Die Fahrkarte bekommst du von der Bahnhofsmission. Die Münchner", der Polizist meinte damit die Münchner Jugendbehörden, „regeln das mit denen. In München wirst du abgeholt und vernommen. Die Sache hier werde ich ein bisschen herunterbiegen. Ich bin schon lange im Geschäft und kenne da ein oder zwei gute Staatsanwälte. Das kriegen wir schon wieder hin."
„Kann ich mir Ihre Telefonnummer aufschreiben? Falls die Münchner Bullen ..., Entschuldigung", verbesserte sich Charly Jäger, „Polizisten, Rückfragen haben."
„Klar. Hier ist ein Kugelschreiber."
Charly nahm den Kugelschreiber und schrieb Herbert Rossler auf den Rücken seiner linken Hand. Darunter notierte er die Telefonnummer, die ihm von Rossler genannt wurde.
„Jetzt noch ein paar Routinesachen. Die Anzeige besteht, also muss ich dich als Beschuldigten vernehmen. Die Angaben zu deiner Person sind Pflichtangaben. Hier darfst du auch nicht lügen. Das wäre eine Ordnungswidrigkeit nach § 111 OwiG und würde ziemlich teuer werden. Zur Sache musst du nichts sagen. Du kannst dich aber gleich hier äußern, wenn du möchtest. Ich schreibe das auf und du unterschreibst. Du könntest die Angelegenheit auch einem Anwalt übergeben oder dich später selbst schriftlich äußern. Wie sollen wir vorgehen?"
„Wenn ich jetzt meine Angaben mache, ist der Fall für Sie leichter, oder?"
Rossler lachte. „Die Arbeit bleibt immer gleich. Ich könnte den Vorgang jedoch schneller bei der Staatsanwaltschaft abgeben."
„Dann schreiben Sie bitte, dass ich Hunger und kein Geld hatte. Es war eine Verzweiflungstat und mir tut die Sache aufrichtig leid."

Rossler sah Charly an. „Du solltest später einmal Rechtsanwalt werden. Die Aussage ist perfekt. Besser hätte ich es auf diese Kürze niemals hinbekommen."

Die Formalitäten wurden erledigt. Eine Stunde später befand sich Charly Jäger wieder am Hauptbahnhof in Saarbrücken. Gemeinsam mit Polizeihauptmeister Rossler hatte er seine Zugfahrkarte in der Bahnhofsmission abgeholt. Sie standen am Gleis und verabschiedeten sich. „Ich wünsche dir alles Gute", sagte Rossler.

„Ich danke für alles. Sie haben mir wirklich geholfen. Ich werde Sie anrufen, Herr Rossler."

Charly stieg in den Zug und Rossler ging. Als der Polizist weg war, stieg Charly wieder aus. Er wählte einen anderen Ausgang, um Rossler nicht über den Weg zu laufen.

„Hast du mal 'ne Kippe für mich?", fragte ihn ein abgewrackter Typ. Der Kerl war etwa in Charlys Alter und sah ihm verdammt ähnlich. Nur die Frisur passte nicht.

„Sorry, ich rauche nicht."

„Egal. Du bist nicht von hier, oder?"

„Was geht dich das an?"

Der Typ ging einmal um Charly herum. „Ganz schön grantig, unser Tourist. Mit dir stimmt was nicht. Das rieche ich kilometerweit gegen den Wind."

„Du kannst gleich eine in deine blöde Fresse bekommen."

Der Kerl blieb vor Charly stehen. „Jetzt habe ich aber Angst", gaukelte er vor. Dabei streckte er eine Hand aus und ahmte Zittern nach. Charly suchte festen Stand und war bereit, sofort zuzuschlagen.

„War nicht so gemeint", ging der Ton des Neugierigen eine Spur herunter. „Ich habe gesehen, wie dich der Bulle in den Zug gesetzt hat. Kenne ich. Ich bin auch von Zuhause abgehauen. Jetzt bin ich pleite und überlege, wie ich weiterkomme."

Charlys Gesichtsausdruck wurde freundlicher. „Kannst ja gleich sagen."

„Wo willst du hin?", fragte der Typ Charly.

„Frankreich. Und du?"

„Keine Ahnung. Frankreich hört sich nicht schlecht an. Ich heiße Tobi. Tobias Müller."

„Charly Jäger."

Sie nickten sich zu. Charly gefiel der Gedanke, einen Partner zu haben. Sie ähnelten sich sehr. Das müsste doch nutzbar sein. Sollte er ihn doch ein Stück begleiten. Wer weiß, wofür das gut war.

„Und wie sollen wir reisen?"

Schallendes Gelächter. „Du lebst wohl noch nicht lange auf der Straße, was?", lachte Tobi fragend aus. „Wir klauen uns ein Auto und fahren."

„Und die Grenze?"

„Wo kommst du denn her? Hier gibt es überall offene Grenzen. Wir fahren einfach rüber."

„Meine Damen und Herren, auf Gleis 3 fährt in Kürze der Intercity…" dröhnte es aus den Lautsprechern, als Charly den Pakt mit seinem neuen Kumpel einging.

„Worauf warten wir noch?", fragte er Tobi.

Beide verließen den Bahnhof. Wortlos gingen sie die Straßen entlang. Immer wieder drehte sich Charly um und hoffte, dass sich kein Bulle in der Nähe befand. Was wäre, wenn ihm Tobi eine Falle stellte? Was, wenn er ihn in einen Hinterhof führt, in dem Tobis Kumpels warteten? Antwort: Dann würde ich so vielen wie möglich aufs Maul hauen. Kriegen würden sie nichts, weil ich nichts habe.

Charly folgte Tobi, der ihn zu einem Parkplatz führte. Kein Hinterhof. Keine Kumpels. „Dort suchen wir uns 'ne Karre aus. Kannst du fahren?"

„Ich bin schon mal gefahren. Wird schon klappen", antwortete Charly. Er hatte sich mal das Auto eines Freiers *geborgt* und damit ein paar Runden gedreht, während der Wichser seine Mutter vögelte.

„Nächste Frage. Kannst du Autos kurzschließen?"

Charly schüttelte mit dem Kopf. „Noch nie gemacht."

„Dann passt du auf, ich mach das mit dem Wagen", schlug Tobi vor. Charly war einverstanden. Er sah Tobi nochmals von oben bis unten an. Ein Plan reifte. Tobi würde seine Fahrkarte werden. Seine Fahrkarte ins Leben. Tobi war der Schlüssel zur Unsichtbarkeit.

Beide gingen zwischen den Reihen der geparkten Autos entlang. „Schau dich nicht zu auffällig um. Da werden nur die Leute auf uns aufmerksam. Wir müssen so tun, als ob wir zielstrebig zu einem Auto gehen."

„Klar", sagte Charly, als ob er so etwas schon öfter gemacht hätte und zwang sich dazu, geradeaus zu sehen.

„Den Golf nehmen wir."

„So 'ne alte Kiste?"

„Alte Kiste hin oder her. Das Teil ist leicht aufzumachen und spielend leicht kurzzuschließen. Keine Wegfahrsperre, keine Alarmanlage."

Das leuchtete Charly ein. Er musste zugeben, dass Tobi schlau war. Zumindest, was es anging, ein Auto zu klauen.

Tobi blieb neben dem alten Golf stehen. Er zog einen Schraubenzieher aus seiner Bomberjacke und stach unterhalb des Türgriffs ins Blech. Ein kurzes Rütteln und der Verschlussknopf schob sich nach oben.

„War ja ein Kinderspiel", freute sich Tobi und setzte sich hinters Lenkrad. Charly war verblüfft. Den Trick wollte er sich merken. Als er zur Beifahrerseite ging und sich unauffällig umsah, konnte er nichts feststellen. Keiner war stehen geblieben und interessierte sich für sie. Ehe Charly saß, lief der Motor. Tobi sah auf die Tankuhr. „Über Halb. Das reicht."

Charly griff zum Sicherheitsgurt, Tobi fuhr los. Die ersten Meter stotterte der Wagen, dann bekam Tobi das Spiel zwischen Kupplung und Gaspedal in den Griff. Er fuhr aus dem Parkplatz aus und ordnete sich in den fließenden Verkehr ein.

„Schnall dich an. Die Bullen ziehen uns sonst raus", moserte Charly.

„Immer mit der Ruhe", sagte Tobi cool und griff zum Gurt. Er schnallte sich an.

Charly Jäger schaltete das Autoradio an und suchte einen Sender mit guter Musik.

„Schau mal ins Handschuhfach. Vielleicht hat der Besitzer Kohle drin gelassen."

Charly öffnete das Handschuhfach und kramte darin herum. Unter ein paar Strafzetteln, die offenbar nicht bezahlt wurden, fand er etwas Hartes. Er griff zu und zog einen Gasrevolver heraus. „Da ist 'ne Wumme drin."

„Was?", rief Tobi erstaunt. „Zeig her!"

Charly hob sein Fundstück stolz hoch. „Ein Gaser, aber geladen."

„Sieht aber verdammt echt aus. Damit können wir 'ne Tanke hochnehmen."

„Warum gerade 'ne Tanke? In 'ner Bank gibts doch mehr zu holen."

„Du bist wirklich ein blutiger Anfänger! Banken sind zu gut gesichert. Tankstellen kannst du außerdem auch nachts ausnehmen."

Der Hammer, an was Tobi alles dachte. Nur wird es ihm nichts nutzen, grinste Charly in sich hinein. Sein Plan nahm Formen an. In Charlys Kopf ratterten die Ideen nur so durch. Er würde bald unsichtbar werden.

„Jetzt erst mal raus aus der Stadt!", sagte er schroff.

Tobi sah Charly fragend an. „Was ist mit dir los? Kaum hat der Bubi 'ne Knarre in der Hand, wird er aufmüpfig."

„Auf dem Land sind weniger Bullen. Wenn der Besitzer von dem Auto den Diebstahl anzeigt, wird gleich eine Fahndung ausgelöst."

„So schnell geht das nicht."

„Würde ich mich nicht drauf verlassen. Ich bin auch erst gestern abgehauen und heute früh haben sie mich schon erwischt."

„Du bist auch kein Auto, sondern ein Mensch!"

„Fahndung ist Fahndung. Dem Computer ist es egal, ob du ein Mensch oder ein Auto bist."

Das leuchtete Tobi ein. Er lenkte den Wagen auf die Bundesstraße 41 in Richtung Grenze. Als sie Saarbrücken hinter sich gelassen hatten, atmete Charly auf. Trotz seines Planes blieb er ruhig. Er war ganz und gar nicht aufgeregt.

„Fahr mal bei Gelegenheit rechts ran. Ich muss mal pissen."

„Mädchenblase!", lachte Tobi, fuhr aber bei einem Feldweg rechts rein. Er ließ den Motor laufen. „Beeil dich. Ich möchte über die Grenze, bevor die Fahndung ausgelöst wird."

Charly stieg aus, ging um den Golf herum und öffnete den Kofferraum. „Perfekt", rief er aus. Er hatte es gehofft und gefunden, wonach er suchte.

„Was ist perfekt? Jetzt geh schon mal pissen, oder ich fahre ohne dich weiter. Irgendwie bist du ja doch 'ne Niete."

„Komm mal her."

„Was ist denn jetzt schon wieder?"

„Wirst schon sehen. Hier im Kofferraum liegt eine wunderbare Überraschung."

Tobi stieg aus. „Wehe, wenn du mich verarschen willst. Dann gibts eine auf die Nuss!"

Tobi ging ums Heck und stand Charly gegenüber. Er riss den Mund zu einem Schrei auf, und versuchte seine Arme schützend nach oben zu reißen, doch Charly war schneller und schmetterte das Wagenkreuz wuchtig auf Tobis Stirn. Sofort brach der junge Mann bewusstlos zusammen. Ein zweiter Schlag zerschmetterte die Schädeldecke endgültig. Tobi Müller war tot. Nein! Charly Jäger war tot. Tobi Müller war neu geboren. Charly säuberte das Wagenkreuz und warf es in den Graben am Straßenrand. Dann wuchtete er den Leichnam in den Kofferraum, setzte sich hinter das Lenkrad und wollte losfahren. Er besann sich, stieg aus und öffnete den Kofferraum erneut. Charly zog erst den Leichnam, dann sich aus. Er tauschte die Kleidung und zog Tobis Sachen an. Dann bekleidete er mühsam die Leiche.

„Wir haben zwar die gleiche Größe, aber du bist sauschwer anzuziehen, Tobi – du Arschloch!"

Als er endlich fertig war, sah er Tobis Ausweis an. Zufrieden stellte er fest, dass Tobias Müller schon volljährig war. Triumphierend hob er die Hand und schrie laut „Ja!" aus. Charly ging zurück zur Beifahrerseite, nahm aus dem Handschuhfach den Kugelschreiber, den er vorhin gesehen hatte und ging zurück zur Leiche. Er nahm Tobis linke Hand und schrieb Rosslers Namen, sowie dessen Telefonnummer darauf. „Du bist ich und ich bin du!" Danach setzte er sich erneut hinter das Lenkrad und fuhr los. Der Verkehr nahm zu und Charly bog in eine ruhigere Seitenstraße ab. Dort gondelte er gemütlich durch die Gegend, bis er eine geeignete Stelle fand. Die scharfe Kurve war perfekt für sein Vorhaben. Charly hielt an und setzte zurück. Das Autofahren klappte besser, als er dachte. „Ich bin einfach ein Naturtalent", lobte er sich selbst. Kein Verkehr. Eine ideale, ruhige Seitenstraße. Eine perfekte scharfe Kurve und dahinter abschüssiges Gelände mit Baumbestand.

„Charles Jäger. Hier stirbst du!", sagte Charly und hielt vor der Kurve an. Er legte den Leerlauf ein, zog die Handbremse an und stieg aus. Immer noch kein Verkehr. Charly ging zu der von ihm ausgesuchten Stelle. Keine Leitplanken. Lediglich die weißen Warnschilder mit den roten Dreiecken warnten Autofahrer vor der Gefahrenstelle. „Woher soll ich, als Führerscheinneuling, wissen, was das heißt", lachte er und ging zurück zum Golf. Immer noch kein Verkehr. Charly öffnete den Kofferraum und holte den Leichnam Tobis heraus. Er setzte ihn hinter das Lenkrad und richtete die Reifen auf geradeaus ein. Jetzt kam der schwierigste Part. Er musste die Handbremse lösen, aus dem Wagen springen und die Türen zuschlagen. Charly stand neben dem Golf und dachte nach. Dann kurbelte er das Seitenfenster auf der Fahrerseite herunter und schlug die Tür zu. Durch das offene Fenster beugte er sich ins Fahrzeuginnere, über den Schoß des von ihm kaltblütig erschlagenen Tobi Müller und griff zur Handbremse. Er zog an, drückte den Knopf und ließ los. Der

Wagen rollte an. Charly schwang sich zurück und stand auf der Straße. Der Golf bewegte sich auf den Abhang zu, verließ die Straße und rollte schließlich den Hang hinunter. Charles Jäger hörte ein Poltern. Noch bevor er selbst am Straßenrand stand, krachte es hässlich. Scheiben zerbarsten. Charles rannte vor und blieb am Abhang stehen. Sein Plan schien besser zu laufen, als er dachte. Der Wagen hatte sich überschlagen und war schließlich gegen einen Baum geknallt. Charles rutschte den Abhang mehr hinunter, als er ging. Je näher er dem Autowrack kam, desto stärker roch es nach Benzin. Keine Scheibe war mehr ganz. Überall lagen Splitter. Der Golf war überall eingedrückt. Die Karosserie war nicht mehr als die eines VW Golf zu erkennen. Charles Jäger sah die Leiche nicht. Er ging um das Wrack herum und konnte sein Glück kaum fassen. Tobis Körper war kurz vor dem Aufprall am Baum aus dem Fahrzeug geschleudert worden. Das linke Vorderrad mit dem Gewicht des ganzen Motorblocks lag auf seinem Gesicht. Es musste so platt wie eine Flunder sein. Niemand würde jemals Spuren von einem Schlag mit dem Wagenkreuz erkennen können. So konnte Charly seinen ursprünglichen Plan, den Wagen mitsamt der Leiche, bis auf den linken Arm mit der Kugelschreibernotiz zu verbrennen, beiseite stellen. So, wie es jetzt war, war es ideal. Er war bei einem Unfall gestorben. Charles Jäger war tot. Anhand des Gesichts konnte er jedenfalls nicht mehr identifiziert werden. Der Zufall war in diesem Moment Charles Jägers Komplize.

Als Tobias Müller, dessen Vergangenheit Charles nicht kannte, ging er zurück zur Bundesstraße 41. Er stellte sich grinsend an den Straßenrand und hob den Daumen. „Legion, ich komme!", rief er laut aus. Sein Ziel war das Rekrutierungsbüro in Marseille, nicht das in Straßbourg. Straßbourg war zu nah. Außerdem wollte Charly die Anreisestrecke nutzen, um sein Schulfranzösisch aufzubessern. Über Tobi dachte er keine Sekunde mehr nach. Die Ratte hatte ihn gelinkt. Tobi hatte noch zwei Hunderter. Das Reisegeld würde Charly genügen.

Ein Lastwagenfahrer hielt an. Er nahm Charly mit. Drei Tage später war er am Ziel. Marseille.

Die Blase drückte. Das Bier machte sich bemerkbar und riss ihn aus der Gedankenwelt. Er stand auf und suchte die Toilette. Ohne nochmals zu seinem Tisch mit der halbvollen Maß Bier zurückzukehren, verließ der Killer den Biergarten. Er wanderte durch die Straßen über den warmen Asphalt. Die Großstadt zeigte ihr anderes

Gesicht. Aus Erfahrung wusste er, dass sich alle Großstädte glichen. Überall lungerten Junkies und Nutten herum. Miese Typen lauerten im Schutz der Dunkelheit auf und versuchten anständige Menschen auszurauben. Eine Frechheit. Er würde so etwas nicht zulassen. Bei ihm wären die Straßen sauber und sicher.

„Sie gehen hin, geben Lohn, tausend Väter – Hurensohn!"

Es war wieder da. Er hörte die Stimme deutlich. Er wusste, wem die Stimme gehört. „Basti – du bist der Nächste!", rief er laut in die Nacht hinein. „Du singst am lautesten von allen und wirst mit ebenso lautem Getöse untergehen!", drohte er.

Gedankenblitz! Ja, dachte er sich, mit lautem Getöse wird Basti untergehen. Ich werde mit dem Zeitungsfuzzi zusammenarbeiten. Gleich morgen früh werde ich ihn in mein Ein-Mann-Team aufnehmen!

Der Killer, der früher einmal Charles Jäger hieß, schlug den Weg nach Hause ein. Seine kühle Vermieterin wartete schon. Er grinste wieder. Seine Augen blieben dabei so kalt, wie die von Ernestine von Schlehen. Jedenfalls glaubte er, dass seine Vermieterin so hieß. Der Name steht auf der Post, die er täglich aus dem Briefkasten holt.

Die Stimmen waren weg. Er brauchte nur an seine Rache zu denken, schon waren die Stimmen weg. Er rieb sich die Hände, freute sich. Als er wieder im Bus saß, zog er seine Zeitung aus der Hosentasche. Der Reporter hat es verdient. Er sollte seine Exklusivstory bekommen, entschied sich Charles Jäger. Er sah aus dem Fenster und ließ die Großstadt an sich vorbeirauschen. Impressionen, die nie ganz ausgelöscht wurden, dachte er sich. Was hatte er in den letzten zehn, zwölf Jahren alles erlebt? Er war zum Mann geworden. Zwei Sitzreihen vor ihm knutschte ein junges Paar. Hinter ihm saßen drei Ausländer. Sie sahen wie Araber aus. Sprachen nicht. Ein Afrikaner stieg an der nächsten Haltestelle zu. Charles Jäger sah in das Gesicht des Schwarzen. Sah das weiße in dessen Augen funkeln und es blitzte in Jägers Kopf. Erinnerungen brachen durch.

Die Hafenspelunke in Marseille wurde ihm als Treffpunkt für Legionäre genannt. Die Luft war stickig. Man konnte sie direkt schneiden. Zwei Männer mit wettergegerbten Gesichtern saßen am Tresen und tranken Pastis. Sie hoben die Gläser und prosteten sich mit der milchigen Brühe zu. Dann leerten sie die Gläser und stellten sie krachen auf den Tresen. Einer bestellte noch zwei Pastis. Der andere sah zu Charles Jäger und zündete sich eine Gitane an. Er inhalierte den Rauch der starken Zigarette und blies ihn stoßweise in die Luft. Charles sah sich um. Der Wirt hinter dem Tresen war schlank und groß gewachsen. Seine Arme waren tätowiert. Mit einer Hand ließ eine Pastisflasche über zwei Gläser kreisen, bis diese halb gefüllt waren. Er stellte die Flasche mit dem Anisschnaps weg und füllte die Gläser mit Wasser auf, bevor er sie seinen Gästen servierte.

An einem runden Bistrotisch saß ein älterer Herr und trank eine Tasse Kaffee. Der Teller vor ihm war leer. Charles Jäger vermutete, dass der Gast ein Croissant verspeist hatte. Mit einem leicht flauen Gefühl in der Magengegend ging der junge Erwachsene am Tresen vorbei. Er fühlte die Augen der anderen Gäste und die des Wirts auf sich haften. Es war unangenehm. Charles hauchte ein „Bonjour", und setzte sich. Er glaubte ein „Merde" und „Allemande" gehört zu haben und wagte es nicht, dem Wirt oder den beiden Typen am Tresen in die Augen zu sehen.

Der Wirt fragte grob in französischer Sprache, was Charles denn wolle. Als dieser fließend antwortete, dass er gerne ein Croissant und eine Tasse Kaffee hätte, verflatterte etwas von der Grimmigkeit des Gastwirts. Als er die Bestellung an den Tisch brachte, musterte er Charles von oben bis unten. „Bist du Tourist?", fragte er in Landessprache.

Charles musste genau hinhören, um den südfranzösischen Slang zu verstehen. „Ich möchte länger bleiben." Sollte er mit der Tür ins Haus fallen? Sollte er sagen, dass er zur Legion möchte?

„Als Tourist?"

„Nein, Monsieur, vielleicht als Soldat."

Der Wirt grinste. „Voilá, la légion!", rief er aus.

„Voilá, la légion!", stimmten die beiden Saufkumpane am Tresen mit ein.

Charles wusste, dass er richtig war. Der Herr, der Kaffee trank, stand auf. Er kam an Charles' Tisch und gab dem Wirt mit einem kurzen Wink ein Zeichen, dass er verschwinden sollte.

„Darf ich mich kurz setzen?", fragte er höflich.

Charles nickte.

„Sollen wir in einer anderen Sprache reden? Englisch, deutsch?"

„Französisch ist in Ordnung. Ich spreche die Sprache fast fließend", antwortete Charles.

„Das Leben in der Legion ist hart und entbehrungsreich."

„Ich möchte gern dorthin."

„Die Legion wird dich ganz nehmen. Du wirst die Selbstbestimmung über dich verlieren. Du wirst für Frankreich leben, kämpfen und möglicherweise sterben."

„Ich habe weder vor Entbehrungen, noch vor dem Tod Angst."

„Den Eindruck hatte ich nicht, als du vorhin hier hereinkamst."

„Wenn ich jemanden anstarre, gibt es Ärger. Die beiden Kameraden am Tresen sehen nicht so aus, als ob sie gerne angestarrt würden. Ich ging unnötigem Ärger aus dem Weg. Hätte ich es nicht getan, würden Sie jetzt nicht hier sitzen."

„Wie alt bist du?"

„Achtzehn!", antwortete Charles.

Der ältere Herr lachte. „Das sagen alle. Der Legionär wird zu bedingungslosem Gehorsam erzogen. Er wird zur Killermaschine. Der Drill und die Härte der Ausbildung sorgen für den Rest. Dein kleines Gehirn ist nach der Ausbildung gerade noch fähig, Befehle auszuführen, ohne darüber nachzudenken. Auf der anderen Seite bekommst du eine Familie. Die Legion wird deine neue Heimat."

„Das möchte ich."

„Was hättest du gemacht, wenn dich die beiden ehemaligen Legionäre, die dort am Tresen saufen, verprügelt hätten?"

„Das hätten sie nicht."

Beide blickten zu Charles.

„Warum?"

„Sie sind Säufer. Ich verachte Säufer. Sie haben die Kontrolle über ihren Körper verloren."

„Mächtige Worte", sagte der ältere Mann.

„Was hast du deutscher Scheißer gesagt?" Beide Männer am Tresen standen auf und kamen auf Charles zu, der sitzen blieb. Charles bekam wieder leichten Bammel. Das war sicherlich ein Test. Es muss ein Test sein. Ich muss nur cool bleiben, dann schaffe ich es, redete er sich ein, als sich die Veteranen vor ihm aufbauten. Charles schätze sie um die fünfzig. Trotz ihrer kleinen Bäuche waren es Gegner, keine Opfer. Sie hatten große Oberarme und sahen nicht so aus, als ob sie spaßen würden.

„Wiederhole, was du gerade gesagt hast, du Würstchen, und ich werde aus dir Hackfleisch machen!", drohte der vordere. Er beugte sich über den Bistrotisch. Der ältere Herr versuchte noch schlichtend einzugreifen, wurde aber vom zweiten Veteran ruhig gestellt, indem er dem Alten eine Hand auf die Schulter legte und lediglich etwas sagte, was sich wie „Gusch!" anhörte.

Charles' rechte Hand fuhr unter die Bomberjacke. *Tobis Jacke.* Die Hand des vorderen Veteranen schnellte vor. Er wollte Charles am Kragen packen. Im gleichen Moment sprang Charles auf, zog den Revolver, der im Handschuhfach des Golf gelegen hatte, spannte den Hahn und hielt den Lauf direkt vor das linke Auge des Legionärs.

„Fass mich an, Säufer, und du stirbst. Jetzt und hier. Nicht für Frankreich, sondern für deine Unbeherrschtheit." Sofort blickte er zum zweiten Säufer. „Bleibt, wo du bist, oder dein Kumpan kann sich künftig Kapitän Einauge nennen!"

„Es reicht! Hier ist meine Karte", mischte sich der ältere Herr ein. Beide Veteranen zogen sich an den Tresen zurück. Sie lachten.

„Es war ein Test, oder?", fragte Charles.

„Geh ins Büro. Die Adresse steht drauf. Sage dem Sergeant, dass du von Pepe kommst." Der ältere Herr, der sich jetzt Pepe nannte, beantwortete Charles' Frage nicht. Er ging nicht mit einem Wort darauf ein.

Charles legte Geld auf den Bistrotisch.

„Lass stecken, Billy the Kid", grinste der Veteran, dem Charles den Revolver vors Auge gehalten hatte, "deine Rechnung übernehme ich. Du hast Mumm."

„Merci", sagte Charles verblüfft. „Nichts für ungut, aber ich ..."

„Im Ernstfall hättest du nicht zögern dürfen, Junge. Das musst du noch lernen. Außerdem solltest du echte Waffen benutzen, keine Spielzeugrevolver!"

„Das hast du gesehen?"

„Wir sind Legionäre. Wir wissen, wie eine Waffe aussieht", lachte der zweite Veteran.

„Geh jetzt. Und wenn du mal genug von der Legion hast, komm wieder hierher. Pepe weiß, wo gute Männer gutes Geld verdienen können."

Jetzt wusste Charles Bescheid. Er hatte es in seinem Buch gelesen. Leute wie Pepe suchten ausgebildete Soldaten. Söldner. Ihm wurde langsam klar, dass er in der Hafenkneipe keine Chance gehabt hätte. Die Veteranen, der Gastwirt und vermutlich auch Pepe waren allesamt Söldner. Zumindest war das früher ihr Beruf. An ihren Händen klebte mehr Blut, als sich ein normaler Mensch vorstellen konnte. Sie waren professionelle Killer.

Fast andächtig starrte Charles Jäger, der sich jetzt Tobias Müller nannte, auf die Visitenkarte von Pepe. Er würde sie aufheben. Ganz sicher.

7.

Sörens Hand suchte den Wecker. Vergebens. Was war los? Ach ja. Bier mit Anna beim Italiener. Wein mit beiden zusammen im Wohnzimmer, dann ein flotter, gemischter Dreier. Sörens Kopf schmerzte. Wo steht denn der verfluchte Wecker? Das Piepsen brachte Sören zum Wahnsinn. Ach ja, er selbst hatte ihn vorm Zubettgehen so weit weggestellt, dass er aufstehen musste, um den Wecker auszumachen. Sören zwang sich dazu aufzustehen und drückte den erlösenden Knopf. Das letzte Glas Wein war doch etwas zu viel. Sörens Kopf brummte. Er dachte, ein Schwarm Wespen würde in seinem Gehirn spazieren fliegen. Schlaftrunken ging er ins Wohnzimmer und stupste Anna an. Als sie ihre Augen öffnete, ging Sören wortlos ins Bad. Anna löste ihn ab und Sören kochte Wasser. „Zwei Tassen, ein Instant-Kaffee und heißes Wasser", brummelte er vor sich hin. Die Kopfschmerzen vergingen nicht. Sören öffnete den Kühlschrank. Im obersten Türfach lagen sie. Die Erlöser. Das Wundermittel der heutigen Zeit. Kopfschmerztabletten mit Vitamin C. Sören warf zwei Stück in ein Glas, füllte kaltes Wasser nach und betrachtete das Auflösen der Tabletten. Anna kam in die Küche. Sören sah seine Kollegin an. „Du auch?", fragte er.

Anna sah die Kopfschmerztabletten und nickte. „Unbedingt!"

„Das berühmte letzte Glas war wohl zu viel, oder?", fragte Sören.

Anna lächelte ein wenig. „Kann sein, aber es war bestimmt der Auslöser für eine unvergessliche Nacht."

Jetzt grinste auch Sören. „Kaffee?"

„Ja."

Später fuhren sie mit dem Bus zur Dienststelle. Im Büro setzte Anna eine Kanne Kaffee auf. Sören öffnete sein dienstliches E-Mail-Fach. Annas Handy fing an ‚sweet home Alabama' zu trällern.

„Schon am frühen Morgen einen Anruf?"

„Nein, Sören. Das ist meine Memory-Melodie. Ich habe doch gestern was draufgequatscht."

„Stimmt. Du wolltest das mit dem Richter klären."

Anna hörte sich die Nachricht noch einmal an. „Mache ich gleich", entschied sie und verließ das Büro. Noch bevor die Tür zuging, kamen Erich Landers, Günther Habermeier und Kalli Rasch herein.

„Moin, moin", begrüßte Sören seine Kollegen.

„Daran muss ich mich erst noch gewöhnen", grinste Kalli.

„Alle in den Besprechungsraum!" Erich war ziemlich geladen. Sören fiel die Schlagzeile ein. Heute würde das große Donnerwetter kommen. Er stand auf, bevor sich sein Postfach geöffnet hatte, und folgte den anderen in den Besprechungsraum.

„Direktor Schnellwanger wird gleich hier sein. Ich hatte bereits im Flur das Vergnügen. Er hielt mir eine nicht sehr schöne Schlagzeile vor die Nase!"

„Auweia, das riecht nach Ärger", kommentierte Günther die ganze Sache.

„Wo ist Anna? Ihre Tasche steht doch auf dem Tisch."

„Erich, die wird da sein, wo du auch jeden Morgen hingehst", versuchte Günther zur Auflockerung beizutragen, doch die Stimmung blieb eisig.

„Anna ist beim Haftrichter. Wir haben uns gestern getroffen und waren bei dem Polizeirevier, in dessen Inspektionsbereich der letzte Tatort lag", erklärte Sören.

Günther und Kalli warfen sich sofort einen Blick zu, der soviel aussagen sollte wie „Aha, schon am ersten Tag treffen sich Anna und der Neue …"

Auch Landers war erstaunt. „Und warum muss Anna dann zum Haftrichter?"

„Die ZEG-Beamten hatten einen gewissen Schwarzmann festgenommen. Er verkehrt im Bahnhofsmilieu und ich war der Meinung, er könnte für uns informativ tätig werden. Ich habe ihn laufen lassen und Anna klärt das mit dem Haftrichter ab."

„Herr Falk, darüber sprechen wir noch", erklang Kriminaldirektor Schnellwangers Stimme.

Sören verfluchte sich, alles so ausführlich erzählt zu haben, während der höhere Beamte unbemerkt den Besprechungsraum betrat.

„Wie kann es sein, dass vom Tatort Fotos zur Presse gelangten? Wer hat diesen Mirach überhaupt an den Tatort gelassen, oder wurde er von einem von uns beliefert?" Schnellwangers Stimme wurde mit jedem Wort lauter. Er war nicht nur sauer, er war komplett angefressen. Zornesröte stieg in das Gesicht des Leiters der Mordkommission. „Wir haben jetzt ein ernstes Problem. Der Mörder wird zum Serienkiller hochstilisiert. Ich gehe noch von zwei Einzeltaten aus, auch wenn unser neuer Mann, Herr Falk, anderer Meinung ist …"

Anna kam in den Besprechungsraum. Sie sah zu Sören und zwinkerte. Ihm fiel ein Stein von Herzen. Der Haftrichter hatte mitgespielt. Der Wind war zumindest in dieser Sache aus den Segeln genommen worden.

„Guten Morgen, Frau Demmler. Sind wir auch schon da?"

„Ich war beim H..."

„Ich weiß. Setzen Sie sich!", stieß Schnellwanger Anna schroff an. Dann führte er sein Wortstakkato fort. „Ich werde jeden Einzelnen von Ihnen unter die Lupe nehmen. Wenn ich herausfinde, dass auch nur ein einziger Tipp von Ihnen an diesen Schmierfinken Mirach ging, werde ich dafür sorgen, dass dieser Jemand bis zum Ende seiner Dienstzeit im Keller des Polizeipräsidiums Akten sortiert! Und nun zu Ihnen, Herr Falk. Sie sind also die Verstärkung aus Hamburg, ohne die wir Münchner den Fall nicht lösen können. Was haben Sie bisher ermittelt?"

„Herr Schnellwanger, ich kann nichts dafür, dass dieser Reporter Interna veröffentlicht hat."

„Das hat auch niemand behauptet. Ich möchte wissen, was Sie bisher ermittelt haben?"

„Herr Direktor. Das ist doch unüblich. Normalerweise berichte ich...", Erich Landers wurde abgewürgt.

„Herr Landers", war ihm KD Schnellwanger ins Wort gefallen, „ich möchte es aus Herrn Falks Mund hören!"

„Wir haben eine Spur", begann Sören, der froh war, dass die Kopfschmerzen endlich weg waren.

Alle Augen blickten auf Sören. „Eine Spur?", staunte Landers. Sein Mund blieb offen.

„Ich möchte noch nicht zu viel sagen, aber gestern haben wir mit einem Dr. Jonken gesprochen. Ihm war im Zeitungsartikel aufgefallen, dass der Mörder das Wort ‚Hurensohn' an die Wand geschmiert hat. Das hat Dr. Jonken, er war Lehrer, an einen Fall erinnert."

„Jetzt noch einmal ganz langsam", unterbrach Schnellwanger. „Sie haben aus dem Ärmel einen ehemaligen Lehrer gezogen, der sich an einen Fall erinnern kann, der unserem gleicht. Ist das richtig?"

„Er hatte einen Schüler, der nach einem Einbruch in die Schule sein Klassenzimmer und das Büro von Dr. Jonken verwüstete. An die Tafel schrieb er ‚Hurensohn'."

„Ein Schüler?"

„Das war vor zehn oder zwölf Jahren. Dr. Jonken versucht heute die alten Schulunterlagen herauszusuchen."

„Ich glaube, Sie wissen nicht, um was es hier geht, Herr Falk.

Bekommt Ihnen die bayrische Luft nicht?"
„Die Opfer waren ebenfalls Schüler von Dr. Jonken. Sie gehörten zum Freundeskreis des Verdächtigen. Er hieß Charles Jäger."
„Hieß?" Schnellwanger kam zu Sören und stellte sich vor ihm auf. „Sagen Sie das noch einmal. Oder besser. Erklären Sie mir, warum Sie ‚hieß' sagten!"
Sören schluckte, Anna sah auf den Boden.
„Dr. Jonken sagte mir, dass Charles Jäger damals tödlich verunglückte. Ich lasse das gerade prüfen."
„Ein toter Schüler kommt aus dem Jenseits zurück und bringt seine Klassenkameraden um! Was haben Sie denn eingeschmissen?" Schnellwanger wurde wieder laut. „Sie sind vorerst raus aus der Sache. Sie können sich um einen anderen Fall kümmern!"
Sören sah verdutzt Landers an, wendete sich aber sofort wieder dem Kriminaldirektor zu. Schnellwanger war noch nicht fertig. „Sie lesen vermutlich zu viel Stephen King oder anderen Mystery-Mist! Herr Falk, entweder Sie lernen sich hier anzupassen, oder Sie waren die längste Zeit bei der Mordkommission! Sie bearbeiten ab sofort die Akte Lindenschmidt!" Schnellwanger wandte sich nun Landers zu. „Sobald der komplette Bericht aus der Rechtsmedizin vorliegt, möchte ich mit Ihnen sprechen. Dieser Fall hat oberste Priorität. Die Labore beim LKA warten nur darauf, gefüttert zu werden. Liefern Sie Material!" Schnellwanger verließ den Besprechungsraum und knallte die Tür hinter sich zu.
Alle atmeten auf. „Das war deutlich."
„Was bitte schön ist der Fall Lindenschmidt?", fragte Sören seinen direkten Vorgesetzten, Erich Landers.
„Frau Lindenschmidt war 86 Jahre alt. Sie lebte alleine und lag ein paar Tage in ihrer Wohnung, bevor man sie fand. Erst als die Maden beim Nachbarn unter der Tür durchkrochen, wurden die Kollegen gerufen. Der Leichenschauer hat auf dem Todesschein ‚nicht geklärt, ob natürlich oder nicht natürlicher Tod' angekreuzt. Also müssen wir ermitteln."
„Das ist Blödsinn. Ich bin wirklich an der Sache dran. Ich spüre, dass ich richtig liege."
„Sören, wenn Schnellwanger dich aus dem Team nimmt, bist du aus dem Team. Mit dem Chef ist nicht zu spaßen", mischte sich Kalli ein. „Deine Story mit dem pensionierten Lehrer und dem toten Schüler, der seine ehemaligen Mitschüler killt, klang aber wirklich

nicht allzu glaubwürdig."

Sören nickte. „Leuchtet mir ein."

„Wir könnten heute Abend auf ein Bierchen gehen. Die Stimmung ist in 'ner Kneipe lockerer. Dort bequatschen wir alles", schlug Günther vor.

„Tut mir echt leid, aber gestern wurde es spät. Ich schätze, ich falle heute nach Dienstende todmüde ins Bett."

„So, so. Es wurde spät", grinste Kalli und sah zu Anna, die ihm nur ein „Du Arsch", rüberwarf und dabei grinste.

„An die Arbeit, Leute!" Landers trieb das Team an. „Kalli, du gehst zu den Jungs von der Spurensicherung. Der Bericht ist überfällig. Ich möchte, dass du sofort jede Kleinigkeit rausliest. Günther, du und Anna fahrt raus zum Flughafen. Jenny Winters Freund wird heute vorzeitig von seiner Geschäftsreise zurückkommen. Befragt ihn nach dem üblichen Katalog. Ich gehe zur Rechtsmedizin und spreche mit Dr. Sammer."

„Und ich?", wollte Sören wissen.

„Sören, der Chef hat es angeordnet. Du bearbeitest Oma Lindenschmidt. Die Akte liegt im Einlauffach. Lass dir Zeit."

Sörens Kollegen gingen. Er war allein im Büro. „So ein Arschloch!", brüllte er aus sich heraus. Er musste sich Luft verschaffen. Wütend setzte sich Sören hinter seinen Schreibtisch. Ein Fingertipp auf die Tastatur und der schwarze Bildschirm verschwand. Sörens Postfach hatte zwei neue Nachrichten. Der Text der ersten Nachricht wurde angezeigt. Sie stammte vom Administrator. Er begrüßte Sören noch einmal und teilte mit, dass er ab jetzt E-Mail empfangen und versenden konnte. Die zweite Nachricht hatte Rolf Faller gesendet. Sören sah auf die Uhrzeit. Fünf Uhr Morgens. Die Jungs waren fleißig. Eben echte Bullen. Sie ermitteln noch mit Herzblut. Sören griff zur Maustaste, löschte die erste Nachricht und öffnete Fallers E-Mail. Gespannt, was ihm der ZEGler mitzuteilen hatte, begann er zu lesen.

Hallo Sören,

während du dich in deinem Bett hin- und hergewälzt hast, ließen Mike und ich die Telefone glühen. Nachdem wir schon einen Satz heiße Ohren hatten, wurden wir endlich fündig.

Wir haben deinen C H A R L Y J Ä G E R gefunden!!!!

Es ist tatsächlich so, dass der Junge in der Nähe von Saarbrücken tödlich verunglückte. Etwa genau vor zwölf Jahren! Zufällig hatte der Kollege Nachtdienst, der damals mit an der Unfallstelle war. Er konnte sich nur so gut daran erinnern, weil es 1. sein erster tödlicher Unfall war (natürlich von der Aufnahme – grins grins) und 2. der Charles Jäger nur anhand seines Ausweises und mit Hilfe eines Kollegen identifiziert werden konnte.

Dieser Kollege heißt Herbert Rossler. Er hat heute Tagdienst. Du kannst ihn beim Innenstadtrevier von Saarbrücken erreichen.

Und eines sagen wir dir jetzt schon. Diese Aktion kostet dich mindestens zwei Weißbier!! Für jeden!!

Wir hauen uns erst mal aufs Ohr. Falls du Rückfragen hast. Heute haben wir noch einmal von 16.00 Uhr bis 24.00 Uhr Dienst, dann wieder ein paar Tage frei.

Gute Nacht
Mike und Rolf

„Das Bier zahle ich gern", sagte Sören laut zu sich selbst. Seine Finger flutschten über die Tastatur. Die Antwort war schnell geschrieben. Sören wollte sich nicht lumpen lassen. Er versprach beiden Zivilfahndern das gewünschte Weißbier, setzte den Zusatz dahinter, dass er zwar nicht weiß, was das für ein Bier ist, aber würde ein Glas mittrinken, verabschiedete sich mit ‚moin moin' und schickte die E-Mail ab.

„Jetzt wollen wir mal der Sache mit Charles Jäger nachgehen", murmelte er und suchte im Polizeiadressbuch die Telefonnummer des Polizeireviers in Saarbrücken heraus. Sören wählte. Es läutete gerade zweimal. Eine freundliche Frauenstimme meldete sich.

„Polizei Saarbrücken."

„Falk. Mordkommission München. Moin, moin."

„München und Moin, moin?", lachte die Dame blechern.

Sören wurde wieder bewusst, dass er jetzt am anderen Ende Deutschlands Verbrechen aufzuklären hatte. „Das wird wohl langsam mein Markenzeichen. Ich komme ursprünglich aus Hamburg."

„Hört man", lachte sie immer noch in den Hörer. „Was kann ich für Sie tun?"

„Ich möchte gern mit dem Kollegen Rossler sprechen. Herbert Rossler."

„Moment, ich sehe mal auf den Dienstplan."

„Er müsste nach meiner Kenntnis Tagdienst haben."

Die Frau lachte wieder. „Das hat er immer. Herbie ist nicht mehr im Schichtdienst. Er hat nur noch ein paar Monate, dann geht er in Pension. Ich sehe nur nach, ob er auch da ist. Nicht dass Herbie wieder mal im Urlaub ist."

Sören wartete kurz.

„Ist hier. Ich verbinde."

„Herzlichen Dank. Sie waren wirklich sehr nett."

„Ein Kompliment am Morgen und der Tag fängt rosig an. Salü."

„Ciao."

Es läutete wieder – unterbrochen mit Beethovens ‚für Elise'. Sören summte die Melodie mit.

„Rossler."

„Falk. Sören Falk, Kripo München, Mordkommission", stellte sich Sören vor.

„Ja, bitte", antwortete Herbert Rossler. Die Unsicherheit in seiner Stimme war deutlich zu erkennen. „Was kann ich für dich tun, Kollege?"

Sören war Rosslers Art sympathisch. Er pflegte in alter Tradition das duzen unter Kollegen. Egal woher sie kamen und wo sie ihren Dienst verrichteten.

„Es geht um einen Charles Jäger." Sören wartete die Reaktion Rosslers ab.

„Charles Jäger", wiederholte Rossler. Sören konnte sich die Denkfalten in der Stirn des alten Kollegen gut vorstellen.

„Ich kann mich sehr gut an Charles Jäger erinnern. Das hat mich damals ganz schön zusammengehauen."

„Du weißt, wen ich meine?", versicherte sich Sören.

„Ich kenne nur den *einen* Charly Jäger. Der Halbstarke aus München. Er wurde beim Ladendiebstahl erwischt. Ich setzte ihn in den Zug zurück nach München und ging. Später, in der Nachtschicht, wurde ich von Kollegen des Unfallkommandos angerufen. Mein Name und meine Telefonnummer waren mit Kugelschreiber auf Charlys Hand geschrieben. Daran habe ich den Jungen auch identifiziert. Schrecklich." Schweigen.

Sören brach die Stille. „Genau deshalb rufe ich an. Mich würde es interessieren, was damals passiert ist. Wer hat die Leiche in welcher Situation gefunden? Wer hat sie identifiziert? Einfach alles, was mit Charles Jäger zu tun hat."

„Darf ich dich fragen, weshalb nach so langer Zeit die Mordkommission aus München anruft? Die Akte wurde doch geschlossen. Soviel ich noch weiß, war es ein Alleinunfall. Der Junge hatte keinen Führerschein und fuhr zu schnell in die Kurve. Man fand nicht einmal Bremsspuren!"

Sören notierte mit. „Alleinunfall, scharfe Kurve, keine Bremsspuren", wiederholte er.

„Du schreibst mit, oder?"

Sören bestätigte. „Ja. Ich versuche mir ein Bild über Charles Jäger zu machen."

„Darf ich nicht wissen, um was es geht?"

„Die Sache ist VS."

„Verschlusssache? Soviel wie ich damals auf der Polizeischule gelernt habe, heißt die korrekte Abkürzung VSnfD. Richtig, oder hat sich das geändert?"

Sören schmunzelte. „Nein, das wurde mir auch noch so beigebracht. Verschlusssache nur für den Dienstgebrauch!"

„Ich bin Beamter. Ich bin immer noch im Dienst und wie es aussieht, kann ich dringend benötigte Hinweise liefern."

„Also gut", grinste Sören. „Ich bin auch immer so neugierig. Bei uns hier unten gab es innerhalb kurzer Zeit zwei Tötungsdelikte. Beide Male handelt es sich bei den Opfern um ehemalige Schulfreunde von Charles Jäger. Beim zweiten Opfer wurde eine Spur gefunden, die auf Charles Jäger hinweist. Jetzt …"

„… soll geprüft werden, ob er damals wirklich tödlich verunglückte", beendete Rossler den Satz.

„Richtig."

„Ich kann nur eines dazu sagen. Charles Jäger aus München wies sich vor zwölf Jahren mit seinem Ausweis aus. Er saß mir gegenüber. Ich verbrachte gute drei Stunden mit dem Burschen und setzte ihn schließlich in den Zug nach München. In meinem Büro hat er sich mit Kugelschreiber meinen Namen und meine Telefonnummer auf seinen linken Handrücken notiert. Das war später auch die Besonderheit in diesem Fall, denn die Kollegen vom Unfallkommando standen vor einem Problem."

„Bitte langsam, ich mache mir gelegentlich Notizen."

Rossler wartete kurz, bevor er weiter erzählte. Es war, als würde die Sache erneut vor seinen Augen ablaufen. Der kurz vor seiner Pension stehende Polizist hatte wenig Vergleichbares erlebt. Ein Grund dafür, dass er sich noch so gut an den Sachverhalt erinnern konnte.

„Charles Jäger muss sofort wieder aus dem Zug gestiegen sein. Auf einem öffentlichen Parkplatz entwendete er einen alten VW Golf und fuhr damit in Richtung französische Grenze. Auf einer Nebenstrecke fuhr er …"

„Richtung französische Grenze. Moment mal, bitte. Weißt du, warum er nach Frankreich wollte?"

„In seinem Parka fand man ein Buch über die Fremdenlegion. Ich schätze, er wollte dorthin."

„Fremdenlegion", notierte Sören. „Und was war das mit der Nebenstrecke?"

„Er fuhr auf der B 41 in Richtung Grenze, bog dann aber vorher in eine kleine Nebenstraße ein."

„Weiß man warum?"

„Tut mir leid. Keine Ahnung."

„Gut, und dann?"

„Ein Bauer fand den Wagen. Er war aus der Kurve getragen worden und stürzte einen Abhang hinunter. Unten prallte er gegen einen Baum. Der Junge war zu diesem Zeitpunkt schon tot. Er wurde aus dem Golf geschleudert. Zu allem Unglück landete der Golf auf dem Kopf des Jungen. Die Felge lag genau auf dem Schädel, das Gewicht des Motorblocks hinterließ nur noch eine breiige Masse."

„Wurden Fingerabdrücke genommen?"

„Von den Kollegen des Unfallkommandos?"

„Ja, zum Beispiel."

„Dazu bestand keine Veranlassung. Die Kollegen riefen mich an. Ich kam zur Rechtsmedizin und habe sofort an der Kleidung erkannt, wer das war. Dann sah ich noch die Notiz mit meinem Namen und meiner dienstlichen Telefonnummer auf der linken Hand. Seinen Ausweis hatte Jäger noch bei sich."

„Also gab es keinen Zweifel, dass es Charles Jäger war?"

„Nein, warum denn?"

„Eigentlich ist er also nicht zu Hundertprozent identifiziert worden, oder?"

„Wenn du jetzt meinst, dass er anhand seines Gesichts, seines Zahnschemas oder wie es heute üblich wäre, mit DNA identifiziert wurde, muss ich deutlich mit einem *NEIN* antworten."

„Rein theoretisch könnte also jemand anderes umgekommen sein und Charles Jäger würde noch leben."

Rossler lachte. „Rein theoretisch müsste der Unbekannte die Klamotten von Jäger angezogen haben und sich mit Jägers Handschrift meinen Namen auf die linke Handoberfläche notiert haben."

„Außer, Jäger hat es getan."

Rossler schwieg. „Außer Jäger hätte es getan", wiederholte er. „Wie deutlich ist der Hinweis auf Charles Jäger?" Rossler wurde neugierig. Noch vor zehn Minuten hätte er jeden Eid darauf geschworen, dass Charles Jäger tot war. Doch die hartnäckige Fragestellung dieses Falk aus München brachte ihn zum Nachdenken. „Ich habe eine Gegenfrage", sagte er.

„Bitte", meinte Sören.

„Wenn das damals, was ich nicht glaube, nicht Charles Jäger war. Wer liegt dann in Jägers Grab?"

„Das müssen wir herausfinden. Die Person muss, zumindest von der Statur her, Charles Jäger geglichen haben."

„Du rufst mich an und bringst meine heile Welt vollkommen durcheinander", sagte Rossler zu Sören.

„Ich verfolge nur eine Spur. Folge einer Fährte."

„Welcher?"

„Der Fährte des Hurensohns", antwortete Sören Falk.

„Zwei Tötungsdelikte?"

„Zwei unschuldige Menschen wurden auf grausame Art und Weise förmlich hingerichtet", bestätigte Sören.

„Ich habe nicht mehr lange Zeit, dann gehe ich in Pension, aber ich verspreche dir, dass ich mich um die Sache kümmern werde. Ich gehe sämtliche alten Akten durch und werde jede einzelne, nicht geklärte Vermisstenanzeige durchblättern. Ich melde mich. Deine Nummer wird hier im Display angezeigt. Salü."

„Ich warte auf deinen Anruf."

„Wenn ich diese Sache nicht bis zur Pensionierung geklärt habe, gehe ich nicht in den Ruhestand. Das nagt. Soviel hast du schon mal erreicht, Sören. Ich melde mich auf jeden Fall."

Sören legte auf. Er ging zum Einlauffach und nahm sich die Akte Lindenschmidt. Zurück bei seinem Schreibtisch legte er die neue Akte neben den Karton mit den Asservaten des Mordfalles RA Michael Alois Müller.

Sören las die Akte Lindenschmidt durch. Er fand keinerlei Hinweise, die auf ein Tötungsdelikt hinwiesen und fertigte einen entsprechenden Bericht, mit dem Schlusssatz, dass als nächstes erst die Obduktion abzuwarten ist.

Der Magen meldete sich. Anna, Kalli und Günther kamen zurück.

Gemeinsam gingen alle in die Kantine zum Mittagessen. Die Gespräche waren karg. Allen war durch die heftige Ansprache durch Kriminaldirektor Schnellwanger etwas von der Arbeitslust genommen worden. Anna war zudem noch hundemüde. Es gab auch keine neuen Beweise. Lediglich Sören hatte es zu vermelden. Er erzählte von seinem Telefonat mit Herbert Rossler.

„Verbohrst du dich nicht zu sehr in eine sehr, sehr vage Sache?", ließ Kalli einfließen. Er sprach auch das aus, was Günther und sogar Anna dachten. Alle drei hegten Zweifel an Sörens Theorie, Charles Jäger könnte noch leben und zurückgekehrt sein. Doch Sören ließ sich nicht beeindrucken.

„Ich bin ja sowieso aus der Sache draußen. Der Fall Lindenschmidt bindet mich auch total ein."

Seine Kollegen lachten. „Schnellwanger wird sich schon wieder einfangen. Der war heute Morgen nur auf 180, weil er selbst vor dem Polizeipräsidenten Rede und Antwort stehen muss. Pass auf, nächste Woche bist du wieder im Team. Außerdem geht es nicht so leicht, wie es der Direktor gesagt hat", meinte Anna.

Günther schluckte den letzten Bissen seines Schnitzels hinunter und nickte. „Außerdem ist Erich auch noch da. Erich ist ein guter Vorgesetzter. Wenn er dich im Team haben möchte, wirst du nicht gehen. Garantiert."

„Dann bin ich ja beruhigt."

„Freitag steht aber, oder?" Kalli meinte die kleine geplante Einstandsfeier.

Sören stand auf. Er zwinkerte Anna zu. „Freitag steht. Versprochen. Ich muss jetzt weg. Habe einen Außentermin."

„Kennst du dich aus?", fragte Anna.

„Ich habe mir die Wegstrecke auf dem Stadtplan angesehen. Das kriege ich blind hin. Die Papiere und Schlüssel für die Dienstwagen liegen doch im Büro?"

„Ja, gleich rechts neben der Tür. Wo sie geparkt sind, weißt du?", wollte Günther wissen.

„Wenn sie dort stehen, wo Anna und ich den letzten Wagen geholt haben, weiß ich es."

„Genau dort", bestätigte Anna.

Das Grau des Morgens vertrieb die Schatten der Nacht. Er hatte keine vier Stunden geschlafen, als er die Augen aufschlug. Die Vögel begrüßten den neuen Tag mit ihren Liedern. Das Zwitschern weckte ihn vollends. Er schlüpfte in seine Sporthose, zog das leicht müffige T-Shirt von letzter Nacht an und verließ das Haus. Das Laufen tat gut. Die Lage des Hauses am Stadtrand war herrlich. Laufen bewirkte Wunder. Sein Gehirn wurde von angesammeltem Ballast befreit. Es war so, als ob man in seinem Haus bei Sturm alle Fenster aufriss. Das Grün. Die Luft. Später würde die Sonne die Luft wieder stickig und schwer machen. So wie manchmal seine Gedanken waren. Schwer. Er musste an seine Schulzeit denken. An einen russischen Erzähler. Iwan Turgenjew. Er liebte die Werke eines der bedeutendsten Vertreter des russischen Realismus. Das Laufen erinnerte ihn an sein Lieblingswerk von Trugenjew. ‚Aufzeichnungen eines Jägers'. Er versuchte sich an den Text zu erinnern. Damals in Afrika half es ihm zu überleben. Die Gluthölle der Sahara prallte an ihm ab, wie ein Squashball von der Wand im Court. Aufzeichnungen eines Jägers. Wer, außer einem Jäger, hat es empfunden, wie schön es ist, bei Sonnenaufgang in den Büschen umherzustreifen? Genauso hat es angefangen. Als grüner Streifen zieht sich die Spur entlang. Wie ging es doch gleich weiter? Es kam eine Stelle mit bitterem Geschmack des Wermuts. Egal. Er fühlte sich immer besser. Er schöpfte Kraft. Nicht nur körperlich. Auch sein Geist wurde neu belebt. Der Schlachtplan muss gefertigt werden. Erst würde er den Journalisten holen, dann Basti. Der Reporter sollte alles hautnah mitbekommen. Er würde ihn zu einem Helden machen. Die ganze Nation würde zu ihm aufsehen. Ja, so sollte es sein.

Punkt neun Uhr morgens stand er in der Telefonzelle und wählte die Nummer des Zeitungsverlags. Eine Dame meldete sich. „Ich möchte gerne Ihren Journalisten, Herrn Mirach, sprechen."

„Tut mir leid. Herr Mirach ist freier Mitarbeiter. Er hat in unserem Haus kein Büro."

„Wie kann ich ihn erreichen?"

„Da bin ich überfragt. Am besten, Sie fragen schriftlich …"

„Jetzt hören Sie mir einmal zu. Entweder, Sie verbinden mich mit Mirach oder seinem Chefredakteur, oder ich verkaufe meine Geschichte über den Hurensohn an Ihr Konkurrenzblatt. Zur Kenntnis. Ich bin der Informant Mirachs. Sie haben drei Sekunden."

Die Dame war überfordert. Außer einem gestotterten „Mo.. mo.. moment", kam nichts über Ihre Lippen.

Der Anrufer beherrschte sein Handwerk. Er übernahm sofort die Führungsrolle, gab den Ton an und duldete keinen Widerspruch. Die

Psychologie der verbalen Auseinandersetzung, dachte er sich und grinste überlegen. Billige Kaufhausmusik drang aus der Ohrmuschel. Sie sollte wartende Anrufer bei Laune halten.

„Braun."

„Mit wem spreche ich?"

„Hier stelle ich die Fragen. Mit wem spreche ich? Fassen Sie sich kurz, ich habe wenig Zeit."

Das ist schon ein anderes Kaliber. Der Killer wusste zumindest, dass sein telefonisches Gegenüber eine höhere Position innehaben musste. Der Befehlston war nicht gespielt. „Ich muss unbedingt Herrn Mirach sprechen. Ich bin sein Informant in Sachen des Hurensohns." Das letzte Wort drückte er mit gespieltem Ekel aus.

„Herr Mirach ist nicht hier. Er ist ..."

„Ich weiß", fuhr der Killer dazwischen, „freier Mitarbeiter ohne Büro. Jetzt hören Sie mir gut zu. Ich habe absolut brisante Neuigkeiten bezüglich des Mörders. Ich weiß mehr als die Polizei und wenn ich rechtzeitig mit Herrn Mirach spreche - und ich spreche ausschließlich mit Herrn Mirach", betonte er explizit, „hat Ihr Blatt eine geniale Schlagzeile. Exklusiv und vermutlich mit Lösung des Rätsels um den Mörder!"

Braun schnaufte. Konnte es sein, dass er tatsächlich mit einem Mitwisser sprach? Falls ja, durfte er die Chance nicht versieben. „Woher weiß ich, dass Sie kein Spinner sind?"

„Mirach hat Fotos gemacht. Er war in der Wohnung. Er hat aber nicht erwähnt, dass der Mörder die Glühbirnen aus den Lampen entfernt hat. Fragen Sie ihn, ob Licht brannte, als er im Haus war. Dann werden Sie es wissen."

„Wie kann ich Sie erreichen?"

Der Killer lachte leise ins Telefon. „Sie überhaupt nicht. Entweder, Sie glauben mir und geben mir Mirachs Telefonnummer, oder Ihr Konkurrenzblatt bekommt die Story."

„Haben Sie etwas zu Schreiben?"

„Ja."

Das Frühstück war ausgefallen. Obwohl Ewald Mirach Alkohol gewohnt war, hatte er gestern doch ein wenig zu viel erwischt. Als die Putzfrau kurz vor neun das Zimmer reinigen wollte, scheuchte er sie barsch wieder raus. Er wälzte sich noch ein paar Mal im Bett herum, fand keine bequeme Stellung mehr und stand auf. „Drecksnutten", schimpfte er wütend, als er sein Spiegelbild im Badezimmer sah. Seine Augen waren immer noch leicht aufgequollen. „Trotz des guten Stoffs", ärgerte er sich und stieg in die Dusche. Das Handy läutete. „Verdammte Scheiße, wer ruft mich denn jetzt an?" Erst wollte Mirach nicht ans Telefon gehen, dann fiel ihm ein, dass er ja der Schlagzeilenkönig des Tages war. Wer weiß, wer ihn gerade sprechen möchte. Ihn, den großen Starjournalisten. Mirach verließ die Dusche und ging nass durch das Zimmer. Er kramte aus einer Jackentasche sein Handy heraus, sah, dass der Anrufer *unbekannt* war und nahm das Gespräch an.

„Mirach."

„Ich kann Sie ganz groß rausbringen. Ich verfüge über Informationen, die niemand anders hat."

Ewald Mirach überlegte, ob er einfach auflegen sollte. Der Anrufer war bestimmt irgendein Spinner. Dann grübelte er. Woher sollte ein Spinner seine Handynummer haben? „Und wie?"

„Mit einer Exklusivstory über den Killer, den Sie Hurensohn getauft haben."

„Wie Sie schon sagten. Die Story habe ich bereits. Ich bin der geistige Vater des Hurensohns."

Der Killer musste sich beherrschen. Mirach ging ihm fast eine Spur zu weit, doch er hatte eine wichtige Aufgabe zu erledigen. Er musste über ihn schreiben.

„Ich kenne den Hurensohn. Ich weiß, wer er ist. Ich weiß, wo er ist, wer sein nächstes Opfer sein wird und wie man ihn zur Strecke bringen kann. Sie habe ich auserwählt, über ihn zu schreiben. Exklusiv."

Schweigen. „Sie verarschen mich jetzt!"

„Im Haus des Anwalts fehlten die Glühbirnen. Keine einzige Lampe war an. Können Sie sich erinnern? Sie haben nicht darüber geschrieben!"

Mirach dachte nach. Er ließ die Nacht noch einmal vor seinen Augen ablaufen. Der Typ hatte recht. Es stimmte. Die Bullen hatten alles ausgeleuchtet. Wieso hatte er nicht darüber geschrieben? Egal. „Wieviel?" Mirachs Frage war mit einem leicht zynischen Unterton gestellt.

„Nichts. Absolut nichts. Mir geht es nur darum, dass man den Kerl dingfest macht und dass ordentlich darüber berichtet wird. Kein Polizeigeschwafel!"

„Warum gehen Sie nicht zur Polizei?"
„Ich sagte doch. Kein Polizeigeschwafel. Ich bin nicht der Mensch, der gerne im Mittelpunkt steht. Das überlasse ich anderen. Profis. So wie Sie einer sind", schmierte er Mirach Honig ums Maul.
Der Journalist fühlte sich mehr als geschmeichelt. „Wann und wo können wir uns treffen und alles besprechen?"
„Ich hole Sie ab. Wo soll ich hinkommen?"
„Abholen? Wo möchten Sie mit mir hinfahren?"
„Ich zeige Ihnen ein Geheimnis. Keine Angst. Es ist ganz ungefährlich. Sonst würde ich es nicht machen, ha ha."
Mirach war überzeugt. Schließlich war der Typ auch zu feige, zu den Bullen zu gehen. „Vor dem Palasthotel. In einer Stunde. Wie erkenne ich Sie? Vor allem, wie heißen Sie?"
„Ich fahre einen alten dunkelblauen Mercedes 280 mit weißer Lederausstattung und weißem Lenkrad. Mehr müssen Sie im Moment nicht wissen."
„Eine Stunde."
„Ich lege Wert auf Pünktlichkeit", sagte der Killer und legte auf.
Mirach konnte es kaum fassen. Der Kerl besaß tatsächlich interne Informationen. Entweder es war ein Bulle, der mit jemanden eine Rechnung offen hatte, oder aber es war der Mörder selbst. Quatsch. So ein Riesenblödsinn. Natürlich war es ein Bulle. Mirach wollte gerade wieder ins Badezimmer gehen, als das Mobiltelefon wieder läutete.
„Mirach."
„Braun. Hat Sie Ihr Informant erreicht?"
„Woher wissen Sie, dass ..."
„Woher sollte er sonst Ihre Handynummer haben?"
„Ich treffe mich mit ihm."
„Sie rufen mich gleich nach dem Treffen an. Ich muss wissen, wie viel Platz Sie für die Story benötigen."
„Wir haben noch gar nicht über das geschäftliche gesprochen?"
„Herr Mirach. Ich bin mir sicher, wir werden uns einigen. Wie heißt Ihr Informant eigentlich?"
„Was geht Sie das an?"
„Herr Mirach. Vertrauen gegen Vertrauen. Wenn Sie in die Irre geleitet werden würden und wir das drucken, könnten enorme Kosten auf uns zurollen. Wenn ich nur an die Millionenklagen der Promis denke."
„Er hat mir seinen Namen nicht genannt. Ich weiß nur, dass er

einen alten dunkelblauen Mercedes 280 mit weißer Lederausstattung inklusive weißem Lenkrand fährt."

„Herr Mirach, ich bitte Sie...", säuselte der Chefredakteur.

„Ehrlich. Er holt mich in einer Stunde vorm Palasthotel ab."

„Na gut. Sie wissen ja, wie Sie mich erreichen können."

„Ich melde mich. Darauf können Sie sich verlassen."

„Ich erwarte Ihren Anruf kurz nach der Mittagspause. Schaffen Sie das?"

„Keine Angst. Jetzt, wo wir wieder ein Team sind, werde ich bestimmt pünktlich sein."

Mirach legte auf. Er wollte wieder ins Badezimmer gehen, da sah er die Cognacflasche auf dem Boden liegen. Er ging hin, öffnete sie und nahm einen kräftigen Schluck. „Den habe ich mir verdient", freute er sich und ging duschen.

Die erste Autofahrt durch München verlief wesentlich besser, als Sören es erwartete. Vom Polizeipräsidium aus war er schnell auf der Arnulfstraße. Nach dem Romanplatz folgte er der Wotanstraße und bog schließlich auf die Landsberger Straße ein. Sörens Gedanken gehörten dem Hurensohn. Er wusste, dass er ihm auf der Fährte war. Er war der Jäger, der Hurensohn das Wild. Niemand würde ihn jetzt noch aufhalten können. Kein Kriminaldirektor der Welt könnte jetzt einen Sören Falk von einem Fall abziehen. Was, wenn er doch falsch läge? Sören schüttelte den Kopf, als ob er seine im Stillen gestellte Frage selbst beantworten würde. Er fühlte es. Er spürte die Aura des Bösen. Sie kam näher.

Sören fuhr weiter stadtauswärts und bog schließlich links ab. Ein paar Querstraßen weiter fand er das Haus von Dr. Jonken. Sören parkte ein und betrat den kleinen Vorgarten des Reiheneckhauses. Er drückte auf die Klingel. Das typische ‚*Ding-Dong*' erklang. Jemand kam gemächlich zur Tür. Sören überlegte, ob er seine Kriminalmarke oder seinen Dienstausweis vorzeigen sollte. Er entschied sich für den Dienstausweis und zog ihn aus der Hosentasche. Die Tür ging auf. Ein älterer Herr mit schütterem grauen Haar und einer Hornbrille auf der Nase stand vor Sören.

„Ja, bitte."

„Dr. Jonken? Mein Name ist Sören Falk, Mordkommission München."

Der pensionierte Lehrer zog die Mundwinkel zu einem Lächeln

nach hinten und reichte Sören die Hand. „Herr Falk. Ich hätte Sie mir älter vorgestellt. Gediegener, wenn ich ehrlich bin."

Sören grinste. „Wissen Sie, Herr Dr. Jonken. Die Zeiten von Derrick sind vorbei. Jetzt sind wir Jungen am Drücker."

„Ha, ha. Eins zu null für Sie."

Sören wurde durchs Haus auf die Terrasse geführt. Er warf einen Blick auf den mit Blumen übersäten, sehr gepflegten Garten. Sein „Wunderschön hier", war ehrlich.

„Danke. Bitte setzen Sie sich."

Sören setzte sich auf einen Campingstuhl. Vor ihm auf dem Gartentisch lag ein Aktenordner. Wie es aussah, hatte Dr. Jonken Erfolg.

„Ich sehe, Sie haben etwas für mich?"

„Kaffee?"

„Nein Danke. Ich habe es eilig. Ich muss noch einen weiteren Termin einhalten." In Sörens Kopf spukte schon wieder Gianni herum. Allerdings musste er auch unbedingt seinen alten Kumpel und Mentor, Rene Dorner, anrufen. Sören hatte da so ein Gefühl, dem er folgen musste.

„Gut, fassen wir uns kurz. Hier habe ich die Schulakten über Charles Jäger. Es ist sogar ein Foto dabei. Es war in der Schülerzeitung abgedruckt. Charly war der Schulbeste beim Sportfest. Ein ausgesprochener Sportsmensch."

Sören blätterte den Aktenordner durch. „Sie haben bezüglich des Einbruchs und der Sachbeschädigung Anzeige erstattet?"

„Nicht sofort. Wir wollten erst mit den Jägers, also mit Mutter und Sohn, sprechen. Als uns die Todesnachrichten erreichten, haben wir auf Maßnahmen verzichtet. Die Sache liegt seither im Aktenordner und wartet sozusagen auf ihre Vernichtung", gab der pensionierte Lehrer zusätzlich an.

„Da haben wir ja richtig Glück gehabt."

„Sagen Sie mal, Herr Falk. Glauben Sie denn nicht, dass ich mir hier etwas zusammen spinne? Rosi, das ist meine Frau", erklärte Herr Dr. Jonken, „ist absolut der Meinung, dass mich die Polizei für verrückt hält."

„Eine ehrliche Frage verdient eine ehrliche Antwort. Die meisten meiner Kollegen halten diese Theorie tatsächlich für ein Hirngespinst. Ich nicht. Zwei Menschen mussten einen schrecklichen Tod erleiden. Ich werde dafür bezahlt, dass ich den Täter dingfest mache. Und ich möchte keine einzige Möglichkeit auslassen, ihn zu kriegen. Ich verfolge jede Spur!"

„Danke."

Sören sah den ehemaligen Lehrer an. „Für was denn?"

„Für die Wahrheit. Ich weiß jetzt, dass Sie es ehrlich meinen und der Sache auch auf den Grund gehen."

„Ich habe zu danken."

Jetzt war es Dr. Jonken, dessen Gesichtsausdruck fragend wirkte. „Für die Akten?"

„Für die Akten, und dafür, dass Sie uns helfen, die Bestie zu fangen."

„Ein bisschen Eigennutz steht schon auch dahinter, Herr Falk. Ich habe zwar keine Angst, aber wenn jetzt die ehemaligen Mitschüler von Charles Jäger ermordet werden, warum sollten dann die Lehrer ungeschoren davon kommen?"

In Sörens Kopf klickte es. „Ist eine Klassenliste von damals dabei?"

Dr. Jonken nickte. „In der Schülerzeitung mit Charlys Foto sind auch die Klassenlisten. Ich habe die damaligen Freunde von Charles Jäger mit Leuchtstift markiert."

Sören stutzte. „Sie wissen nach zwölf Jahren immer noch, wer in wessen Clique war?"

Dr. Jonken schmunzelte. „Ich gebe zu, dass ich eine Gedächtnishilfe hatte. Wenn Sie in der Akte die erste Seite aufschlagen, sehen Sie ein Foto."

Sören schlug den grauen Aktendeckel um. Die Fotokopie eines Fotos war als erstes Blatt abgeheftet. Dr. Jonken stand in der Mitte von vier Schülern. Sören fiel auf, dass sich der Pensionist kaum verändert hatte. Vielleicht war sein Bauch ein wenig dicker geworden. Ansonsten sah er aus wie heute.

„Ich hatte damals Pausenaufsicht. Charly und seine Freunde alberten herum. Als der Gong die Pause beendete, standen sie immer noch im Hof. Sie kümmerten sich nicht um den Unterricht. Ich ging zu ihnen und sah, dass sie aufmerksam eine Ameisenstraße beobachteten. Die Insekten hatten ein weggeworfenes Stück Melone gefunden und holten sich die Nahrung in ihr Nest. Ich hatte meinen nagelneuen Fotoapparat dabei und machte eine Nahaufnahme. Charly bat mich, ein Foto machen zu dürfen. Er fotografierte mich mit seinen Freunden. Das Foto habe ich heute noch und so kann ich mich an die Clique erinnern."

„Damals war die Welt zwischen den Schülern noch in Ordnung, oder?", wollte Sören wissen.

„Nicht mehr lange. Noch im gleichen Schuljahr fing alles an."

Sören schlug die Akte wieder zu und stand auf. „Ich muss wirklich weiter, Dr. Jonken."

„Würden Sie mich auf dem Laufenden halten?"

„Soweit es mir möglich ist, ja. Aber im Allgemeinen werden wir bezüglich unserer Ermittlungen definitiv keine Sachstände bekannt geben."

„Verstehe", sagte Dr. Jonken und stand ebenfalls auf.

Sören bewunderte noch einmal das Farbenspiel der verschiedenen Blumen in Dr. Jonkens Garten, dann ging er.

Während der Fahrt zurück ins Büro wurde eine Unwetterwarnung für die bayerischen Seen durchgegeben. Sören sah zum strahlend blauen Himmel und konnte sich nicht vorstellen, dass es heute Nacht noch stürmen und hageln sollte. „Warten wir mal ab, ob die Wetterfrösche recht behalten", murmelte er vor sich hin und konzentrierte sich auf den Verkehr. Die Landsberger Straße war schnell wieder gefunden. Ihr folgte er stadteinwärts. Sören fehlte etwas. Beim nächsten verkehrsbedingten Stopp wusste er, was es war. Der Funk war aus. Sören sah sich um. Im Handschuhfach fand er das eingebaute Funkgerät. Er schaltete es an und schloss den Deckel wieder.

„Dann brauchen wir eine Streife zur Donnersberger Brücke. Ein leichter Verkehrsunfall", tönte die Stimme des Sprechers blechern aus den Lautsprecherboxen. Eine Funkstreife meldete sich und nahm den Einsatz an.

„Na also", sagte Sören laut und fuhr weiter.

„Ein Ladendieb beim Schlecker am Hauptbahnhof."

„Zentrale von der Bahnhofswache, da haben wir schon eine Streife zu Fuß rübergeschickt. Die haben bei uns angerufen, weil der Ladendieb zum randalieren angefangen hat."

„Soll noch eine Streife mitfahren?", fragte der Sprecher nach.

„Nein, die Kollegen sind zu dritt. Das reicht."

„Richtig."

Sören stellte fest, dass das Verfolgen des Funkverkehrs spannender war als Radiohören. Er schaltete das Autoradio wieder aus. Die Arnulfstraße war erreicht und Sören fuhr weiter stadteinwärts.

„Dann haben wir noch eine Nachschau im Angebot ..."
Sören bremste. Ein Lkw wechselte den Fahrstreifen. Er war einem Falschparker ausgewichen. „Hättest auch blinken können", schimpfte Sören.

„... die 78jährige Ernestine von Schlehen hat zum zweiten Mal hintereinander ihre Bridgepartie ausfallen lassen. Ihre Mitspielerinnen machen sich jetzt Sorgen, da die Dame auch nicht ans Telefon geht. Wer kann dorthin schauen?"

„Zentrale, wir schicken eine Streife raus", meldete sich die zuständige Polizeiinspektion. „Unser 12er ist gerade auf der Wache und fährt gleich wieder raus."

„Richtig. Sagen sie ihm, dass die Bettenzentrale negativ ist."

„Hat mitgehört."

Sören stand etwas im Stau. Kurz bevor er beim Polizeipräsidium einparkte, hörte er den Abschlussbericht bezüglich der letzten durchgegebenen Nachschau.

„Auf Klingeln öffnet niemand, von außen ist alles in Ordnung, der Briefkasten ist geleert und die Garage steht offen. Sieht so aus, als wäre die alte Dame mit einem Pkw unterwegs. Ist ein Wagen auf sie zugelassen?"

„Einen Moment", sagte der Sprecher.

Sören parkte ein. Er öffnete das Handschuhfach und griff zum Ausschalter des Funkgeräts.

„Ein dunkelblauer Mercedes 280...", sagte der Sprecher und gab das amtliche Kennzeichen durch.

„Dann gehen wir davon aus, dass die gute Frau damit unterwegs ist."

„Danke für die Nachschau, ich rufe die Mitteilern selbst an und versuche sie zu beruhigen", beendete der Sprecher der Einsatzzentrale den Einsatz und schloss ihn ab.

Sören schaltete das Funkgerät aus, nahm den Aktenordner und ging ins Büro. Die anderen waren schon weg. Sören sah auf die Uhr. Es war 16.30 Uhr. Er musste seine Kollegen nur um wenige Minuten verpasst haben. Er setzte sich an seinen Schreibtisch und legte den Aktenordner von Dr. Jonken vor sich hin. Sörens Telefon läutete. Nach dem zweiten Klingeln hob er ab. „Kripo München, Mordkommission, Falk", meldete er sich.

„Na endlich", schlug Sören entgegen. Die Stimme kam ihm bekannt vor. „Das war mein letzter Versuch, dann wäre ich nach Hause gegangen", fuhr der Anrufer fort.

Jetzt erkannte Sören die Stimme. Es war Herbert Rossler, der Kollege aus Saarbrücken.

„Was gibt es denn so dringendes?"

„Ob es dringend ist oder nicht, kann ich nicht abschließend beurteilen. Persönlich bin ich ja nach wie vor überzeugt, dass ich Charles Jäger damals absolut korrekt identifiziert habe und er tot ist. Aber ..."

„Aber was?" Sören wurde angespannt. Er spürte eine Ungereimtheit. Eine neue Fährte des Hurensohns?

„Ich habe den ganzen Tag am PC gesessen und mir alle Vermisstenakten aus dem damaligen Zeitraum, plus/minus einem Jahr, durchgesehen."

„Und?", fragte Sören nach. Zu der Anspannung in seinem Körper kam noch ein Kribbeln in den Fingerspitzen hinzu. Er fühlte es direkt. Die Sache hakte. Der Hurensohn war zu erwischen. Es war kein normaler Killer, kein geisteskranker Serientäter, der wahllos zuschlägt. Der Hurensohn war berechnend. Den Geisteszustand vermochte Sören jetzt noch nicht zu beurteilen, doch der Mensch selbst handelte gezielt. Davon war Sören überzeugt. Nichts war dem Zufall überlassen worden. Lediglich die beiden Zivilfahnder waren nicht eingeplant. Der Plan des Hurensohns schien ins Wanken geraten zu sein. Ein Schiff, das den Wellen nicht mehr standhalten konnte. Und Sören Falk löste Welle für Welle aus.

„Frage mich nicht, wie ich es geschafft habe, aber aus dem Rechner des BKA konnte ich eine Akte herausfischen, die scheinbar nicht für die Öffentlichkeit bestimmt ist."

„Du machst Witze?"

„Garantiert nicht!"

„Ich höre", sagte Sören. Die Spannung wuchs ins Unendliche. Sören wollte unbedingt wissen, was Rossler herausgefunden hatte.

„Zu der Zeit, als Charles Jäger in Saarbrücken war und tödlich verunglückte, wurde ein gewisser Tobias Müller aus Saarlouis als vermisst gemeldet. Müller war schon öfter mit dem Gesetz in Konflikt geraten, wurde aber nie erkennungsdienstlich behandelt. In seiner Akte ist eine Beschreibung und ein Foto. Müller ist bis heute verschwunden."

„Und was hat das mit dem BKA zu tun?"

„Der Vorgang wurde vom BKA übernommen. Etwa drei Jahre

nach Jägers Tod. Die Daten der Vermissung konnte ich bei uns recherchieren. Das Aktenzeichen habe ich auch. Dann kommt der Vermerk der Übernahme von den Kollegen des BKA aus Wiesbaden. Ab diesem Zeitpunkt läuft alles unter dem Siegel der höchsten Vertraulichkeit."

„Kannst du mir das ganze ..."

„Die E-Mail", unterbrach Rossler Sören, „ist schon mit sämtlichen Anhängen geschrieben. Ich muss nur noch deine Adresse angeben. An das Polizeipräsidium München wollte ich es nicht schicken. Wer weiß, wer da alles seine Nase in die elektronische Post steckt." Rossler lachte.

„Du hast mir sehr geholfen."

„Ich muss unbedingt einen Rückruf von dir bekommen. Ich gehe nicht eher in den Ruhestand, bevor ich weiß, wer damals vor mir im Blechsarg lag."

„Versprochen", sagte Sören und gab seine dienstliche E-Mail-Adresse durch. Er legte auf. „Tobias Müller", murmelte er. Sörens Augen huschten über die Asservatenkiste. Er schob die Akte von Dr. Jonken beiseite und leerte die Kiste mit den sichergestellten Gegenständen vor sich auf dem Schreibtisch aus. Es musste etwas geben, was er übersehen hatte. Stück für Stück nahm Sören in die Hand und legte es in die Kiste zurück. Er holte die Akte und sah den Tatortbefundbericht noch einmal durch. Dann griff er zur Fotomappe. Ein Blick auf die Uhr. Gianni würde sicherlich schon warten. Sören konnte ihn nicht einmal anrufen. Er hatte noch keinen Festnetzanschluss zu Hause. Ficken? Sören musste grinsen. Immer wenn er an Gianni dachte, sah er den rassigen Kerl nackt vor sich stehen. Gedankensprung. Er war nicht hier im Büro, um ans Vögeln zu denken. Er musste einen Killer finden. Er war der Fährtensucher. Sörens Bauchgefühl trieb ihn an. Auch wenn die Sehnsucht nach Gianni noch so groß war, seine Arbeit war wichtiger. Es blieb nicht bei den beiden Morden, soviel war sicher. Mein Gott, er könnte Hilfe brauchen. Günther und Kalli? Nein. Er kannte sie zu wenig. Anna? Die schlief garantiert schon. Anna war von gestern noch platt. Landers? Nein! Nicht den Chef. Sören griff zum Telefon. Es gab nur zwei Leute, denen er soviel vertraute, dass er um ihre Hilfe bitten würde. Die Zivilfahnder. Was hatten sie gestern gesagt? Sie wären ab 16.00 Uhr im Dienst? Passt! Sören wählte die Nummer. Nichts. Er klickte auf die Seite mit den aktuellen Einsätzen an seinem PC und suchte das

Funkrufzeichen der Fahnder. „Bingo!", sagte er. Sie waren bei einem Alarm. Sören entschloss sich zu warten und nahm das nächste Foto in die Hand. Er betrachtete jeden Winkel, fand nichts Auffälliges und legte es beiseite. Nächstes Bild. In Sörens Kopf ratterte es. Er legte das neue Bild weg und nahm das vorherige noch einmal in die Hand. „Da war doch etwas", murmelte er. „Ich bin doch nicht ganz blöd!" Es handelte sich um ein Übersichtsbild vom Tatort. Die Leiche war schon abtransportiert worden. Der Stuhl stand relativ mittig im Zimmer. Außen herum Blutflecke. Sören fand schließlich, was ihn im Unterbewusstsein Grübeln ließ. In der Nähe des Stuhls, hinter der Rückenlehne, lag das Handy des Anwalts auf dem Fußboden. Warum? Sören nahm das Handy und betrachtete es. Er ging erneut alle Menüpunkte durch. Nichts! Anna fiel ihm ein. Er sah seine Kollegin vor sich. Sie sprach in das Telefon. Diktiergerät!, fiel ihm schlagartig ein. Sören fand den Knopf und drückte auf ‚abspielen'. Nichts! Enttäuschung. War ja eigentlich klar. Die Kollegen haben das sicherlich auch schon gemacht. Sören wollte schon wieder ‚Stopp' drücken, da hörte er ein Geräusch. Es hörte sich an, wie ein schweres Schnaufen. Fieberhaft suchte er den Schalter für die Lautstärke und drehte die Skala ganz nach oben. Ein Rascheln. Worte im Hintergrund. Eine Art geflüsterter Sprechgesang. Unverständlich. „Das warst du!" Sören wusste, dass der Hurensohn gesprochen hatte. Jetzt konnte er die gequälte, ängstliche Stimme des Rechtsanwalts hören. „Du?" Pause. „Nein, das kann nicht wahr sein. Du kannst es nicht sein. Du bist tot!" Stille. Ein Schrei. Aus.

Sören bekam Gänsehaut. Er spielte das kurze Memo erneut ab. Dann wieder und wieder. Ekel überkam ihn. Der Mord war festgehalten. Irgendwie musste der Anwalt es geschafft haben, an sein Handy zu kommen und die Aufnahmetaste zu drücken.

„Du kannst es nicht sein. Du bist tot!", wiederholte Sören. „Jetzt habe ich dich! Charles Jäger!", sprach Sören aus und schlug vor Wut auf den Schreibtisch.

Sein Telefon läutete. Sören hob den Hörer ab. „Falk", meldete er sich.

„Du hast bei uns angerufen?"

„Ich, äh...", Sören wusste im Moment nicht, was los war. Zu sehr spukte der Hurensohn in seinem Kopf herum.

„Hier ist Mike Stahl. Deine Telefonnummer war als Anruf bei uns im Büro gespeichert."

„Habt ihr Zeit?"
„Immer."
„Zimmer 302 im Präsidium. Ich bin im Büro."
„Du machst es aber spannend. Was ist los?"
„Ich habe die Fährte des Hurensohns aufgespürt."
Mikes Stimme wurde ernst. Sören konnte sich den Gesichtsausdruck des Fahnders vorstellen. „In zehn Minuten sind wir da." Klick. Aufgelegt.

Sören sah seine Notizen durch. Wo warst du die letzten zwölf Jahre? Wie heißt du heute und wer starb für dich? Die Gedanken explodierten förmlich in Sörens Kopf. Tausende von Ideen schienen im Bruchteil von einer Sekunde auf einen Schlag hereinzuplatzen. Sören öffnete sein Postfach. Die E-Mail von Rossler war angekommen. Der Maus-Pfeil wanderte auf ‚öffnen'. Sören sah das Foto des damals 18jährigen vermissten Tobias Müller. Parallel dazu öffnete er die Akte von Dr. Jonken und sah sich Charly Jägers Foto an. „Wenn man die Frisur wegdenkt", sagte Sören und deckte mit einem Stück Papier, das er vor den Bildschirm hob, die Haare von Tobias Müller ab, „kann man eine starke Ähnlichkeit erkennen. Aber das Gesicht war ja nach dem Tod von dir nicht zu erkennen. Wie hast du es gemacht? Hast du ihn gezwungen, deine Klamotten anzuziehen? Wie war das mit der Schrift auf der linken Hand? Warum hat er sich nicht dagegen gewehrt?" Sören sprach laut vor sich hin. Dann stockte er. „Ganz einfach. Er war zu diesem Zeitpunkt schon tot! Stimmt es? Du musstest nur die Kleider wechseln, die unverkennbare Schrift auf dem Handrücken anbringen und mit einem zerquetschten Gesicht würde Rossler dich sofort identifizieren. Du hast also eine neue Identität!" Sören lehnte sich zurück. Warum hält das BKA die Akte unter Verschluss? Wo warst du? Sören stieß in seinen Notizen auf die Stelle mit der Fremdenlegion. Sofort griff er zu seinem Handy. Er suchte die Nummer von Rene Dorner in seinem Adressbuch heraus und drückte auf ‚wählen'.

„Dorner", meldete sich Sörens alter Mentor in Hamburg.
„Rene, ich bins."
„Sören, mein Junge. Wie geht es denn?"
„Ich habe wenig Zeit. Rene, ich brauche deine Hilfe."
Dorner erkannte, dass Sören unter hoher Anspannung stand. „Hast du Probleme? Soll ich nach München fahren?"
„Nein, Rene. Du warst doch in der Fremdenlegion?"
„Das weißt du doch. Warum fragst du?"

„Pass mal auf. Es ist fast genau zwölf Jahre her. Ein junger Mann verunglückte tödlich, ein anderer nahm dessen Identität an und ging möglicherweise zur Legion. Das ist nur eine Vermutung von mir. Ich weiß es nicht. Aber wenn du noch Kontakte hast, würde ich dich bitten, für mich ein paar Erkundigungen einzuholen. Es ist sehr, sehr wichtig. Es geht um Menschenleben."

„Ich habe natürlich noch Kontakte. Einmal Legionär, immer Legionär. Nach wem soll ich fragen?"

„Entweder stellte er sich vor zwölf Jahren als Charles Jäger oder als Tobias Müller vor. Damals 17 oder 18 Jahre alt. Bayerischer Dialekt ist wahrscheinlich. Ich habe zwei Fotos. Beide sind aus der Zeit der möglichen Rekrutierung. Ich könnte sie einscannen und dir per E-Mail senden. Nützt das was?"

„Auf jeden Fall!"

„In zehn Minuten hast du sie in deinem Postfach."

„Sobald ich etwas weiß, rufe ich dich an."

„Danke, mein Freund."

Sören scannte schnell beide Fotos ein, schrieb Rene Dorner noch einen kurzen Gruß und drückte auf *senden*.

8.

Er stellte sich genau eine Minute vor der vereinbarten Zeit direkt in die Hotelanfahrt. Der Empfangsportier vor der Tür des Nobelhotels wollte schon zum Mercedes gehen, als hinter ihm Ewald Mirach „Das muss er sein", ausrief und den Portier von hinten anrempelte. „Können Sie nicht aufpassen, Sie Trottel?", stieß Mirach hervor und blickte den verdutzten Portier mit bösem Blick an. Dann ging er zum blauen 280er, öffnete die Beifahrertür, sprach kurz mit dem Fahrer und stieg ein. Stinksauer auf den unhöflichen Hotelgast notierte sich der Portier das Kennzeichen des Mercedes. „Für den Fall, dass ich vom Chef Probleme bekomme", nuschelte er vor sich hin. Er war schon zu lange im Geschäft, als dass ihm einer dieser Geldsäcke etwas vormachen konnte. „Die Reichen nehmen sich alles raus und der kleine Michel ist am Ende immer der Gelackmeierte. Aber nicht mit mir", schimpfte er leise. Ein Jaguar fuhr vor und der Empfangsportier setzte sein berufsmäßig erlerntes Lächeln auf.

„Wo fahren wir hin?", fragte Mirach den schweigsamen Mann hinter dem Lenkrad.
„Ich zeige Ihnen, wo sich der Hurensohn aufhält."
„Moment. Ich möchte nicht unnötig in Gefahr ..."
Ewald Mirach konnte den Satz nicht mehr beenden. Der Schlag auf die Schläfe kam trocken und hart. Der Journalist brach im Sitz zusammen, wie ein alter, nasser Sack. Der Killer fühlte den Puls des Bewusstlosen und war zufrieden. Er konnte seine Fahrt in Ruhe fortsetzen. In München hatte sich verkehrsmäßig im letzten Jahrzehnt vieles geändert. Er fühlte sich nicht direkt fremd, zu viele Erinnerungen lebten in ihm. Aber heimisch bezeichnete er sein Befinden auch nicht. Egal. Er würde heute eine perfekte Galavorstellung abliefern. Für die größte Drecksau seiner Clique hatte er etwas Besonderes geplant. Den Journalisten hatte er sich anders vorgestellt. Ihn wunderte es, dass dieses Häufchen Elend neben ihm, das so roch, als ob es in ein Schnapsfass gefallen wäre, so genial schreiben konnte. Sicher, der Schreiberling musste gefesselt warten, bis er mit Basti eintraf, aber das war egal. Er würde gut entlohnt werden und dabei in der ersten Reihe sitzen. Basti war der letzte der Gruppe. Der Killer grinste. Eigentlich kam er nur durch Zufall darauf. Er war gerade in Südafrika angekommen. Sein Job in Ruanda war blutig gewesen. Gemetzel!

Massenmord! Tausende von Toten! Er bremste und griff sich mit beiden Händen an den Kopf. Hupen. Er blickte erst in den Rückspiegel, dann nach vorn. „Schon gut!", schimpfte er und fuhr weiter. Sein wild im Fahrzeug gestikulierender Hintermann interessierte ihn nicht. Jäger war von etwas anderem beunruhigt. Was war denn das? Gedanken an seine frühere Arbeit machten ihm in der Regel nichts aus. Ach ja. Das war bestimmt Basti. Er versuchte in seinen Kopf zu gelangen und Verwirrung zu stiften.

Wo war er stehen geblieben? Südafrika. Der Job in Ruanda war erträgreich. Sein Team war gut. Etwas brutal, aber sehr gut. Alle Befehle wurden sofort kompromisslos ausgeführt. Sie machten den Weg für die einheimischen Truppen frei. Brutalität und Folter bedeuteten Effektivität und möglicherweise mehr Geld. Je nachdem, wie die erlangten Informationen aussahen.

Schon auf dem Rückmarsch durch das unwirtliche Land fing es an. Immer wieder kamen sie. Die Stimmen von damals. Sie sangen diesen Reim. Er dachte, er würde durchdrehen. Doch unerwartet wurden Antwort und Lösung auf dem Silberteller präsentiert. Mit einer gecharterten Maschine flog er von Ruanda nach Kenia. Seine Männer wurden bezahlt und entlassen. Er selbst reiste mit Linie nach Kapstadt weiter. Dort meinte es das Schicksal gut mit ihm. Schenkte ihm das Zeichen der Erlösung. Erst traute er seinen Augen nicht. Die schicke Pilotenuniform. Der elegante Gang. Anhand seiner Bewegungen hatte er ihn erkannt. Es gab keinen Zweifel. Vor ihm ging Joachim Schmalzer. Ein ehemals enger Freund. Der Denker aus der Clique. Derjenige, der den Spruch zum ersten Mal gesungen hatte. Er war es, der alle mitgerissen hatte. Charles Jäger war in diesem Moment alles klar geworden. Die Clique war schuld an den Stimmen in seinem Kopf. Sie musste ausgelöscht werden. Komplett!

Er folgte dem Piloten und hielt immer gebührenden Abstand. Schmalzer fuhr mit einem Taxi in ein Hotel unweit des Flughafens. Auch Jäger checkte unter seinem französischen Namen, Fabienne Selosse, ein. Er buchte für eine Nacht. Das würde reichen. Jäger bewohnte das Zimmer über Joachim Schmalzer. Kurz vor Mitternacht stand Jäger auf seinem Balkon. Es war ruhig. Nichts und niemand war zu sehen. Er beugte sich über die Brüstung. Soweit er sehen konnte, war es in Schmalzers Zimmer dunkel. Jäger kletterte über die Balkonbrüstung und hangelte sich ein Stockwerk tiefer. In nur wenigen

Sekunden landete der durchtrainierte Mann auf dem Balkon des Piloten. Er zog sein Messer. Die Tür war sofort zur Seite geschoben. Lächerliche Sicherungsvorkehrungen. Gezielt ging der Eindringling an das Bett seines ausgewählten Opfers, doch es war leer. Schnelle Blicke zu Tür und Bad. Nichts. Schmalzer war nicht zu Hause. „Diese Ratte", dachte sich Jäger und überlegte, was er machen sollte. Seine Entscheidung war gefallen, als er Schmalzers Koffer auf einem Stuhl liegen sah. Über dem Stuhl hing die Pilotenuniform. „Er packt nicht aus. Wahrscheinlich eine schnelle, kurze Nacht und morgen gehts gleich weiter", flüsterte er sich selbst zu. Er ging zum Wandschrank und öffnete die Tür. Leer. Die Entscheidung war gefallen. Jäger, der sich auch Fabienne Selosse nannte, setzte sich in den Schrank und schloss die Tür. Zufrieden mit dem Sichtfeld durch die Lamellen, lehnte er sich zurück und wartete. Nach einer knappen Stunde kam Schmalzer zurück. Der Puls des Killers blieb normal. Es war nichts Neues für ihn. Töten war seit Jahren sein Geschäft.

„Komm rein", hörte er Schmalzer sagen.

Was sollte das? Er war nicht allein. Mist. Jäger bewegte seinen Kopf hin und her, während er zwischen den einzelnen Lamellen des Wandschranks sah und sein Opfer beobachtete. Der Pilot hatte einen jungen Schwarzafrikaner dabei. Jäger war gespannt, was das sollte. War das der Roomboy? Wohl kaum um diese Uhrzeit. Schmalzer schloss die Tür und ging zu dem Afrikaner. Er umarmte den jungen Mann und küsste ihn. Jetzt erhöhte sich Jägers Puls. Mit so etwas hatte er nicht gerechnet.

Schmalzer setzte sich aufs Bett und zog sich aus. Ganz. Jäger sah wieder zu dem Afrikaner. Er stand da und sah dem Piloten zu. „Habe ich vergessen. Moment", sagte er und zog seine Brieftasche aus der Hose. Er zog zwei Geldscheine heraus und gab sie dem Schwarzen. Dieser steckte sie ein und zog sich dann ebenfalls nackt aus. Schmalzer legte sich zurück. Er lag im Bett, nur seine Beine hingen heraus. „Komm her und blas mir einen", forderte er den Stricher auf. Dieser kniete sich vor Schmalzer und nahm dessen schlaffen Schwanz in die Hand. Der Junge rieb sanft und massierte den Sack. Dann ging sein Kopf nach vorn. Die Zunge berührte Schmalzers Eichel und wanderte am Schwanz entlang bis zum Sack und zurück. Der Schwanz des Piloten wuchs. Jäger sah gebannt zum Bett. Der Mund des Afrikaners stülpte sich jetzt ganz über Schmalzers stehenden Pimmel. Der Kopf wanderte hoch und runter. Jäger wurde schier verrückt. Er bestaunte die Blaskünste des Schwarzen und bekam einen Ständer. Wahnwitz. Er war hier, um Schmalzer ins Jenseits zu befördern und sah ihm jetzt beim Ficken zu. Das Schlimmste daran war, dass er selbst geil dabei wurde.

„Knie dich über mich", sagte Schmalzer. Und der Stricher kletterte aufs Bett, ohne den Schwanz des Piloten aus seinem Mund zu nehmen. Akrobatisch, dachte sich Jäger. Er öffnete leise seine Hose und fuhr mit der Hand in die Unterhose. Sein Ding schien Platzangst zu bekommen. Jäger half mit einem Ruck nach und sein Schwanz lugte über die Unterhose. Er konnte nicht mehr anders und rieb. Langsam wanderte die Vorhaut über die Eichel und wieder zurück. Die Augen des Mörders waren auf das Liebespaar gerichtet. Schmalzer lutschte den schwarzen Rieselümmel des Strichers, während dieser den Schwanz des Weißen durchknetete. „Setz dich drauf", sagte der Pilot und sein bezahlter Fickpartner befeuchtete sein Arschloch, indem er in die Hand spuckte und damit seine Furche einrieb. Mann, hat der ein Rohr, dachte sich Jäger und geriet in lautlose Ekstase. Immer schneller wichste seine Hand. Los fick ihn. Reite auf seinem Schwanz, brüllte er in Gedanken.

Vorsichtig setzte sich der Afrikaner auf die Latte von Schmalzer. Langsam drang der weiße Pimmel immer tiefer in den schwarzen Hintern ein. Der Reiter verzog kurz das Gesicht, dann kehrte die Wollust zurück. Sein Penis ragte vor wie ein Rammbock. Nach hinten gelehnt und mit den Händen abgestützt hob und senkte der fantastische Reiter, wie ihn Jäger in diesem Moment taufte, seinen Körper. Er verstand es, den Schwanz von Schmalzer gerade bis zur Eichelspitze aus dem Arsch zu lassen, um in dann förmlich bis zum Anschlag wieder einzusaugen. Schmalzer stöhnte immer lauter. Kein Wunder, dachte sich Jäger, dessen Lenden sich ebenfalls kurz vor dem erlösenden Beben befanden.

Die Hände des Piloten griffen nach vorn und umfassten den riesigen schwarzen Penis. Beidhändig wichste er den Baumstamm seines Reiters. „Ja, ich spritze", rief Schmalzer vor Geilheit aus, „los, runter und mach den Mund auf. Ich möchte dir in den Mund spritzen!"

Schnell schwang sich der Afrikaner vom Schwanz des Piloten, drehte sich um und streckte seine Zunge heraus. Er legte Schmalzers Eichel auf die Zunge und wichste den Schwanz bis zur Explosion. Schwallartig schüttete der Pilot sein Sperma aus. Der erste Schuss traf voll in den Mund des Afrikaners. Es war so viel, dass dieser sich fast verschluckte. Der zweite Stoß wurde aufgrund dessen im Gesicht des

Bläsers verteilt, den dritten Schwung lutschte er schon wieder ab. Jetzt spritzte auch der Schwarze. Sein Riesenlümmel entlud sich auf Schmalers Brust.

Jäger biss die Zähne zusammen, als auch er losspritzte. Um keine Spuren zu hinterlassen, ließ er die volle Ladung in seine Hose schießen. Dazu drückte er den steifen Schwanz seitlich nach unten. Er musste sich das Stöhnen verkneifen und rieb nach dem Abspritzen noch ein paar Mal seine langsam schlaff werdende Latte. Endlich konnte er sie wieder einpacken. Das feuchte, klebrige Sperma in seiner Hose wurde schon trocken. Danke, Schmalzer, du hast mir 'ne geile Nummer gezeigt, dachte sich Jäger und kehrte wieder zu seinem ursprünglichen Gedanken zurück. Seine Miene wurde wieder ernst. Er lag auf der Lauer.

Der Schwarze lutschte an Schmalzers Schwanz, bis dieser wieder so schlaff und klein war wie am Anfang, dann stand er auf und zog sich an. Er wirft den fantastischen Reiter einfach raus, ohne ihn duschen zu lassen. Typisches Arschloch! Heute Nacht wirst du für deine Taten zahlen. Du weißt nicht, welch Glück du hast. Du durftest vor dem Sterben noch eine richtig geile Nummer schieben!

Als der Stricher gegangen war, duschte Schmalzer. Er putzte seine Zähne und legte sich nackt ins Bett. Keine zehn Minuten später hörte der Killer das sonore Schnarchen seines ausgewählten Opfers. Er öffnete den Schrank, stellte sich aufrecht hin und streckte seine Glieder aus. Er überlegte, ob er Schmalzer wecken sollte, entschied sich jedoch dafür, dass es egal war. Die scharfe Klinge drang spielend leicht in das Fleisch des Schlafenden ein. Schmalzer schlug zwar die Augen auf, doch Jäger bezweifelte, dass er ihn erkannte. Das Blut spritzte wie aus einem Springbrunnen aus Schmalzers Hals. Der Killer sah seinem Opfer beim Sterben zu und sang immer wieder den gleichen Reim: „Sie gehen hin, geben Lohn, tausend Väter: Hurensohn!"

Als der Pilot aschfahl und tot im Bett lag, plünderte Jäger die Brieftasche und nahm die Uhr des Piloten an sich. „Sie werden denken, dein letzter Stricher hat dich abgemurkst. Außerdem hast du dich auf ein Höllenspiel eingelassen. Sex ohne Kondom in dem Land, wo Aids seine Hochburg besitzt. Von den anderen Sachen, wie Gelbsucht möchte ich gar nicht erst sprechen. Sieh es so, ich habe dir einen Gefallen getan", flüsterte Jäger ins Ohr der Leiche und lachte dabei.

Als er später in seinem Bett lag, genau ein Stockwerk über Joachim Schmalzer, fasste er den Plan. Er musste zurück nach

München. Er musste die anderen finden und endlich für Ruhe sorgen. Er würde gewinnen. Soviel stand fest. Nicht umsonst wurde ihm heute Schmalzer gezeigt. Eine höhere Macht wollte es so.

Eine Polizeistreife fuhr aus dem Grundstück heraus. Charles Jäger erkannte den Streifenwagen schon von weitem. Seine Sinne waren auf Gefahrenquellen eingestellt. Sie funktionierten wie hochpräzise Radaranlagen. Sofort lenkte er den Mercedes in einen seitlich gelegenen Feldweg und wartete, bis die Bullen an ihm vorbeigefahren waren. „Warum waren die Bullen im Haus?", fragte er sich laut. Jäger sah nach seinem Beifahrer, der immer noch bewusstlos auf dem Sitz saß, prüfte dessen Puls und war zufrieden. Er stieg aus und ging zu Fuß zum Haus. Dort prüfte er, ob alles in Ordnung war. Als er nichts Außergewöhnliches feststellen konnte, holte er den Wagen und fuhr ihn in die Garage. Die Bullen mussten zwar einen Grund haben, hierher gefahren zu sein, aber die Tatsache, dass der Wagen nicht in der Garage stand, hatte sie wohl beruhigt. Gut, dass heute der letzte Tag war. Ab morgen würde er das Haus nicht mehr benötigen.

Er trug den Journalisten ins Haus und setzte ihn auf einen Stuhl mit Armlehnen. Jäger überzeugte sich davon, dass Herr Mirach gut saß und nicht herunterrutschen konnte. Danach ging er ins Schlafzimmer zu seiner Reisetasche und holte Kabelbinder. Er ging zurück zu Mirach und fesselte ihn an den Sessel. Anschließend holte er aus der Küche ein Glas Wasser. Er schüttete die Hälfte ins Gesicht des Journalisten und bot ihm, als er die Augen aufschlug, die andere Hälfte zu trinken an.

„Was zum Teufel ...", begann Mirach, merkte, dass er gefesselt war und fing sofort an zu jammern. „Bitte, ich wurde dazu gezwungen, den Artikel ..."

„Ruhe!" Das Wort kam knallhart. Kurz, wie ein gebellter Befehl auf dem Kasernenhof. Entsprechend war auch die Wirkung. Mirach verstummte sofort.

„Herr Mirach. Sie brauchen sich nicht zu fürchten. Ihnen wird kein Leid geschehen. Sie sind auserwählt, Zeuge meiner Befreiung zu werden."

Der Journalist zitterte. Er wusste nicht, ob es das typisch, gewohnte Zittern aufgrund seiner Alkoholsucht oder pure Angst war. Wie konnte es nur passieren, dass er, der große Mirach, in so eine plumpe Falle tapste? Verdammte Scheiße. Wenn das der echte Hurensohn war, war er verloren. Dieser Kranke würde ihn genauso niedermetzeln, wie er es mit dem Rechtsanwalt gemacht hatte. Moment. Vielleicht war es gar nicht der echte Hurensohn, sondern nur ein Spinner. Nein! Er hatte doch am Telefon die Sache mit den Glühbirnen erzählt. Er muss der echte Hurensohn sein. „Bitte ...", fing Mirach wieder zu jammern an.

„Ich sagte: Ruhe!"

Mirach riss sich zusammen. Außer dem leichten Geklapper seiner schlechten Zähne war kein Laut mehr zu hören.

„Ich war von Ihrem Artikel begeistert", sagte Charles Jäger, alias Tobias Müller, alias Fabienne Selosse, alias der Hurensohn! „Sie werden das große Finale miterleben. Sie werden darüber berichten. Exklusiv!"

„Wie? Ich verstehe nicht."

„Herr Mirach", sagte der Hurensohn, „Sie müssen jetzt noch nicht verstehen. Sie werden in Kürze begreifen. Glauben Sie mir."

„Warum bin ich gefesselt?"

„Ich muss noch einmal weg. Ich muss den Hauptdarsteller des heutigen Finales holen. Und damit Sie mir nicht weglaufen, musste ich leider diese Vorkehrung treffen."

„Ich bin so aufgeregt. Bitte geben Sie mir etwas zu trinken."

„Ich bot Ihnen gerade Wasser an."

„Ich brauche etwas Stärkeres."

Verächtlich sah der Hurensohn den Journalisten an. „Habe ich mich in Ihnen etwa getäuscht?" Er zog seine Mundwinkel nach unten. Sein Blick wurde kalt. Eiskalt.

Mirach überkam das blanke Grauen. „Nein. Wasser ist in Ordnung. Tut mir leid. Wasser ist genau richtig."

„Später", sagte der Hurensohn und knebelte Mirach. „Wenn Sie schreien, einen Fluchtversuch wagen oder durch sonst irgendeine Dummheit versuchen, hier rauszukommen, werde ich sie Stückweise an den Zeitungsverlag zurückschicken. Haben Sie mich verstanden?"

Mirach nickte. Er hatte Angst. Richtig Angst.

„Ich gehe jetzt und bin bald wieder zurück. Dann werde ich das Finale vorbereiten und Sie werden darüber schreiben. Sie werden alles detailliert aufschreiben und auf der Titelseite veröffentlichen. Ist das klar?"

Mirach nickte wieder. Zittern.

„Wenn ich das Finale nicht auf der Titelseite lesen kann, oder wenn es nicht so geschrieben ist, wie ich es mir vorstelle, werde ich Sie besuchen. Sie würden sich danach wünschen, nie geboren worden zu sein. Haben Sie auch das verstanden?"

Wieder nickte Mirach. Er musste sich konzentrieren, um nicht vor Angst in die Hose zu pinkeln.

Der Hurensohn schloss Türen und Fenster. Mirach hörte, wie die Haustür versperrt wurde. Er sah sich um, hatte aber nur einen beschränkten Blickwinkel. Er sah ein Sofa mit gehäkelter Decke. Ein altes Familienfoto hing an der ansonsten kahlen Wand. Es stammte vermutlich aus den 1930ern und zeigte Vater, Mutter und ein Baby. Eine Wanduhr sandte ständig ihr *Tick Tack* aus. Mirach wusste, dass die nächsten Stunden zur Qual würden. Kein Alkohol. Pure Angst vor dem Hurensohn und das ständige *Tick Tack* der Wanduhr. Er fühlte sich, als würde er an der Pforte zur Hölle stehen und nur darauf warten, bis ihn die Höllenhunde zerfleischen.

Charles Jäger verließ das Haus. Aus den Augenwinkeln heraus beobachtete er das parkähnliche Grundstück. Keine Auffälligkeiten. Charles ging zur Garage, öffnete das Tor und setzte sich in den Mercedes. Sein Ziel war wieder die Innenstadt Münchens. Der Großstadtverkehr würde ihn schlucken. In der Masse der Blechlawinen fiel der Mercedes nicht weiter auf. Es wäre purer Zufall, würde ihn eine Bullenstreife entdecken. Das Risiko im Berufsverkehr zu fahren, war wesentlich geringer, als in der Nacht zu fahren, wenn die Straßen frei waren und die Polizei mit ihren Kontrollstellen Alkoholsünder jagte.

Er wusste, wo er Basti finden würde. Sein *Einsatz* war akribisch vorbereitet. Charly musste zugeben, dass seine alte Clique es im Leben geschafft hatte. Jeder hatte es zu etwas gebracht. Jenny war leitende Angestellte einer großen Werbeagentur. Charly dachte an die Werbespots im Fernsehen. Welcher wohl von Jenny stammte? Waschmittel? Slipeinlagen? „Ha, ha, ha", schoss es heraus. Er musste heftig lachen. Joachim hatte seinen Traum wahr gemacht. Er wurde tatsächlich Pilot. Wieder grinste Charly. Er hatte gar nicht gewusst, dass Joachim schwul war. Das mit dem schwarzen Stricher war eine wirkliche Überraschung. Ob sie ihm den Mord an Joachim angehängt haben? Scheißegal. Mir ist das Scheißegal! Mulli, der Rechtsanwalt. Er hörte ihn jetzt noch flehen. „200.000 Euro sind kein Problem...", äffte er sein drittes Opfer nach. „Für mich auch nicht, Mulli. Nur würdest du sagen, dass mein Geld nicht sauber ist. Blutgeld, so würdest du es nennen, nicht wahr? Basti dagegen würde es akzeptieren. Er war ein hohes Tier in einer Bank. Schon damals war er ein Bürohengst. Hatte alle Hausaufgaben korrekt und sauber. Bankkaufleute nehmen mein

Geld entgegen, verwalten es und mit etwas Glück vermehren sie es. Mein Blutgeld!"

Charles Jäger wechselte den Fahrstreifen und bog rechts ab. Jetzt musste er nur noch der Vorfahrtsstraße folgen. Wo war er gleich wieder stehen geblieben? Ach ja. Blutgeld. Mein Lohn als Söldner! Das empfand er als Frechheit. Im Gegensatz zu den anderen riskierte er schließlich sein Leben für die Aufträge, die er ausführte.

Sein Handwerk hatte er schnell gelernt. „Voilá, la légion!", rief er während des Fahrens aus. O ja. Er weiß noch wie heute, wie stolz er war, als er zum ersten Mal in seinem Leben die Uniform mit dem weißen Käppi trug und die Ansprache des Sergeanten hörte:

„Heute habt ihr aufgehört zu denken! Ab jetzt denkt die Legion für euch. Ihr werdet mit 76 Schritten in der Minute exerzieren! Ihr werdet mit Enthusiasmus töten! Und ihr werdet bedingungslos sterben. Voilá, la légion!"

Im Chor hatten sie inbrünstig geantwortet: „Voilá, la légion!"

Es klopfte an der Bürotür. „Herein", rief Sören. Mike und Rolf, die Zivilfahnder standen vor ihm. „Setzt euch, Jungs", forderte Sören seine Kollegen auf.

„Du hast gesagt, du hättest die Fährte des Hurensohns aufgenommen?"

„Erst mal ein paar Worte im Vorfeld."

Beide sahen Sören mit großen Augen an. Was sollte denn hier im Vorfeld geklärt werden?

„Ich bin offiziell von diesem Fall abgezogen. Dem Chef hat weder meine Arbeitsmethode, noch meine Theorie gepasst."

„Und jetzt?", fragte Mike sofort nach.

„Ich kann das nicht."

„Was kannst du nicht?", bohrte Rolf nach.

„Ich kann nicht aufhören. Ich habe weitergemacht und meine Theorie verfolgt."

„Du meinst doch nicht etwa die Sache mit dem toten Verdächtigen, oder?"

Sören grinste.

Rolf schlug die Hände über dem Kopf zusammen. Mike haute sich auf die Oberschenkel. „Auch du liebe Scheiße", stieß er aus. „Da haben wir die Möglichkeit seit langem wieder einmal bei einem Mordfall mitzumischen und ausgerechnet ein Hamburger Fischkopf, dem das Verfahren entzogen wurde, will uns mit an Bord nehmen!" Er lachte dabei und Sören verstand sofort, dass der *Hamburger Fischkopf* nicht als Schimpfwort, sondern scherzhaft benutzt wurde.

„Werdet ihr Probleme bekommen?"

„Sören, wir sind zwei alte Säcke. Unsere Arbeit passt und wir machen ja schließlich nichts Verbotenes, oder?"

Sören sah Rolf und Mike an.

„Da laufen doch keine Überwachungsmaßnahmen, oder? Wenn das Mobile Einsatzkommando eingeschalten ist, müssen wir aufpassen. Denen pfuschen wir nicht gern ins Handwerk. Die armen Schweine müssen oftmals wochenlang observieren. Mit einem einzigen Anruf könnte die Arbeit zunichte gemacht sein."

„Nein, keine Angst. Der Ermittlungsstand meiner Kollegen steht bei *Null*. Nicht, dass sie schlechte Arbeit leisten würden, sie gehen sogar sehr akribisch zur Sache, nur eben für mich zu langsam. Sie haben bei dem Hinweis des pensionierten Lehrers ein *Halteschild* eingebaut, und ich habe es nicht beachtet."

„Wie sieht deine Theorie aus, Sören?"

„Dieser Charles Jäger ist damals von hier abgehauen. Nach Angaben von Dr. Jonken ist der Typ vollkommen ausgetickt, weil ihn seine Clique als Hurensohn beschimpfte und verarschte. Das hat er nicht gepackt. In Saarbrücken wurde er beim Klauen erwischt. Ich habe mit dem Kollegen gesprochen, der ihn damals festgenommen hatte."

Mike unterbrach Sören. „Nach der langen Zeit? Warum hat sich der Kollege nach all den Jahren an einen Dieb erinnert? Ich war auch mal für ein paar Jahre in der Schicht und mich dürftest du nicht mehr nach den von mir bearbeiteten Ladendieben befragen."

„Halt einfach die Klappe. Sören wird schon noch erklären, warum das so war", intervenierte Rolf.

„Er konnte sich daran erinnern, weil er Charly Jäger zum Bahnhof brachte und in den Zug setzte. Das war in der Frühschicht. Zur Nachtschicht konnte er den Jungen identifizieren. Jäger stahl ein Auto und verunglückte tödlich. Und bevor die Frage kommt, weshalb ihn der Kollege Rossler identifizieren konnte, präsentiere ich gleich mal die Antwort. Charly Jäger notierte sich Rosslers Namen und dienstliche Telefonnummer auf seinen Handrücken. Das hat damals ausgereicht. Statur, Klamotten, Notiz. Alles passte zusammen. Es gab keine Angehörigen, das Gesicht war aufgrund des Unfalls bis zur Unkenntlichkeit zerquetscht."

„Daran hätte ich mich auch erinnert."

Sörens Handy piepste kurz. Er sah auf das Display und öffnete die frisch eingetroffene SMS. Sie war von Rene Dorner.

‚Hab meine Kontakte genutzt. Mein alter Freund Pepe ist immer noch aktiv. Er stellte für mich eine Verbindung her. Die Legion war höchst interessiert. Du bekommst einen Anruf. Rene'

„Erzähl weiter. Ich möchte schon wissen, wofür ich meine Planstelle riskiere, wenn sich alles als eine Finte herausstellt", drängte Mike.

„Ich vermute, dass Charly Jäger sich mit einem gewissen Tobias Müller traf. Müller gilt seit damals als vermisst. Er sah Charly Jäger ziemlich ähnlich. Die Statur passte ebenfalls. Jäger tötete Müller und nahm dessen Identität an. Ausgestattet mit seinem neuen Namen ging er nach Frankreich und dort zur Fremdenlegion."

„Ganz schön gewagt", meinte Rolf.

„Ich habe zufällig Kontakte zur Legion."

„Du hast was?" Mike und Rolf waren erstaunt. „Leck mich am Arsch, das ist ja der Hammer."

„Ich bekomme einen Anruf."

„Und was sollen wir machen?"

„Surfen!"

„Hast du jetzt ein Rad ab?"

Sören lachte. „Nicht aufm Wasser. Im PC."

„Und nach was sollen wir suchen?"

„Jetzt wird es knifflig. Die Akte von Tobias Müller hat sich das BKA gekrallt und liegt unter Verschluss. Wie gut seid ihr?"

Rolf grinste wie ein Honigkuchenpferd. „Ich bin 'ne Niete. Kann gerade mal alles dienstliche Zeug schreiben, aber Mike ist mit den Blechtrotteln artverwandt. Ich traue ihm zu, dass er es schafft."

„Traust du dir zu, in den Rechner des BKA einzusteigen und die Akte herauszufiltern?", wollte Sören wissen.

„Ja, aber was, wenn sie uns auf die Schliche kommen?"

„Interessiert mich im Moment wenig. Ich bin Lebenszeitbeamter und ich schätze, für so eine Sache kriege ich weniger als ein Jahr Freiheitsstrafe", lachte Sören. „Du kannst meinen PC und meine Kennungen benutzen. Ich stehe dafür gerade."

„Hast du außer dem Namen auch noch ein bisschen mehr?"

„Ein Aktenzeichen?"

„Schon mal nicht schlecht. Lass mich an die Maschine ran."

„Und wir beide?", fragte Rolf.

„Wir müssen wissen, wo sich der Hurensohn verkrochen hat. Geh bitte zuerst alle Standardrecherchen durch. Meldescheinregister, Einwohnermeldeamt, Strafdateien. Alles, wo du reinkommst. Du kannst den PC von meiner Kollegin benutzen."

„Die von gestern?"

Sören sah Rolf an und nickte. „Genau die."

„Habt ihr was miteinander?"

„Wie kommst du denn da drauf?"

„Sie hat dich ständig so angesehen, als ob sie dich fressen wollte."

Sören wollte gerade antworten, als sein Handy läutete. Die Nummer war unbekannt. „Später", sagte zu Rolf. Dieser begnügte sich mit der Antwort und setzte sich vor Annas Computer.

„Sören Falk", meldete sich Sören.

„Bonjour. Mein Name ist Capitaine Lossard. Ich glaube, wir beide haben einen gemeinsamen Bekannten, den wir fieberhaft suchen", meldete sich die Stimme auf deutsch, aber mit einem starken französischen Akzent.

„Wenn Sie von einem Pepe informiert wurden, könnte ich Ihnen vielleicht zustimmen."

„Das bin ich. Zu Ihrer Sicherheit möchte ich noch einen Gruß loswerden. Ich sage einen Namensteil, sie den anderen. Soll ich Vor- oder Nachnamen sagen?"

Sören wunderte sich über die Vorgehensweise, akzeptierte aber den Vorschlag des Franzosen. „Sagen Sie mir den Nachnamen."

„Dorner. Sergeant-chef Dorner!"

„Rene", antwortete Sören.

„Das ist korrekt."

„Eine Frage interessiert mich brennend", übernahm Sören das Gespräch, „sprechen wir über Tobias Müller oder Charles Jäger?"

Schweigen. Nach einer kurzen Pause antwortete der Offizier der französischen Fremdenlegion. „Sie haben uns zwei Fotos zur Verfügung gestellt. Eine dieser Personen ist mit einem Rekrutierungsfoto identisch. Die jungen Männer ähneln sich sehr, aber wir sind zu Einhundertprozent sicher, dass es sich bei unserem gemeinsamen Bekannten um den auf dem Foto genannten Charles Jäger handelt. Allerdings wurde er unter dem Namen Tobias Müller rekrutiert."

„Bingo! Ich habe es vermutet, geahnt. Nein! Gewusst!" Sören

stand auf und schnalzte mit den Fingern. Seine freie Hand bildete eine Faust, die er triumphierend in die Luft streckte. Die beiden Zivilfahnder sahen zu Sören. Rolf ging zu Mike und beide klatschten sich ab. Sören schaltete auf *mithören*.

„Müller nahm einen französischen Namen an. Er heißt Fabienne Selosse", fuhr der Offizier der Fremdenlegion fort. Sofort notierte sich Rolf den Namen und setzte sich wieder vor Annas PC.

„Sie sagten, wir würden ihn beide fieberhaft suchen, Capitaine Lossard."

„Das ist richtig. Darf ich zuerst fragen, warum Sie ihn suchen?"

„Bislang wegen Doppelmord. Er steht in dringendem Tatverdacht, zwei seiner ehemaligen Mitschüler getötet zu haben."

„Wie?"

„Mit dem Messer."

„Seine Spezialität!"

„Wie meinen Sie das, Capitaine Lossard?"

„Legionär Selosse, so wurde er bei uns in den Akten geführt, war ein Mustersoldat. Egal, wie schwer die Disziplin auch war, er meisterte sie mit Bravour. In einem unserer Ausbildungscamps in Französisch-Guayana marschierte er durch den Dschungel. Damit er schneller vorankam, ließ er seinen Proviant zurück. Er ernährte sich von dem, was er fand und kehrte in Weltrekordzeit ins Lager zurück. Selosse hat zum Zweitplazierten seit Bestehen dieser Übung, einen Vorsprung von zwei Tagen und sieben Stunden! Können Sie sich vorstellen, welche Willenskraft dahinter steckt? Der Mann ist ein Tier. Er ist eine Killermaschine. Selosse wurde zum Einzelkämpfer ausgebildet. Er ist härter als alles, was Sie sich vorstellen können."

„Meine Frage lautete, warum Sie ihn suchen?"

„Weil er einen Offizier getötet und zwei seiner Kameraden lebensgefährlich verletzt hat. Danach desertierte er. Das war vor acht Jahren!"

Sören war schockiert. „Die Legion sucht einen desertierten Mörder und findet ihn nicht?"

„Selosse machte das, was er am besten konnte. Kämpfen und töten. Seine Spur verfolgten wir bis nach Marseille. Dort dingte er als Söldner an und ist seither verschwunden."

„Wenn er ein so vorbildlicher Soldat war, können Sie mir erklären, weshalb er einen Offizier umbrachte?"

„Er ist ausgerastet, als ihn der Offizier einen Hurensohn nannte."

„Ich danke Ihnen für die Auskunft, Capitaine Lossard. Für mich schließt sich der Kreis."

„Herr Falk", sagte der Fremdenlegionär.

„Ja."

„Kriegen Sie dieses Schwein. Am liebsten lebendig, damit wir ihn abholen können, aber wenn es nicht anders geht, töten Sie ihn. Sie dürfen keine Gnade walten lassen. Selosse, oder Jäger, wie er richtig heißt, würde jede kleine Möglichkeit nutzen um zu flüchten. Ein Menschleben bedeutet ihm nichts."

„Eine letzte Frage hätte ich noch."

„Bitte stellen Sie Ihre Frage."

„Jäger ist seit acht Jahren als Söldner unterwegs. Konnten Sie nie seine Spur verfolgen oder wieder aufnehmen? Und können Sie mir vielleicht sagen, weshalb die Akte über Tobias Müller in Deutschland beim Bundeskriminalamt unter Verschluss gehalten wird?"

„Benutzen Sie ein dienstliches Telefon und kann jemand mithören?"

Sören sah auf die beiden Zivilfahnder.

„Das ist mein Privathandy – und sie können frei sprechen." Sören ließ die Mithörtaste an. Mike und Rolf schwiegen. Sie saßen mucksmäuschenstill da.

„Unter den Söldnern wird eisern geschwiegen. Es sind lauter verschworene Haufen, die sich gegenseitig helfen und unterstützen. Ein V-Mann, den wir einschleusten, kam nahe an Selosse/Jäger heran. Er führte inzwischen, was mich selbst nicht wunderte, eine eigene Truppe und ließ sich mit Colonel ansprechen. Soviel wie ich weiß, führte seine Gruppe auch äußerst geheime Aufträge für diverse Regierungen aus. Mehr kann ich nicht sagen."

„Danke, Capitaine."

„Rufen Sie bitte Sergeant-Chef Dorner an, wenn Sie Jäger haben. Ich würde nur zu gerne diese Akte schließen."

„Ich könnte doch auch Sie anrufen", schlug Sören vor.

„Wir haben nie miteinander gesprochen und wir kennen uns nicht. In der Legion gibt es keinen Capitaine Lossard. Verstanden?"

Sören runzelte die Stirn. Mike und Rolf sahen sich fragend an.

„Ich werde Rene sagen, wie die Sache ausgegangen ist."

Klick. Aufgelegt.

Mike unterbrach das Schweigen zuerst. „Soll ich euch was sagen, Jungs?"

Sören und Rolf blickten zu ihrem Kollegen. „Schieß schon los", forderte Rolf seinen Partner auf.

„Wir suchen John Rambo, der durchgeknallt ist. Wir brauchen, wie im Film, 'ne ganze Armee, um den Verrückten zu fassen."

Sörens Gedanken gingen in eine ganz andere Richtung. „Mike, wie weit bist du schon in den Rechner des BKA eingedrungen?"

„Ich bin drin und wurschtele mich durch die Vermisstenanzeigen, wieso?"

„Geh dort raus! Wir dürfen nirgends eine Spur hinterlassen. Das Ding ist heißer, als wir denken."

„Heißer, als der heiße Herbst?" Rolfs Metapher saß. Er hatte damit ins Schwarze getroffen.

„Ich möchte zwar nicht unken, aber was ist, wenn wir diese Drecksau schnappen und er plaudert aus, dass er für unsere, oder irgendeine andere europäische Regierung mal schnell in einem Dritte-Welt-Land, jemanden umgelegt hat?"

„Sie würden ihn für hoch geisteskrank erklären und er würde in der Psychiatrie sterben. Still und leise!"

„Was machen wir, Kollegen?", fragte Sören seine beiden neuen Freunde, denn so benahmen sie sich jetzt. Das Gespräch hatte zwar absolut dienstlichen Charakter, doch wurde es mit persönlicher, freundschaftlicher Leidenschaft geführt.

„Ich habe nichts gefunden", stellte Rolf in den Raum. „Unter keinem der uns bekannten Namen, hat sich der Hurensohn irgendwo eingecheckt oder gar gemeldet. In sämtlichen Fahndungsdateien hat er Null-Bestand. Er existiert nicht!"

„Wir jagen ihn trotzdem!" Mike stand auf. „Der Typ ist eine tickende Zeitbombe. Wenn wir ihn nicht schnappen, wer dann?"

Sören sah zu Rolf.

„Mike hat recht, Sören. Alle anderen sind doch kilometerweit von unserem Ermittlungsstand entfernt. Die denken sogar, dass du einen an der Waffel hast, nur weil du dem pensionierten Lehrer geglaubt hast."

Das leuchtete Sören ein. „Jetzt brauchen wir nur noch sein Schlupfloch."

Wieder klingelte Sörens Telefon. „Wer kann denn das schon wieder sein?", prustete er aus, als er ranging.

„Falk."

„Spreche ich mit dem Polizisten Falk?"

„Ja."

„Ich bin Guido Schwarzmann. Sie wissen schon ..."
„Ich weiß, Herr Schwarzmann", unterbrach Sören. Mike und Rolf warfen sich einen erstaunten Blick zu. Sollte Guido Schwarzmann tatsächlich einen Tipp geben können?
„Möglicherweise interessiert es Sie, möglicherweise auch nicht. Ich wollte mit meinem Anruf nur untermauern, dass ich mich auch wirklich für Sie umhöre."
„Wir haben das mit dem Richter geregelt. Einstweilen brauchen Sie keine Angst zu haben, vorgeführt zu werden."
„Sie meinen eingesperrt."
„Das bedeutet das gleiche."
„Prima. Also, ich war vorhin am Bahnhof. Im Untergeschoss sah ich so einen Anzugheini mit einem Stricher im Klo verschwinden. Eigentlich was ganz normales am Hauptbahnhof, oder?"
„Wenn Sie es sagen."
„Jedenfalls ist dann ein zweiter Kerl nachgegangen. Das war so ein bulliger Typ. Hat ausgesehen wie ein Zuhälter. Jedenfalls hatte er eine richtige Rausschmeißer-Figur."
„Erzählen Sie weiter, Schwarzmann."
„Kurz darauf kam der Zuhälter mit dem Anzugheini unterm Arm wieder raus. Er hat ihn so mitgeschleift, dass jeder dachte, der Anzugheini ist völlig besoffen. Ich bin ihnen nachgegangen."
„Weiter", sagte Sören und leicht gelangweilt. Mike und Rolf hörten wieder mit. Sie belustigte der Anruf Schwarzmanns.
„Sie gingen ins Parkhaus, gleich beim Bahnhof und dort zu einem Mercedes. So ein altes Modell. Ein dunkelblauer 280er. Der Zuhälter setzte den Anzugheini auf der Beifahrerseite rein. Dann fuhr er weg."
„Haben Sie das Kennzeichen?"
„Nein, nicht komplett. Nur ein Teilkennzeichen. Die Buchstaben konnte ich mir merken. ‚M' für München, dann ‚E' und ‚S'."
„Was ist mit dem Stricher?"
„Weiß ich nicht. Ich bin ja dem Zuhälter gefolgt."
„Danke für Ihren Anruf, Herr Schwarzmann, Sie haben mir sehr geholfen", grinste Sören und legte auf. Alle drei lachten.
„Mein Gott, das war doch sicherlich schon wieder so ein Eifersuchtsdrama unter Schwuchteln", brüllte Mike aus und schlug sich vor Lachen auf die Schenkel.
„Bist du schon wieder mit so einer Tussi vom Bahnhof auf dem

Klo!", verhöhnte Rolf die Situation und sprach den Satz richtig tuntig aus.

Sören sah beide an. Er lachte nicht mit. Es dauerte eine Weile, bis Rolf und Mike bemerkten, dass Sören nicht lachte. Rolf fing sich als erster. „Warum brüllst du nicht mit? Hast du die Pointe nicht verstanden?"

„Ich bin schwul!"

Mit einem Schlag waren beide ruhig. Wie belämmert sahen sie sich an. Das Lachen war verstummt.

„Du bist schwul? Und ich dachte, du hast die Kollegin flach gelegt", sagte Mike, der sich als erster fing.

Wenn die wüssten, dachte sich Sören und grinste beide an. Jetzt fiel es Sören auf. Mike war gar nicht schockiert. Im Gegenteil! Es hörte sich sogar an, als wäre er erleichtert, als er hörte, dass Sören homosexuell war. Rolf sah Sören an. „Na und? Fandest du den Witz trotzdem nicht gut?"

„Nicht vom Thema ablenken, Rolf", mahnte ihn Mike. „Du hast verloren."

„Verdammt. Gut, dann zahle ich das nächste Weißbier."

Sören war im Moment ganz verdattert. Er outete sich als schwul, und seine beiden Kollegen interessierte es scheinbar nicht.

„Wieso hat Rolf verloren?"

„Wir haben gewettet, ob du die Kollegin flach gelegt hast oder nicht. Da du ja schwul bist, wirst du sie kaum gevögelt haben. Also muss Rolf zahlen."

„Du verarscht uns hier doch nicht, Sören, oder?"

„Nein, ich bin wirklich schwul. Stört euch das?"

„Sorry, aber das ist mir ehrlich egal. Du bist in Ordnung, das ist alles, was zählt. Mit wem du vögelst, mir echt schnuppe", sagte Mike.

Rolf reagierte ähnlich. „Eines garantiere ich dir, Sören, wenn ich einen guten Homo-Witz kenne, erzähle ich ihn. Und wehe, du bist dann sauer!"

Jetzt lachte Sören. „Wenn er gut ist, erzähle ich ihn sogar weiter."

Rolf klopfte Sören auf die Schulter. Sein Blick war etwas ernster, aber nicht düster. „Ich glaube, das kleine Geständnis hat dich ziemliche Überwindung gekostet, oder?"

„Na ja, ich wollte von Anfang an mit offenen Karten spielen."

„Wir leben im 21ten Jahrhundert, Sören", sagte Mike, „wenn sich da noch jemand über Homosexualität aufregt, kann man ihm auch nicht mehr helfen. Uns ist das egal."

„Ganz im Gegenteil. Dein Outing, wenn man das so nennen darf, macht dich noch 'ne Spur sympathischer, als du eh schon bist", fügte Rolf hinzu.

Sören fühlte sich wohl. Seine momentan sympathischste Kollegin, die erfahrenen Zivilfahnder, standen zu ihm. Seine sexuelle Neigung war tatsächlich absolut unwichtig. Idealvoraussetzung!

„Also gut, so schlecht war der Witz auch wieder nicht, dass ich nicht innerlich hätte mitgrinsen können, aber der Brüller war es nicht. Da gibt es bessere!"

Alle drei lachten, bis Rolf hastig schrie: „Seht mal her!" Er hatte am PC die Seite mit den aktuellen Einsätzen aufgerufen, deutete mit dem Zeigefinger auf einen Einsatz und las laut vor. „Bewusstlose Person auf der Herrentoilette im Hauptbahnhof. Der Notarzt rollt!"

„Das ist unser Stricher."

„Was sollen wir von dem Einsatz halten?"

Sören dachte nach. Etwas an der Sache kam ihm bekannt vor. Äußerst bekannt. Es donnerte. Die Polizisten sahen zum Fenster. Der Himmel hatte sich zugezogen. Das angekündigte Sommergewitter zog auf. „Wenn die Wetterpropheten recht behalten, wird es einen kräftigen Hagelsturm geben", sagte Sören. „Ich habe es heute im Radio gehört." Sören suchte in seiner Gedankenwelt. Wie war das doch gleich wieder? Sie sagten das Wetter an. Eine Streife hatte einen Einsatz beendet. Eine Vermissung oder Nachschau. Genau! Eine alte Dame ist nicht zum Kartenspielen erschienen. Sie war mit einem blauem 280er unterwegs. Sören versuchte die Gedanken zu ordnen. „Mike, Rolf. Diese Einsatzseite hat doch bestimmt auch eine Historie, oder?"

„Klar, warum?"

„Nur so eine Idee. Könntet ihr mal die Einsätze von heute durchsehen. Da lief einer mit einer Nachschau. Eine ältere Frau war nicht zum Kartenspielen gekommen. Ich glaube, die fuhr auch einen blauen Mercedes. Das Kennzeichen wurde über Funk durchgegeben."

Noch während Sören sprach, tippte Rolf sowohl Datum, als auch das Schlagwort ‚Nachschau' in die Suchmaske und drückte die Returntaste. Nach wenigen Sekunden war das Ergebnis abzulesen. „Hab ihn", jubelte Rolf. „Stimmt. Alter Mercedes 280, M-ES …"

„Wo?"

Bevor Rolf die Adresse der alten Frau durchgeben konnte, hob er die Hand zu einer Art hab-acht Stellung. „Unser Stricher am

Bahnhofsklo wurde ausgeknipst. Genickbruch. Der Kriminaldauerdienst rollt. Ich schätze, du wirst auch bald den Einsatz kriegen, Sören. Euer MK hat doch Bereitschaft, oder?"

„Stimmt! Mein Team hat Bereitschaft, aber ich bin vorerst raus."

Während Sören antwortete, blieb Rolfs Blick auf dem Bildschirm haften.

„Unser Funkrufname steht im Einsatzprotokoll als Vorschlag mit dabei. Wir müssen die Zentrale anrufen. Mike und ich werden mit zum Tatort fahren. Wir sehen uns dort auch nach Guido um. Wenn wir ihn erwischen, vernehmen wir ihn gleich als Zeugen. Was machst du? Kommst du gleich mit?"

Sören überlegte kurz. „Nee du, ich verpiss mich hier. Meine Kollegen werden bald auftauchen. Ich werde mir einen Dienstwagen schnappen und zu der alten Frau mit dem 280er rausfahren. Vielleicht ist was dran."

„Unsere Handynummern haben wir ausgetauscht. Das reicht. Wir hauen ab!"

„Bis später", rief Sören seinen beiden Kollegen nach. Er ging in Landsers Büro und schnappte sich eine der Mappen mit Fahrzeugpapieren und Fahrzeugschlüsseln der Dienstwagen. Ein Besuch bei dieser Frau war das Letzte, was er heute noch tun konnte, danach würde er zu Gianni nach Hause fahren und einfach nur die Beine lang strecken. Morgen würde er dann seine ersten Überstunden abfeiern. Auspennen, den Vormittag mit Gianni genießen – kein Stress. So sollte es ablaufen. Er würde Landers eine Nachricht hinterlassen und erst gegen Mittag kommen. Sören verließ das Büro.

9.

Das Parkhaus am Hauptbahnhof hatte noch freie Stellplätze. Sehr gut, alles lief nach Plan. Er steuerte den Mercedes in den ersten Stock. Parkdeck I war mit schwarzer Farbe an die weiße Wand gepinselt. Er parkte ein und stieg aus. Den Wagen versperrte er nicht. Vielleicht würde die kurze Zeitersparnis nachher hilfreich sein. Einbruch ins Fahrzeug? Sollten sie doch. Solange er nicht geklaut würde – egal. Jäger verließ das Parkhaus durch den kleinen Hinterausgang. Er ging über die Hirtenstraße zur Lämmerstraße. Der Trubel des Bahnhofs schlug ihm hier schon entgegen. Eine Gruppe älterer Ausländer stand beisammen. Die Männer diskutierten heftig. Ein Penner rollte seinen Einkaufswagen voller Müll auf dem Gehweg entlang und blieb bei jedem Abfalleimer stehen, um darin nach verwertbaren Sachen zu suchen. Vor einer Spielhalle lungerten ein paar Jugendliche herum und rauchten. Jäger sah auf seine Uhr. Basti, ich komme. Ich hole dich. Du wirst das große Finale bestreiten. Mit Publikum. Die anderen hatten es nicht so gut wie du. Sein Opfer würde in Kürze das Bankhaus verlassen. Jäger wollte pünktlich sein, um Basti nicht zu verpassen. Er rannte über die Arnulfstraße und eilte über den Bahnhofsvorplatz bis zur Bayerstraße. Dort sah er das Label der Bank. Er postierte sich in der Nähe des Ausgangs und wartete. Da Charly nicht zum ersten Mal hier stand, wusste er, wo er sich am besten platzieren konnte, um nicht aufzufallen.

„Basti, deine akribische Pünktlichkeit liebe ich", sagte Charly Jäger, als sein ehemaliger Schulkamerad das Bankhaus verließ. Doch diesmal schlug Sebastian Schlegel einen anderen Weg als üblich ein. Jäger war verwirrt. „Wo gehst du hin?", fragte er sich selbst und wechselte schnell die Straßenseite, um Basti nicht aus den Augen zu verlieren. Der Bankkaufmann blieb an einer Ampel stehen. Erst als das grüne Fußgängermännchen leuchtete überquerte er die Straße. Auf der anderen Straßenseite betrat er dann einen Drogeriemarkt.

„Einkaufen. Das ist es!" Jäger hauchte die Worte aus. Er überquerte ebenfalls die Straße und lehnte sich vor dem Drogeriemarkt gegen die Hauswand. Jäger bückte sich, und imitierte das Zubinden seiner Schnürsenkel. Von dieser Position aus konnte er wunderbar den Kassenbereich des Drogeriemarktes einsehen. Basti stand schon an der Kasse. Er legte etwas sehr kleines auf das schwarze Fahrband, zahlte und ließ das kleine Päckchen in der Innentasche seines Sommeranzugs verschwinden. Er kam aus der Drogerie heraus und kramte eine Sonnenbrille hervor. Basti setzte die dunkle Sonnenbrille auf und ging Richtung U-Bahn. Charly Jäger folgte in angemessenem Abstand. Basti benutzte die Rolltreppe.

„Warum setzt der Kerl eine Sonnenbrille auf, wenn er zur U-Bahn runtergeht?", fragte sich Jäger und nahm die Treppe. Er verlor Basti nie aus den Augen. Ein Blick auf die Uhr. „Du kommst heute spät nach Hause", brummte Jäger aus. Er dachte über den Satz nach und lachte. „Wie recht ich wieder habe. Aber aus einem anderen Grund, Basti. Heute haben wir Klassentreffen!"

Basti durchquerte den U-Bahnhof und ging nun langsam an den Schaufenstern der dortigen Läden vorbei. Er steuerte direkt auf den Eingang eines Sexladens mit Videokabinen zu. Jäger rechnete damit, dass sein Opfer sich in eine Videokabine setzen, sich ein paar scharfe Pornos reinziehen und dabei onanieren würde. Das sähe ihm ähnlich. Immer den Saubermann raushängen lassen und dabei genauso die Freuden des Lebens genießen wollen, wie die anderen auch.

Hidden, forbidden Sex!

Doch Basti ging am Eingang des Sexladens vorbei. Charly Jäger war erstaunt. Basti blieb stehen und Charly wendete sich ab. Zum Glück gibt es hier Schaufenster, dachte sich der Killer und beobachtete Basti im Spiegelbild der Scheibe. Er spazierte vor dem Eingang des halben Pornoschuppens auf und ab. Wartet der Bursche auf jemand?

Ein junger Kerl lehnte an der Wand. Er und Basti nahmen Blickkontakt auf. Schließlich ging der junge Kerl zu Basti und sie unterhielten sich. Basti nickte. Charly war klar, dass der Halbstarke, der Basti ansprach, ein Strichjunge war. „Du also auch", flüsterte Jäger und folgte beiden. Sie betraten die Toilette. „Das hast du also gekauft. Kondome!", hauchte Jäger aus. Er überlegte kurz und entschloss sich zuzuschlagen. Wer weiß, was ihm sonst noch so alles einfällt!

Jäger wartete, ob noch jemand zur Toilette ging und betrat etwa eine Minute nach Basti das Bahnhofsklo. Ein schneller Blick zu den Pissoirs. Leer. Niemand da! Ein zweiter Blick zu den Kabinen. Eine geschlossen. Eine frei, noch eine frei. Eine geschlossen und noch eine frei. Als Charles Jäger vor der ersten verschlossenen Kabine stand, hörte er die typischen Geräusche eines Toilettenbenutzers. Er ging weiter zur zweiten verschlossenen Tür. Hier raschelte es. Kleider, die abgestreift werden, eine Gürtelschnalle, die auf dem gefliesten Boden aufschlägt. Charly ging einen Schritt zurück, atmete ein, sprang hoch und trat gezielt gegen das Türschloss. Die Toilettentür splitterte auf Höhe der Klinke und sprang auf. Der Stricher bekam sie in den Rücken und stolperte nach vorn. Ein verdutzter Basti kniete vor dem Strichjungen, der jetzt über den Freier gebeugt war und sich mit den Händen an Wand abstützte. Basti hielt gerade ein Kondom in der Hand. Vermutlich wollte er es dem Stricher überstreifen. Vielleicht auch dessen Schwanz lutschen. Charlys Fuß schnellte erneut hoch. Ein Sidekick traf die Schläfe von Sebastian Schlegel. Er brach bewusstlos zusammen. Der Stricher sah den Killer mit weit aufgerissenen Augen an. Es war wohl der Schock, der ein Schreien verhinderte. Instinktiv wollte der Junge schnell die Hände zum Schutz hochreißen, doch Charly hatte ihn schon mit beiden Händen am Kopf gepackt. Ein Ruck nach rechts, eine schnelle Drehung nach links und der Strichjunge brach mit gebrochenem Genick tot zusammen. Charly hob Basti hoch und schleifte den Körper aus der Toilettenzelle. Er legte den Bewusstlosen ab und lehnte die kaputte Toilettentür an. Der Benutzer der anderen Toilette schwieg. Charly überlegte noch, ob er die Tür auch eintreten sollte, entschied sich dann aber doch dagegen. Er hob Basti hoch und stützte ihn. Gemeinsam mit seinem Opfer im Arm verließ der Killer die Bahnhofstoilette und ging in Richtung Parkgarage. Trotz seines durchtrainierten, muskulösen Körpers, wurde das Opfer schwer. Charly bemühte sich, die Situation so aussehen zu lassen, als wäre Basti betrunken. Auch er taumelte etwas hin und her. Es klappte. Die Leute wichen aus. Ein älteres Ehepaar schüttelte den Kopf. „Um die Zeit scho bsuffa", maulte der Ehemann nach, um sogleich von seiner Frau zurechtgewiesen zu werden. Charly kümmerte sich nicht um die wertlosen Passanten. Er war zu sehr mit Basti beschäftigt. Aus gleichem Grund bemerkte er auch nicht den älteren Herrn, der ihnen in gebührendem Abstand folgte und sie offensichtlich beobachtete.

Im Parkhaus lehnte der Söldner sein Opfer an den Pkw und öffnete die Tür des Mercedes. Er setzte Basti hinein und fühlte dessen Puls. Alles war in bester Ordnung. Charly griff mit einer Hand zum Sicherheitsgurt, zog das Band über den Bewusstlosen und ließ den Verschluss einrasten. Das große Finale konnte beginnen. Bald würde er frei sein. Endlich frei! Die Stimmen würden verstummen. Für immer! Die Rückfahrt verlief ohne Probleme. Als Charly Jäger den Mercedes in die Garage fuhr, verfärbte sich der Himmel. Dunkle Wolken zogen auf, Wind gesellte sich dazu. Immer lauter wurde das Rauschen der Blätter. Äste wiegten sich hin und her. Charly Jäger ging nun nicht mehr so vorsichtig mit seinem Opfer um wie in der Stadt. Er schulterte Basti. Ein dumpfes „Uff", kam aus dessen Mund. Als der Söldner und ehemalige Fremdenlegionär die Haustür aufsperrte, begann sich Basti zu regen.

„Du wirst wach, alter Kumpel?"

Charly stützte Basti. Beide gingen in das Haus. Der Bankkaufmann war viel zu benommen, um reagieren zu können. Wie eine Marionette stand er neben Charly. Er ging mit Basti ins Wohnzimmer. Dort sah ihn Mirach mit großen Augen an. Schweißperlen standen auf der Stirn des Journalisten. Seine Hände zitterten immer noch. Er umklammerte die Armlehnen, damit die Finger wieder ruhiger wurden.

„Ich habe einen Gast mitgebracht", sagte Charly und setzte Basti ebenfalls auf einen Stuhl mit Armlehnen.

„Was ist …los?" Pause. Langsam schlug Sebastian Schlegel seine Augenlider auf und blinzelte hervor. Charly hatte das Zimmer verlassen, um Kabelbinder zu holen.

Mirach starrte Basti an. „Mmmh! Mmmmmh", gurgelte er hinter seinem Knebel hervor, doch der Mann, der ihm gegenüber saß, war noch zu benommen, um zu reagieren.

Charly kam zurück. „Wie ich sehe, unterhaltet ihr beide euch schon prächtig."

Mirach verstummte sofort. Charly hob Basti hoch. Er zog das Jackett des Bankkaufmanns aus, riss die Knöpfe seines Hemdes auf und zerrte ihm zusätzlich das Hemd vom Leib. „He, was soll das?", nuschelte Basti hervor. Ehe er sich versehen konnte, saß er nackt und gefesselt auf dem Stuhl.

„So wirkt es am besten, Herr Mirach. Sie werden schon sehen", grinste Charly. „Wie sollen wir es angehen? Meinen Tag der Befreiung müssen wir doch gebührend feiern, oder?"

Mirach war blass geworden. Charly ging zu ihm hin. „Sie werden mir doch nicht umkippen, oder?"

„Mmmmh", stöhnte der Journalist. Das Bild des getöteten Rechtsanwalts zwängte sich in seine Gedanken. Grausen. Angst. Erbarmungslosigkeit. Hilflosigkeit.

„Keine Luft? Moment." Charly entfernte den Knebel und Mirach rang nach Luft.

„Mein … Hals … trocken …", krächzte Mirach. Seine Finger bohrten sich direkt in das Holz der Armlehnen.

Charly ging in die Küche und holte ein Glas Wasser. Er hielt es Mirach vor den Mund. Gierig schluckte der Journalist die Flüssigkeit. Nach der Hälfte zog Charly das Glas weg und ging zu Basti. Ihm schüttete er es über den Kopf und tätschelte die Wangen des Gefangenen. Basti kam gänzlich zu sich.

„Was ist passiert?" Schnell merkte er, dass er gefesselt und nackt war. Basti ließ seine Gedanken kreisen. Er erinnerte sich daran, dass er mit dem jungen Stricher aufs Bahnhofsklo ging. Er gab ihm 50 Euro. Kniete sich hin und wollte den Schwanz des Burschen lutschen. Mit Kondom. Danach hätte er ihn in den Arsch gefickt. Was war dann passiert? Genau, dachte sich Basti. Ein Krach, die Tür flog auf. Jemand stand vor der Tür, ein Schmerz, dann wurde es dunkel.

„Hilfe!", rief Basti. „Hiii..llfeeee!"

Charly baute sich vor seinem Opfer auf. Im Flüsterton sprach er ihn an. „Es kann dich hier zwar niemand hören, aber wenn du noch einmal schreist, schneide ich deine Zunge ab!"

Basti wurde kreidebleich. Er betrachtete seinen Peiniger. „Charly? Charly Jäger? Bist du es wirklich?"

„Sie gehen hin, geben Lohn, tausend Väter – Hurensohn!"

„Charly, was soll das? Warum bin ich gefesselt?"

„Ich habe mir etwas überlegt. Zur Feier des Tages, sollten wir uns gemeinsam an einen Tisch setzen und feiern. Ich meine, bevor wir zur Tat schreiten."

Charly kippte den Stuhl, auf dem Basti saß und zog ihn ins Esszimmer. Dort schob er den Gefesselten zum Tisch. Auf dem Tisch standen benutztes Geschirr, Gläser und ein Kerzenleuchter, sowie eine Schale mit verfaultem Obst. Fliegen kreisten umher. Charly ging zurück und holte den Journalisten.

„Herr Jäger, so heißen Sie doch?", sprach Mirach.

Charly sah Mirach an. „Sie nannten mich doch Hurensohn, oder?"

„Das war der Redakteur", entschuldigte sich Mirach sofort.

„Ich glaube, Sie sind ein Jammerlappen. Was wollen Sie?"

„Was passiert mit uns?"

Charly lachte. Seine Augen starrten dabei Basti an. Sie blieben kalt. Eiskalt. „Lasst euch überraschen. Ich hole erst einmal eine Flasche Wein."

Charly ging in den Keller.

„Wer ist das?", flüsterte Mirach dem ängstlichen Bankkaufmann zu.

„Ein ehemaliger Schulkamerad. Eigentlich dachten wir, er ist tödlich verunglückt. Ich bin momentan vollkommen von der Rolle. Ich verstehe überhaupt nichts!"

„Was war mit dem Spruch, den er aufsagte?"

„Das mit dem Hurensohn?"

„Ja."

„Ich kann mich nur noch dunkel daran erinnern. Ich glaube, wir haben das mal zu ihm gesagt. Ist aber schon etliche Jahre her."

„Wir?"

„Unsere Clique aus der Schule."

„Wissen Sie, was zwischenzeitlich passiert ist?", fragte Mirach und wollte Basti von den Morden erzählen, da hörten sie Charly mit schweren Schritten zurückkommen.

„Ich habe eine schöne Flasche Wein und noch einen Gast mitgebracht", rief Charly schon von der Kellertreppe. Er klang leicht angestrengt. So, als würde er etwas schleppen.

„O mein Gott. O Nein!", entfuhr es Mirach. Ihm wurde übel.

Basti wendete sich sofort ab, als er Charly hereinkommen sah. Er trug die gefrorene Leiche einer älteren Frau auf den Armen. Auf ihrem Schoß lag eine Flasche Rotwein. „Buhh, ist das kalt", lachte Charly. Er setzte die Tote auf einen Stuhl, doch mit den gefrorenen, angewinkelten Beinen, fand sie keinen Halt. Charly legte sie auf den Boden und holte aus dem Wohnzimmer einen Sessel. „Hier fällst du bestimmt nicht herunter", sagte er zu der Toten.

Er nahm die Flasche Wein und öffnete sie, indem er den Flaschenhals an der Tischkante abschlug. Rotwein lief aus. Auf dem Tisch bildete sich eine Lake, die langsam zur Tischkante floss, um von dort auf den Teppich zu tropfen. Beide Gefangenen erschraken.

„Charly, ich ...", winselte Basti.

„Noch ein Wort, und ich nagle deine Zunge an den Tisch!"

Sofort verstummte Basti. Er zitterte. War mit Gänsehaut übersät. Die pure Angst saß ihm im Nacken.

Charly ging zu Mirach. „Mund auf!"

Mirach tat, was Charly verlangte. Charly nahm die Flasche Wein und goss Mirach einen großen Schluck in den Rachen. Dieser verschluckte sich, versuchte aber, aufgrund seiner Alkoholsucht, so viel wie möglich von dem Rebensaft zu erwischen. Wangen und Oberkörper von Ewald Mirach waren mit Rotwein besudelt.

„Glück gehabt, kein Glassplitter dabei", stieß Charly aus. Er setzte die Flasche ab, ging zu Basti und forderte auch diesen auf, den Mund zu öffnen, doch Charly schlug nur ein Weinkrampf entgegen. Verächtlich stellte er die Falsche auf dem Tisch ab. Er ging zum Plattenspieler. „Die Alte ist nicht auf dem neuesten Stand der Technik", erklärte er seinen Gefangenen. „Sie hat vermutlich noch nie etwas von CDs gehört. Egal", sagte er und kramte in der Schallplattensammlung von Ernestine von Schlehen. Er zog ein Klavierkonzert heraus und legte es auf.

„Etwas klassische Musik im Hintergrund macht die Sache festlicher."

Er baute sich vor seinen Opfern auf. „Basti, du wirst heute für deine Schandtaten bezahlen. Ich werde mich von deiner Last befreien. Ich schneide das verdorbene Stück aus meiner Vergangenheit", lachte er. Sein Blick traf den Journalisten. „Herr Mirach, Sie werden darüber berichten. Schlagzeile: Die Freiheit des Hurensohns!" Seine eiskalten Augen ruhten auf Mirach. „Haben Sie das verstanden?"

Der Journalist nickte. Jetzt zitterten auch seine Füße. Der Irre meinte es ernst. Er würde vor Mirachs Augen einen Menschen töten. Mirach glaubte sich dem Wahnsinn nahe. „Ich packe das nicht", heulte er auf einmal los.

Charly wurde zornig. Er brüllte den auserwählten Berichterstatter an. „Entweder, Sie machen die Augen auf und berichten über meine Befreiung, oder ich werde ihr armseliges Leben hier beenden!"

„Ich schreibe ... ich schreibe", jammerte Mirach.

„Alternativ kann ich Ihnen auch die Augenlider abschneiden. Dann verpassen Sie garantiert nichts", flüsterte der Killer bedrohlich.

In Mirachs Gesicht befand sich kein einziger Bluttropfen mehr. „Ich halte die Augen offen. Bitte. Ich schaue zu. Ich sehe alles", jammerte er aus Angst vor der angedrohten Folter.

Basti fing an zu weinen.

„Gut, ich hole mein Werkzeug. Wenn ich auch nur einen Ton höre, beende ich euer Leben langsam und schmerzhaft. Ich muss betonen", erklärte Charly, als ob er vor eine Schulklasse stand und ein Experiment darlegte, „dass ich als Söldner in Afrika sehr viel gelernt habe. In Asien ging es zwar auch grausam zu, aber mit Afrika konnte man das nicht vergleichen. Da ist schnell mal ein Penis abgeschnitten und in den eigenen Mund geschoben."

Das Weinen von Basti wurde lauter. „Bitte ... nicht.."

Charly verließ den Raum und ging nach oben. Es donnerte

ziemlich laut, der Wind hatte stark zugenommen. Ein Fenster knallte. „Seht ihr", hallte es vom ersten Stock herab, „sogar das Wetter gesellt sich zu uns. Basti, ich glaube, die Hölle ruft nach dir! Ha ha ha ...", lachte Charly Jäger. Das Unwetter schaukelte sich immer stärker auf und erste Hagelkörner klopften an die Fenster.

Tack, tack tacktacktack.

Immer mehr, immer härter und immer schneller schlugen die Hagelkörner ein. Es war, als ob eine Armee von Kindern Kieselsteine werfen würde. Das Fenster knallte immer auf und zu. Eine Scheibe klirrte. Wind fegte durch das Haus. Wieder ein Donnern. Diesmal so laut, als würden zwanzig Artilleriegeschütze eine Salve abfeuern.

Mirach und Basti wagten es nicht, sich zu rühren. Während der Bankkaufmann in sich zusammengesunken auf seinem Stuhl saß und weinte, beobachte Mirach die ihm gegenübersitzende tote Frau. Das Eis schmolz langsam. An ihrer Nasenspitze bildeten sich kleine Tropfen. Bizarr. Die Augen weit aufgerissen, glotzte sie stumm den Journalisten an. Angst, Ekel, Horror. Mirach wusste nicht, welcher Ausdruck am besten geeignet war. Wenn sie doch nur wegsehen würde. Mirach schloss die Augen. Er konnte nicht mehr. Das Ende seiner Belastbarkeit war erreicht. Er glaubte, verrückt zu werden.

„Da bin ich wieder!" Mirach zuckte zusammen. Er hatte Charly nicht kommen hören. Der Söldner hatte sich umgezogen. Er trug jetzt eine Tarnhose und Militärstiefel. Sein T-Shirt war durch ein khakifarbenes Hemd mit kurzen Ärmeln ersetzt worden. Das Gesicht des Söldners war mit Tarnfarbe verschmiert. Wenn er die Augen weit aufriss, schimmerte das weiße im Auge unnatürlich hervor. Charly Jäger zog sein Kampfmesser und fuchtelte damit herum, während er mit der linken Hand eine Drahtschlinge und eine kleine Zange auf den Tisch legte. Aus seinem Mund floss immer wieder der gleiche Reim. Heiser und geflüstert. Guttural singend. Unheimlich.

„Sie gehen hin,
geben Lohn,
tausend Väter – Hurensohn!"

„Charly, nein, bitte ... ich ...", winselte Basti. Tränen und Rotz liefen ungehindert übers Gesicht des Gefesselten.

„Herr Mirach. Das ist meine neue Geburtsstunde. Charles Jäger wird zum dritten Mal geboren. Können Sie sich alles merken, oder müssen Sie Notizen machen?"

Mirach konnte seinen Blick kaum von den aufgerissenen Augen der toten Alten nehmen. „Ich … ich …", stotterte er. Er war dem Wahnsinn nahe.

„Ich werde meine Arbeit mit Basti beenden, dann setzen wir gemeinsam den Artikel auf."

Das Klavierkonzert erreichte seinen Höhepunkt. Der Solist spielte wie ein junger Gott. Seine Finger mussten förmlich über die Tasten fliegen. Die ansonsten angenehmen Töne wirkten jedoch alles andere als beruhigend. Sie untermalten eine schauerliche Szenerie.

Basti sah die stählerne Klinge des Messers vor seinen Augen. „Nein!", rief er mit panischer Angst. Seine Stimme überschlug sich. Er presste die Augenlider zusammen.

„Sie gehen hin – geben Lohn – tausend Väter: Hurensohn!"

Die Klinge fuhr über die rechte Brust von Sebastian Schlegel. Er spürte die Schnitte nicht, so scharf war die Klinge und so aufgeregt war er selbst. Doch das warme Blut, das sich aus den Wundrändern zwängte und über seinen Körper lief, konnte der Gefolterte fühlen.

„Was halten Sie davon, Mirach?", fragte Charly.

Der Journalist zwang sich zum Hinsehen. Jäger hatte seinem Opfer die Buchstaben ‚H' und ‚U' ins Fleisch geschnitten. Mirach wollte antworten, doch aus seinem Mund kam nur unverständliches Gebrabbel.

„Ich weiß, was ich jetzt mache. Passt mal auf!"

Sören verließ das Büro und ging den Flur entlang. Vor dem Fahrstuhl stehend, sah er, dass der Aufzug gerade nach unten fuhr. Sören bevorzugte die Treppe. Er war nicht in der Laune, jetzt noch jemand aus seinem neuen Team zu treffen. Außer Anna. In seinen Gedanken versunken kam Sören im Erdgeschoss an. Er ging in den Innenhof des Polizeipräsidiums und blieb vor den dort geparkten Zivilfahrzeugen stehen. Ein Blick auf die Mappe mit Fahrzeugschlüsseln und Papieren in seiner Hand verrieten, dass er einen anderen Wagen erwischt hatte. Schnell ging er die Reihe der Dienstwagen ab. Vor einem Audi A 6 blieb er stehen. Das Kennzeichen passte. „Ist bestimmt der Chefwagen", knurrte Sören heraus, war aber zu faul, noch einmal ins Büro zurückzugehen und das Fahrzeug zu tauschen. Er wäre sowieso schnell wieder hier. Zur Not konnte er sich immer noch auf seine Unwissenheit berufen. Schließlich war das erst sein zweiter Tag im Dienste des Freistaats Bayern. Sören drückte auf den kleinen Knopf am Schlüssel und die Fahrzeugtüren entriegelten sich. Er stieg ein und suchte zuerst das verdeckte Funkgerät. Er schaltete es an und hörte zufrieden die ersten Funksprüche. „Prima, ich kann am Ball bleiben", sagte er zu sich selbst. „Fantastisch", frohlockte er richtig, als er das Navigationsgerät sah. Die Fahrt konnte beginnen. Sören schaltete das Navi an, checkte die Funktionsweise und tippte die Adresse ein. Zufrieden rollte er los. Eine freundliche Computerstimme sagte ihm, wie er fahren musste.

Je weiter Sören aus der Stadt hinausfuhr, desto stärker verfärbte sich der Himmel. Dunkel. Gelblich und Dunkel wurde es. Der Wind nahm zu. Sören glaubte die Stadtgrenze schon hinter sich gelassen zu haben, als er mit blechern klingender Stimme aufgefordert wurde, nach links einzubiegen. „Ach du Scheiße", sagte er laut, „gut, dass ich die Karre vom Chef erwischt habe. Ich hätte das Teil hier draußen niemals gefunden."

Als das Navigationsgerät noch zwanzig Meter anzeigte, fuhr Sören an den rechten Fahrbahnrand. Er sah sich um. Erste Tropfen fielen schwer aus den trägen Gewitterwolken. Es donnerte. Ein bizarr aussehender Blitz schien den Himmel in zwei Hälften zu teilen.

„Dieses Bayern scheint mich nicht zu mögen", rief Sören aus und sperrte den Dienstwagen ab. Ein schneller Blick nach oben verriet ihm, dass er es wohl trocken bis zum Haus, aber niemals zurück zum Auto schaffen würde. Warum fuhr er denn nicht in das Grundstück hinein? Manchmal verfluchte er sich für seinen Instinkt, für das *Bauchgefühl*. Er sah sich schon im Wohnzimmer einer alten verschrobenen Dame sitzen. Sie würde ihm Tee anbieten und eine Wanduhr gab den Takt vor. Tick-Tack, Tick-Tack. Ansonsten herrschte Stille im sterilen Raum. „So ein Käse", sagte Sören zu sich selbst. Er stand in der Hofeinfahrt und sah, dass das Garagentor halb offen stand. Ein Pkw stand in der Garage. Soweit er sich erinnern konnte, war dieser am Vormittag, als die beiden Kollegen die Nachschau hielten, noch nicht da. Zuhause, war sein erster Gedanke. Sören betrat das weitläufige Grundstück. Er bewunderte die Größe und schätzte es auf einen Millionenwert. Die ersten Hagelkörner trafen ihn. Ein erneuter Donner krachte über ihm los. Kräftig. Laut. Sören war, als könnte er den Luftdruck spüren. Gleichzeitig schwoll der Hagel zu einem Stakkato an. Sören fluchte im Gedanken und rannte zur Haustür. Ein Schrei fuhr ihm durch Mark und Bein. „Hiiilfeee!"

Das war nicht der Schrei einer alten Frau. Das war ein Mann. Sören griff instinktiv an seine Waffe. Er öffnete den Verschluss seines Holsters und umschloss die Heckler&Koch. Sören rannte bis zur Hauswand und presste seinen Rücken an die Hausmauer. Die Hagelkörner schmetterten schmerzhaft auf seine Haut. Er zog die Waffe und hielt sie vor seine Brust. Jederzeit bereit sie auf einen möglichen Gegner zu richten. Mit der linken Hand deckte er so gut es ging sein Gesicht ab. Ein Fenster. Vorsichtig lugte Sören hinein. Zwei Männer saßen gefesselt auf Stühlen. Einer war nackt. Von hinten sah er so etwas wie den Haarschopf einer alten Frau. Sie saß in einem Sessel. Ein muskulöser Mann stand bei den Männern und lachte. Sören zog den Kopf zurück und atmete kräftig durch. Ein schneller zweiter Blick. Der offensichtliche Geiselnehmer war weg. Sören musste hinein. Er spürte die Gefahr. Jede Minute konnte es zu spät sein. Verstärkung! Sein Gedanke war richtig, doch wie sollte er es anstellen? Er konnte weder zurück zum Auto, noch laut telefonieren. Er musste für den Täter unsichtbar bleiben. Sören presste sich noch dichter an die Hauswand und zog sein Handy heraus. Schnell tippte er eine Nachricht ein und schickte sie an die Fahnder und an Anna. Dann schaltete er das Mobiltelefon auf stumm. Sören ging um das Haus herum. Er musste sich einen Zugang verschaffen. Immer wieder lugte er mit äußerster Vorsicht in die Fenster. Ein leeres Zimmer. Der Hagel knallte unerbittlich auf die Erde. Sörens linke Gesichtshälfte schien taub zu sein. Kalt, nass und von den Hagelkörnern malträtiert. Sören riskierte alles. Als ein neuer Donnerschlag das Rauschen des Windes und Aufschlagen der Hagelkörner übertönte, schlug er mit seiner Waffe die Scheibe eines Fensters ein. Er verharrte einen kurzen Moment und lauschte ins Innere. Nichts. Ein Griff an den Fenstergriff und der Flügel des alten Holzfensters öffnete sich. Sören stieg ein. Endlich im trockenen! Seine gesamte linke Körperhälfte schien kurz vor der Lähmung zu stehen. So fühlte es sich zumindest an. Verfluchtes Wetter! Sören spürte seinen Herzschlag. Seine Hände wurden leicht feucht, doch diesmal nicht vom Unwetter. Er war aufgeregt. Stimmen. Sören ging zur Tür. Er bückte sich und sah durchs Schlüsselloch. Nichts. Kein Zimmer. Sah aus wie ein Flur. Er rieb seine linke Hand ein paar Mal an seinem Hosenbein. Als er der Meinung war, wieder genug Gefühl in ihr zu haben, griff er mit seiner Linken an die Türklinke. Langsam drückte er die messingfarbene Klinke herunter. Ganz behutsam. Millimeter für Millimeter. Sörens größte Angst bestand darin, dass Klinke oder Tür quietschen könnten. Der Anschlag war erreicht. Die Tür konnte einen Spalt geöffnet werden. Vorsichtig zog Sören die Tür auf. Kein verräterisches Geräusch erklang. Sören atmete flach. Sein Brustkorb hob und senkte sich. Wasser tropfte von seinen Haaren herab. Sören war im Flur. Er folgte den Stimmen. Die nächste Tür. Sie stand offen. Die Küche. Sören setzte leise Fuß vor Fuß. Ein kurzer Blick in die Küche. Leer. Sören wagte es und stellte sich in den Türrahmen. Die Stimmen wurden lauter. Sören sah den Durchgang zum Esszimmer. Dort sitzen sie! Der Höhepunkt der Aufregung war erreicht. Sören pirschte sich heran. Immer wieder sah er sich sichernd um. Sollten es zwei Täter sein, saß er in der Falle. Keine Panik. Es ist nur ein Täter. Er arbeitet alleine!

„Was halten Sie davon, Mirach?", drang an Sörens Ohr. Es folgte ein Wimmern. Gleichzeitig vernahm Sören das ständige Weinen und Stöhnen. Es war kein normales Stöhnen. Nein, es klang, wie der gequälte Laut eines Sterbenden. Er lässt sein Messer wieder tanzen! Ich hol dich! Du Hurensohn! Sörens Gefühlswelt spielte verrückt. Einerseits zwang ihn der stressresistente Polizist zu geplanten Vorgehen, andererseits presste ihn die aufkommende Wut nach vorn. Er musste ihn zur Strecke bringen. Jetzt!

„Ich weiß, was ich jetzt mache. Passt mal auf", sagte der Killer.

Das war Sörens Signal. Der Mörder war abgelenkt. Fühlte sich sicher. Die Gefangenen lebten noch. Er sprach mit ihnen.

Sören atmete noch einmal ruhig durch, dann wuchtete er seinen Körper herum und stand im Durchgang. Er orientierte sich schnell und riss die Waffe hoch. „Polizei. Keine Bewegung!", rief er so laut er nur konnte.

Der Killer drehte sich nicht um. Es war, als ignoriere er Sören und hechtete ins Wohnzimmer, als wäre dort ein riesiges Schwimmbecken. Die Reaktion eines Profis. Diese Millisekunden konnten über Tod oder Leben entscheiden. Gleichzeitig krachte ein Schuss. Das Messer des Mörders glitt im Sprung am Hals von Sebastian Schlegel entlang. Die Augen des nackten Mannes sahen Sören an. Ein Gurgeln war zu hören, dann fiel der Kopf auf die Seite, nur noch gehalten von einigen Haut- und Muskelfetzen, baumelte er leicht hin und her. Schauerlich! Blut spritzte aus der klaffenden Wunde. Der sitzende Körper spie seinen Lebenssaft aus.

Sören schoss ein zweites Mal. „NEIN!!!", brüllte er und rannte dem Killer hinterher. Ein Blutschwall ergoss sich über die linke

Körperhälfte des Polizisten, als Sören an der Leiche des Bankkaufmanns vorbeilief. Im Türrahmen blieb Sören stehen. Er musste ihn getroffen haben. Wo liegt dieses Schwein? Sören sah vorsichtig ums Eck. „Wo bist du?", rief er wütend, als er niemand im Wohnzimmer liegen sah.

Ein schneller Blick nach hinten. Mirach war bewusstlos geworden. Ein schnarchähnliches Grunzen ließ Sören als sicheres Lebenszeichen gelten. Und die alte Frau? Sören sah die auftauende Leiche im Sessel sitzen. Ekel überkam ihn. Ekel und Jagdfieber. Sörens Augen suchten schnell nach Blutspuren. „Verdammt. Ich muss ihn getroffen haben!", stieß er aus. Sören durchschritt das Wohnzimmer. Er wusste, dass Charles Jäger ein Profi war. Der Killer befand sich in seinem Element. Dem Kampf. Sören dagegen war von Wut getrieben. Schräg gegenüber seiner Position befand sich eine weitere Tür. Sören zögerte kaum eine Sekunde, lief hin und öffnete sie schnell. Ein sichernder Blick. Der Killer war nicht zu sehen. Sören wagte sich Schritt für Schritt weiter vor, bis er vollends im Flur stand. Am Ende des Ganges sah er das Zimmer, von wo aus er vorhin ins Haus gelangte. Es gab drei Fluchtmöglichkeiten für Charles Jäger. Entweder über die Treppe nach oben oder runter in den Keller, bzw. geradeaus durch den Flur nach draußen.

Nicht nach unten. Das wäre eine todsichere Falle. Oben oder raus? Sörens Gehirn stand kurz vor der Explosion. Unentwegt schien sein Körper Adrenalin auszustoßen. Nicht raus. Er hätte durch den Flur gemusst. Er wusste nicht, wie weit ich weg bin. Hat mich dicht hinter sich vermutet. Für eine Flucht durch den ganzen Flur zu gefährlich! Er ist nach oben! Sören war sich sicher. Joker setzen? Auf Verstärkung warten? Sören presste sich ganz eng an die Wand. Seine Waffe zeigte schräg nach oben. Der Zeigefinger der rechten Hand lag am Abzug, der bereits am Druckpunkt gehalten wurde. Eine minimale Bewegung und der nächste Schuss würde sich lösen. Wie von Geisterhand bewegt, folgte der Lauf der Waffe automatisch der Blickrichtung von Sörens Augen. Sören versucht so leise wie möglich zu sein. Lauschte. Versuchte den Killer zu orten, doch sein eigenes Schnaufen schien alles andere zu übertönen. Stufe für Stufe ging Sören im Zeitlupentempo nach oben. Er blieb mit dem Rücken an einem Bild hängen. Das Wackeln lenkte Sören für den Bruchteil einer Sekunde ab. Ein Schatten. Sören suchte das Ziel. Sein Zeigefinger krümmte sich, ein Schuss krachte. Der ohrenbetäubende Krach drückte aufs Trommelfell.

Nur noch gedämpfte Geräuschkulisse. Die Kugel verließ den Lauf. Sören sah etwas auf sich zufliegen. Er duckte sich instinktiv, konnte nicht verfolgen, ob er getroffen hatte. Ein Plumpsen von oben. Etwas Schweres war hingefallen. Neben Sören federte die Klinge eines Messers. Es steckte in der Wand. Sören spürte keinen Schmerz, doch das Messer hatte seine linke Schulter aufgeritzt. Ohne seinen antrainierte Reflex läge er jetzt mit einem Messer in der Schulter auf der Treppe. Alles schien sich im Zeitlupentempo abzuspielen. Sören richtete sich wieder auf. Seine Waffe suchte das Ziel. Noch zwei Treppen hoch. Er lag dort. Sören hatte getroffen. Vor ihm lag Charles Jäger. Schnell erklomm Sören die restlichen Stufen. Er ließ seine Augen immer auf dem Körper des Söldners ruhen. Er sah bedrohlich aus.

Im Flur des Dachgeschosses war es düster. Der Hagel hatte sich in Regen verwandelt, der laut gegen das Dach prasselte.

„Keine Bewegung!", schrie Sören. Er hatte die letzte Stufe erreicht. Immer noch hafteten seine Augen auf dem Mörder. Sören rechnete mit allem. Er suchte die Einschusswunde. Er musste wissen, wo er den Killer getroffen hatte. Dann passierte es. Sören stolperte.

Der Söldner hatte bei der letzten Stufe einen Draht gespannt.

Im Fallen sah Sören aus den Augenwinkeln, wie Charles Jäger mit einem Satz aufsprang. Sören schoss, obwohl er wusste, dass die Kugel ihr Ziel verfehlen würde. Mit lauten Krachen bohrte sich das Projektil in die Wand. Mit der linken Hand stützte sich Sören und fing den Sturz ab. Im gleichen Moment raste ein Stiefel auf sein Gesicht zu. Sören duckte sich. Seine Schusshand fuhr herum. Ein weiterer Schuss löste sich. Daneben. Kalk rieselte von der Decke. Der nächste Tritt traf Sörens rechte Hand. Die Heckler&Koch glitt ihm aus der Hand und polterte die Treppe hinunter. Wo bleibt die Verstärkung?

Sören nahm seine Kraft zusammen, stützte sich ab und schnellte nach oben. Ein Faustschlag des Killers glitt von Sörens Wange ab. Einen zweiten Schlag konnte er mit einem Block der rechten Hand abwehren. Sörens Linke schnellte nach vorn. Abgeblockt.

Der Killer machte einen Schritt zurück.

Sören stand ihm gegenüber. Das mit Tarnfarbe verschmierte Gesicht von Charles Jäger wirkte Angst einflössend. Sören suchte die Stellen, an denen Jäger verwundet sein musste. Er sah am rechten Oberarm und an der rechten Kopfseite des Mörders Blut. Ein Steck- und ein Streifschuss, raste es durch sein Gehirn. Der Killer war angeschlagen.

„Gib auf", keuchte Sören hervor, „du hast keine Chance!"
„Ich habe alles geschafft. Jetzt werde ich leben und du wirst sterben."
„Du kommst hier nicht raus!"
„Du bist der Bulle aus Hamburg."
Wie zwei Boxprofis im Ring standen sich Sören Falk und Charles Jäger gegenüber. Die Nerven beider Kontrahenten waren zum zerreißen angespannt. Ihre Augen ließen nicht voneinander los.
„Warum?", fragte Sören. „Warum das alles?"
„Sie haben mich verfolgt. All die Jahre! Sie sangen immer wieder das gleiche Lied. Sie verhöhnten mich gnadenlos. Ich musste es tun!"
„Warum so viele unschuldige Menschen?"
Charles Jäger lachte. „So viele?", fragte er gelassen. „Ich habe in meinem Leben Hunderte, wenn nicht Tausende ins Jenseits befördert. Das ist mein Beruf."
Sören dachte an den Warnhinweis des Fremdenlegionärs. An die gesperrte Akte beim Bundeskriminalamt, dann schlug er zu. Eine Kombination aus drei Faustschlägen und einem Fußtritt schmetterten auf den Körper des Söldners ein. Dieser wehrte zwei Faustschläge ab und parierte auch den Fußtritt, doch der Linksausleger traf auf die Wunde an seinem Kopf. Sören registrierte das kurzzeitig schmerzverzerrte Gesicht und wollte nachlegen, als eine Attacke des Söldners erfolgte. Sören musste mit Armen und Beinen blocken. Trotzdem saßen zwei Fußtritte. Sören geriet ins Wanken, versuchte durch einen Sprung mit Drehung und zwei Fußkicks die Situation zu retten. Er konnte noch einen Körpertreffer landen, doch sein Gegner war stark und scheinbar schmerzresistent. Sören fiel zu Boden, kniete sich sofort wieder hin, doch Charles Jäger stand hinter ihm und legte Sören eine Schlinge um den Hals. Blitzartig schnellte Sörens linke Hand nach oben und schlüpfte unter die Drahtschlinge. Schmerzen. Charles Jäger zog zu. Sören stemmte seinen Körper gegen den seines Peinigers und griff mit der rechten Hand an das linke Handgelenk des Söldners. In dieser Stellung verharrten beide eine Weile.
„Gib auf und stirb wie ein Mann!", presste Jäger hervor.
„Voilá, la légion!", würgte Sören hervor.
Charles Jäger stockte. Er war verunsichert, ließ sogar etwas locker. Sören rang nach Luft.
„Hat dich die Legion geschickt? Bist ein Legionär?"
Sören sog den Sauerstoff tief in seine Lungen. Er spürte, wie Blut

an seinem Hals hinablief.

„Fahr nicht so, wie ein Henker", schimpfte Rolf.
Mike saß am Steuer. Blaulicht und Martinshorn liefen. Die Verkehrsteilnehmer vor ihnen bildeten eine Rettungsgasse und Mike bugsierte den Dienstwagen durch. „Angst? Ich habe alles im Griff."

Am Hauptbahnhof bremste Mike und der BMW blieb mit quietschenden Reifen stehen. Das Blaulicht mit Magnethalterung wurde vom Dach geholt, beide Zivilfahnder stiegen aus. Schaulustige bleiben stehen. Ein Notarztfahrzeug und zwei uniformierte Streifenwagen standen bereits beim U-Bahnabgang.

„Sollen wir Guido gleich suchen?"
„Nein, Mike. Wir gehen erst runter."

Sie kannten den uniformierten Kollegen, der vor der Toilette stand und den Tatort absperrte. Ein Team des Kriminaldauerdienstes traf gemeinsam mit Mike und Rolf ein. Die Fahnder warteten vor der Toilette, während die Kollegen des KDD den Tatort betraten.

„Servus, Rollo. Was kannst du uns erzählen?", fragte Mike den Kollegen.

„Habe die Ehre, Jungs. Sieht aus, als ob einer kräftig was dagegen hatte, dass der Bursche am Klo war. Die Tür ist eingetreten, dem armen Kerl wurde der Hals umgedreht. Ein Zeuge war gerade beim Kacken. Der sagte, es hat einmal gerummst, dann hörte er ein Klatschen. Fertig. Das war ein Profi!"

Rolf sah Mike an. „Mir passt das nicht."
„Was denn? Die Sache hier oder …"
„Eher das oder …"

Mike kramte nach einer Zigarette. „Weißt du noch, wo das mit der Oma war?"

„Ja."

Mike hatte eine Lucky Strike im Mundwinkel und zündete die Zigarette an. „Ich bin dabei. Scheiß auf Guido, den kriegen wir immer!"

Beide eilten zu Auto zurück. „Ich weiß nicht, es ist einfach so ein Bauchgefühl. Wenn wir falsch liegen passiert nichts, aber wenn an der Sache was dran ist und Sören steht so einem Söldner-Killer allein gegenüber, dann gute Nacht Deutschland."

Sie stiegen ein. „Blau?", fragte Mike. Er meinte damit, ob sie mit Sondersignalen fahren sollten.

„Wenn was passiert, sind wir ganz schön am Arsch. Aber weißt du was, Mike?"
„Was denn, du alter Schisser?"
„Hau die Birne drauf. Ich fühl mich momentan gar nicht wohl, wenn ich daran denke, dass Sören allein ist."
„Dachte ich mir", antwortete Mike und fuhr mit quietschenden Reifen weg.
Ding-Dong.
„Du könntest dir mal einen neuen SMS-Ton einstellen. Das hört sich an, wie die Klingel bei meiner Oma. Jedes Mal, wenn du 'ne SMS kriegst, denke ich, es läutete bei Oma Elsbeth."
Rolf las seine Kurznachricht und verstummte.
„Gib Gas!"
„Was ist?"
„Sören hat ihn. Es brennt!"
Mike drückte aufs Gaspedal, während Rolf über Funk die Einsatzzentrale rief. „Zentrale für ZEG17, bitte kommen."
„ZEG17, bitte warten Sie. Wir haben ein Tötungsdelikt, wenn …"
„ZEG17 unterbricht jetzt noch einmal", Rolfs Stimme war grantig. Diesmal kam kein Veto. „Ein Kollege von der Mordkommission braucht eilige Unterstützung. Er hat den Täter gestellt." Rolf gab noch die Anschrift durch und wartete auf die Reaktion des Funksprechers.
„Welchen Täter?", kam blechern aus den Lautsprechern.
„Der Tötungsdelikte der letzten drei Tage. Den Hurensohn!"
Stille.
Der Außendienstleiter mischte sich ein. „ZEG17 – rollen Sie mit Vollgas. Wer kann unterstützen?"
„Ich teile ein", übernahm der Funksprecher wieder das Wort. Scheinbar hatte er sich mit dem Leiter der Einsatzzentrale kurzgeschlossen.
„Alle verfügbaren Räder rollen mit. Der Hubschrauber kann aufgrund des Unwetters nicht starten."
„Schicken Sie vorsorglich einen Retter mit", bat Rolf.
„Wird erledigt!"
Rolf sah auf den Tacho. Mike fuhr so schnell er konnte.
„Jetzt langsam, Mike. Wir fahren direkt ins Unwetter."
Mike bremste herunter. Erste Hagelkörner fielen vom Himmel.
„Verdammte Scheiße! Ausgerechnet jetzt muss es hageln!"

„Fluche nicht, Junge. Fahr nur so, dass wir ankommen."

„Was macht das für einen Unterschied?" Sörens Stimme war jetzt zu einem Krächzen verkommen.

„Weil ...", zögerte Charles Jäger, „... weil", versuchte er erneut zu erklären. Schließlich sagte er: „Eigentlich gar keinen. Ich weiß dann nur, dass sie mich immer noch jagen."

Die Tür wurde aufgeschlagen. „Polizei!"

„Hier ob...", versuchte Sören seine Kollegen zu rufen, dann zog Charles die Schlinge wieder zu.

Mike und Rolf stürmten die Treppe hoch. Sie sahen, wie Charles Jäger versuchte, die Drahtschlinge um Sörens Hals zuzuziehen. Ebenso dachte er an Flucht, doch Sören war es jetzt, der sich mit seinem Gewicht gegen Jäger stemmte. Zudem hielt seine rechte Faust noch immer ein Handgelenk des Mörders fest.

Jäger bekam Angst. Sein Blick wurde panisch. „Ihr Scheißbullen. Ich bin am Ziel. Niemand kann mich jetzt aufhalten!" Er schrie und zog mit letzter Kraft die Schlinge zu.

Sören spürte, dass der Draht seine Hand wohl durchschneiden würde. Kein Sauerstoff mehr. Der Schmerz stieg ins Unermessliche. Zwei Schüsse donnerten. Sören sah Mike und Rolf auf der Treppe stehen. Beide hielten ihre Waffen in der Hand. Der Druck an seinem Hals ließ nach. Er konnte wieder atmen.

Charles Jäger lag kraftlos an die Wand gepresst. Die Enden der Schlinge glitten aus seinen Fingern.

Sören rollte sich zur Seite und schnappte nach Luft. Die Schlinge hatte tief in das Fleisch seiner Hand geschnitten. Rolf und Mike visierten immer noch Charles Jäger an.

„Keine Bewegung!", brüllte Rolf.

Immer mehr Martinshörner waren zu hören. Getrampel.

„Oh mein Gott!"

„Um Himmels Willen!"

Eine kreischende Kollegin. Sie hatte die Opfer des Hurensohns entdeckt.

Charles Jäger rutschte in die Sitzstellung. Sein Blick ging stur geradeaus. Seine Augen waren ausdruckslos.

Sören kroch auf allen vieren zu seinem Gegner. „Du bist festgenommen, Arschloch!", krächzte er hervor.

Charles Jäger wendete seinen Kopf und blickte zu Sören Falk.

„Ich …bin …frei …", nuschelte er, dann kippte er vornüber. Charles Jäger, der Serienkiller, den man ‚Hurensohn' nannte, war tot.

„Sören, alles klar?", fragte Mike und kniete sich neben Sören, während sich Rolf davon überzeugte, dass der Mörder tatsächlich tot war.

„Schön … euch … zu … sehen", würgte Sören hervor und lächelte.

Rolf klopfte auf die Schulter von Mike. Seine Hände zitterten.

„Heute haben wir zum ersten Mal in unserer Karriere einen umgelegt!"

„Ich weiß, Rolf."

„Aber weißt du, was komisch ist?"

„Was denn?"

„Ich fühle mich gar nicht beschissen."

Beide rangen sich ein Lächeln ab. „Jetzt schuldest du uns mehr, als nur ein Weißbier", sagte Mike, kniete sich neben Sören und legte ihm eine Hand auf die Schulter.

„Wo bleibt der verdammte Sanitäter?", rief Rolf indessen.

„Wie habt … ihr das so schnell ge… geschafft?" Sören tat sich mit dem Sprechen schwer.

„Bauchgefühl", antworte Rolf.

„Ein guter Bulle muss auch mal Vorschriften liegen lassen und sich von seiner Nase leiten lassen. Das kennst du doch!", fügte Mike hinzu.

Sören nickte. Er war dankbar. Wenigstens ein Leben konnte er retten.

Die Sanitäter rannten die Treppe hoch. Ein Notarzt war dabei.

„Wie sehen Sie denn aus?", fragte der Notarzt und fühlte sofort Sörens Puls.

„Ist nicht … alles … mein Blut."

„Sprechen Sie jetzt nicht mehr. Wir kriegen Sie schon wieder hin."

Sören wurde nach draußen gebracht. Das Unwetter hatte sich gelegt. Die Luft war klar und rein. Ein blaues Lichtermeer stand im parkähnlichen Garten des alten Anwesens. Polizisten eilten umher. Absperrleinen wurden gezogen. Sanitäter trugen Ewald Mirach aus dem Haus. Er hing an einem Tropf. Der erste Leichenwagen war ebenfalls schon eingetroffen. Die silberne Zinkwanne wurde aus dem Heck gezogen und von zwei Herren in grauen Anzügen zum Haus getragen. Rolf und Mike gaben dem Außendienstleiter einen mündlichen Bericht.

Als Sören etwas später im Notarztwagen saß, traf Anna ein. Sie stieg aus und erkundigte sich nach Sören. Ein Kollege deutete auf den Notarztwagen. Sören sah Anna durch die offen stehende Tür. Sie rannte zu ihm.

„Sören, mein Gott. Was ist denn passiert?", fragte sie aufgeregt.

Sören hatte Hals und linke Hand eingebunden.

„Er muss zum Ansehen mit. Das Sprechen wird ihm jetzt schwer fallen."

„In welches Krankenhaus?", wollte Anna wissen. Ihr Blick war besorgt.

„Barmherzige Brüder", kam die knappe Antwort des Sanitäters.

„Gi...anni", quälte sich Sören heraus.

„Schon gut, Sören. Ich fahre bei euch zuhause vorbei und komme dann ins Krankenhaus."

„Hier, ...nimm meinen ... Schlüssel mit." Sören kramte seinen Haustürschlüssel aus der Hosentasche und gab ihn seiner Kollegin.

Eine Stunde später saß Sören im Flur vor der Notaufnahme. Er wartete auf die Nachtschwester, die ihm sein Zimmer zuteilte. Er hörte die große Flügeltür am Haupteingang zuschlagen. Anna kam den Gang entlanggelaufen. Ihr Blick war auf den Fußboden gerichtet. Sören sah Anna und es stach in seinem Herz.

Anna blieb vor Sören stehen. „Wie geht's denn?"

„Hatte Glück. Ein bisschen Schonung und ich bin wieder fit." Sörens Stimme war immer noch schwach, klang jedoch schon wesentlich kräftiger als vor einer Stunde. Annas Augen schienen irgendwie leer zu sein. Sörens Gehirn arbeitete. Nein! Rief er innerlich im Gedanken. Die Frage musste kommen. Der Schmerz der Liebe pochte. Sören fühlte, dass etwas nicht in Ordnung war. Er fand kein Lächeln in Annas Gesicht.

„Gianni?", fragte er leise.

Annas Augen wurden feucht. Sie schüttelte nur den Kopf. Konnte nicht sprechen. In Ihrem Hals saß ein dicker Kloß.

Sörens Herzschmerz wurde von Sekunde zu Sekunde größer. Es war wie ein Feuer, das sich langsam ausbreitete. Ein Funkenflug landet auf leicht entflammbarem Material. Glut, Rauch, ein Brand bricht aus und entwickelt sich zu einer Katastrophe. Es tat weh. Schrecklich weh. Seelischer Schmerz. „Ist er weg?"

Anna nickte lediglich. Dicke Tränen kullerten über ihre Wangen.

Auch Sören schoss das salzige Wasser in die Augen. Er war gerade dabei, sich unsterblich in Gianni zu verlieben, vermisste ihn, brauchte ihn!

„Er hat einen Brief zurückgelassen. Hier ist er", sagte Anna und überreichte Sören einen zusammengefalteten Zettel. „Er lag auf dem Wohnzimmertisch. Ich habe ihn gelesen. Ich hoffe, du bist mir nicht böse?"

„Nein, warum denn", antwortete Sören, schüttelte dabei den Kopf und faltete das Papier auseinander. Es war Giannis Handschrift. Unweigerlich bohrte sich das Bild des Holländers in Sörens Kopf, als er zu lesen begann.

Mein lieber Sören,

die Zeit mit dir war der schönste Teil meines Urlaubs. Die Stunden der Zärtlichkeit kann uns niemand mehr wegnehmen. Unsere Körper waren zu einem verschmolzen und unsere Seelen wurden ausgetauscht. Ich hasse Abschied und hätte dir niemals in die Augen sehen können. Deshalb wählte ich diesen Weg. Ich weiß, ich kann dich niemals vergessen. Könnte mir sogar ein Leben an deiner Seite vorstellen, doch ich gehöre nicht hierher. Ich muss nach Hause, bevor mich die Liebe zu dir ewig fesselt. Heute sterbe ich, morgen tut es nur noch weh und nächste Woche denke ich mit einem Lächeln an dich zurück.
Ich liebe dich
Gianni

Keine Adresse, keine Telefonnummer. Sören klappte den Zettel zusammen. Anna saß neben ihm. Beide sahen sich an und fielen sich schluchzend um den Hals.

Der Arzt kam aus der Notaufnahme. „Frau Falk, ihr Mann hatte riesiges Glück. Die linke Hand wird er ein paar Tage schonen müssen, die Wunde am Hals wird höchstwahrscheinlich nicht einmal vernarben. Ich wünsche Ihnen trotz allem einen schönen Abend."

Anna und Sören sahen sich an. Beide mussten grinsen.

„Ich habe Taschentücher dabei."

„Super, ich brauche unbedingt eins."

„Sören, wie lange musst du hier bleiben?"

„Eine Nacht zur Beobachtung. Sie wollen sicher gehen, dass ich nicht ersticke." Sören sprach immer noch sehr langsam und angestrengt. Eigentlich war er froh, dass er heute nicht nach Hause musste. Dieser Tag und eine Wohnung ohne Gianni – das wäre zuviel gewesen."

„Ich hole dich morgen Vormittag ab. Vorher fahre ich in deiner Wohnung vorbei und bring neue Klamotten mit. Deinen Bericht liefern wir morgen ab. Ich sage, du darfst heute keinen Besuch mehr empfangen."

Sören sah Anna dankbar an. Sie war eine echte Bereicherung in seinem Leben.

„So machen wir es."

10.

Sören schlief tief und fest. Als er kurz vor dem Frühstück geweckt wurde, wunderte er sich. Sein Hals schmerzte etwas, seine linke Hand ebenso. Er ging duschen und sah die Wunden im Spiegel an.

„Junge, da hast du aber Glück gehabt", sagte er zu sich selbst. Er verließ das Badezimmer und eine Schwester kam herein. Sie legte Sören einen neuen Verband an. „Den lassen Sie am besten zwei Tage drauf, dann neue Salbe auftragen und wieder einbinden. In ein bis zwei Wochen ist alles verheilt."

Sören grinste sie an. Freundlich lächelte die Schwester zurück, packte ihre Sachen zusammen und verließ sein Zimmer. Kurz darauf klopfte es. Anna kam herein.

„Guten Morgen. Hier sind neue Klamotten. Ein neuer Tag hat begonnen." Anna war fröhlich. Spielte sie? Nein. Sören sah in Annas Augen. Sie spielte nicht. Sie war tatsächlich gut gelaunt und sie steckte ihn an.

„Was hast du für mich rausgekramt?"

„Slip, Mokassins, Jeans, ein weißes T-Shirt und ein kariertes Hemd."

Sören war zufrieden. „Gute Wahl."

„Wie hast du geschlafen?" Annas Augen sahen bei der Frage ein klein wenig traurig aus.

„Herrlich. Erst dachte ich an Gianni und ich glaubte, mein Herz zerspringt, aber ganz entgegen meinen schlimmsten Befürchtungen, schlief ich sofort ein und wachte erst kurz vorm Frühstück auf."

„Und jetzt?"

„Weißt du, Anna", sagte Sören, „sicher werde ich ihn vermissen, aber er hat recht. Gestorben bin ich gestern. Heute spüre ich lediglich einen Schmerz."

Anna umarmte Sören. „Es wird wieder einen Gianni geben. Und der bleibt dann bei dir."

Sören drückte Anna. „Und ich habe super Freunde."

Sie sah ihn fragend an. Er grinste. „Und Freundinnen."

„Fahren wir."

„Wie wäre es, wenn ich mich erst anziehe?"

Zehn Minuten später verließen sie das Krankenhaus.

Das Büro war voll. Kriminaldirektor Schnellwanger stand neben

Landers, als Sören und Anna eintraten.

„Da sind Sie ja", begrüßte ihn Schnellwanger. Der Leiter der Mordkommission sah alles andere als zufrieden aus.

„Sind Sie wahnsinnig? Ich habe Ihnen den Auftrag gegeben, sich um die Akte Lindenschmidt zu kümmern. Was fällt Ihnen eigentlich ein, sich meinen Anordnungen zu widersetzen? Das war es bei der Mordkom…"

Die Tür ging auf und der Polizeipräsident betrat das Büro.

„Herr Schnellwanger, ich gratuliere", schnitt er das Wort des Kriminaldirektors ab.

Schnellwanger sah den Präsidenten an.

„Sie sind sicher Herr Falk", fuhr der Polizeipräsident fort und stellte sich zwischen Schnellwanger und Sören.

Sören nickte, hauchte ein „Ja", heraus.

„Strengen Sie sich nicht zu sehr an. Sie sehen ja schrecklich aus. Blessuren im Gesicht, der Verband um den Hals. Ich hoffe, es tut nicht allzu sehr weh."

Sören schüttelte nur kurz den Kopf.

Der Polizeipräsident nahm Sörens Hand und schüttelte sie kräftig. „Ich gratuliere Ihnen. Sie sind wahrhaft eine Bereicherung für unsere Abteilung." Der Präsident wendete sich wieder dem Kriminaldirektor zu. „Herr Schnellwanger, ich muss ein Lob aussprechen. Vorbildliche Arbeit. Ihre Idee, den neuen Kollegen auf eine scheinbar unnütze Spur anzusetzen, war genial. Ich kenne den Zeugen. Dr. Jonken unterrichtete auch meine Kinder. Guter Mann. Manch anderer hätte seine Geschichte als Humbug abgetan, aber Sie … Respekt!"

Schnellwangers Mund öffnete sich. Seine Augen flatterten zwischen Sören und dem Polizeipräsidenten hin und her.

„Sogar der Innenminister hat mich angerufen, als er vom schnellen Erfolg hörte. Übrigens, die Presse wird ausführlich und zwar positiv über uns berichten. Ich bin absolut zufrieden."

Schnellwanger sah Sören an. Der Kopf des ranghohen Polizisten war hochrot.

„Ich freue mich im Team von Herrn Landers arbeiten zu dürfen", sagte Sören und hoffte durch diese List einer Fortsetzung von Schnellwangers Moralpredigt zu entkommen.

„Das … dürfen Sie … auch", haspelte Schnellwanger heraus. „Sie bleiben."

„Herr Schnellwanger. Ich schätze, ich bekomme noch ein

schriftliches Lob über ihren neuen Mann. Ich werde es dann gebührend bestätigen."

„Natürlich, Herr Polizeipräsident. Natürlich werde ich eine Belobigung für Herrn Falk beantragen. Ein wirklich guter Polizist." Schnellwanger drehte sich zu Sören um. „Herr Falk, ich heiße Sie noch einmal willkommen in unserer Abteilung und weiterhin guten Erfolg mit ihrem neuen Team."

Schnellwanger verließ gemeinsam mit dem Polizeipräsidenten das Büro. An der Türschwelle blieb der Polizeipräsident noch einmal stehen und drehte sich um. „Was ich noch fragen wollte?", begann er. „Hat hier jemand nach einem Tobias Müller gesucht? Das BKA hatte einen Zugriff von einem Rechner unseres Präsidiums. Allerdings konnte die Dienststelle nicht ermittelt werden. Der oder die Kollegin, die hier in die Fahndungsakten einsehen wollte, hat offensichtlich eine Rückverfolgung unmöglich gemacht."

Alle schüttelten ihre Köpfe. Sören dachte sich, dass die Fahnder absolute Profis waren und lächelte in sich hinein.

„Na dann. Wird wohl ein Fehler des BKA sein. Was interessiert uns ein Vermisster von dort", sagte der Chef der Münchner Polizei und schloss die Tür hinter sich.

Landers klopfte Sören auf die Schulter. Anna, Kalli und Günther lachten herzhaft.

Kalli rief aus, was sich alle dachten. „So eine Lachnummer!"

„Beim Stichwort ‚Lachnummer' fällt mir auch noch etwas ein", kicherte Günther. „Dieser Schmierfink, wie heißt er doch gleich …"

„Mirach", half Sören.

„Richtig", Günther rieb sich Lachtränen aus den Augen, „dieser Mirach hat sich in die Hosen gemacht. Die Sanis haben ihm so eine Decke umgewickelt, die wir früher im Streifendienst immer den Pennern gegeben haben, damit sie die Sitze nicht versauen. Er hat mich angesehen und geschworen, dass er einen Entzug machen wird. Und dich, Sören, möchte er in seinem Artikel lobend erwähnen."

„Na, da bin ich mal gespannt."

„Wollen wir heute deinen Einstand feiern?", fragte Kalli und hob eine Tasse Kaffee hoch. Er setzte sie an die Lippen und nippte.

„Heute nicht, mein Freund hat mich verlassen. Ihr müsst wissen, ich bin schwul. Vor meinem Team möchte ich keine Geheimnisse haben."

Kalli verschluckte sich und spuckte den ganzen Kaffee wieder aus.

Während des Hustens schüttete er den restlichen Tasseninhalt über seinem Schoß aus. Erich Landers schien unbeeindruckt zu bleiben, Günther sah Sören mit offenem Mund an und Anna legte ihre Hand auf Sörens Schulter.

„Na, Kalli, wolltest du deine Eier kochen?", fragte Sören nach und durch das Büro drang schallendes Gelächter.

Sogar Kalli lachte mit. „Und wir machten uns schon Gedanken, du würdest uns Anna ausspannen", prustete er hervor.

„Sören, du gehörst zu uns. Und ab heute darfst du dir öfter meinen Wagen ausleihen."

Sören fiel sofort der Audi A 6 mit Navigationsgerät ein.

„Nur bringst du ihn künftig selbst zurück", grinste Erich Landers. „Willkommen im Team. Du gehörst zu uns. Und zwar genau so, wie du bist!"

Sören fühlte sich in diesem Moment richtig gut. Seine Entscheidung, einen Neuanfang zu wagen, war richtig. Gianni war weg, aber es stimmte, was er in seinem Brief schrieb. Anfangs würde man sterben, morgen ist nur noch ein Schmerz zu spüren, und ab übermorgen zählten nur noch die angenehmen Erinnerungen. Abgesehen davon, wollte sich Sören sowieso in der Münchner Szene umsehen. Wer weiß. Vielleicht gibt es tatsächlich einen neuen Gianni. Irgendwann. Sörens Gesichtsausdruck zeigte Zufriedenheit. Er ging zu seinem Schreibtisch und notierte sich auf einen Zettel, dass er den Kollegen Rossler aus Saabrücken anrufen musste. Er wollte die Nachricht persönlich übermitteln, sobald etwas Ruhe im Büro eingekehrt war.

Die Bürotür folg auf. „Ich habe was für euch", rief ein Kollege, den Sören nicht kannte, herein.

„Was gibt es denn?", fragte Landers nach.

„Eine Streife hat eine Leiche gefunden. Sieht aus, wie ein Mord unter Homosexuellen. Viel Spaß beim Ermitteln." Der Kollege zog die Tür wieder zu.

Alle Augenpaare wanderten zu Sören. Dieser stand auf, setzte ein breites Grinsen auf und meinte lediglich: „München, ich komme!"

Ende

Alex Seinfriend
1Trip2Kill

235 Seiten

ISBN
978-3-934825-47-5

Das Abitur ist bestanden. Endlich kann Marek seinen Vater zurücklassen und zu Stephen ziehen. Doch als er bei diesem ankommt, müssen die Wünsche der Realität weichen: Stephan liegt mit einem Stricher im Bett. Marek sucht wieder die Flucht – doch zurück zu seinem Vater will er nicht mehr. Also streift er ohne Geld und Perspektive durch die Stadt. Wo soll er die Nacht verbringen? Wie soll er an Geld kommen? Als ein Wagen neben ihm hält und der Fahrer ihn mitnehmen will, trifft er eine Entscheidung: Er steigt ein. Noch ahnt er nicht, wohin ihn dieser Trip bringen wird...

www.himmelstuermer.de

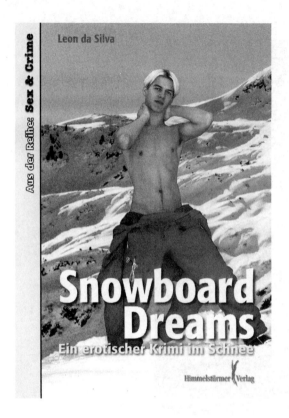

Leon da Silva
Snowboard
Dreams

160 Seiten

ISBN
978-3-934825-46-8

Ein erotischer Krimi im Schnee
Winter, Sonne und ganz viel Schnee: Als der junge schwule Snowboardlehrer Yannick, gerade das Abi bestanden, in einem österreichischen Luxusskiort seine Stelle antritt, ahnt er noch nicht, dass der neue Job schon bald sein ganzes Leben auf den Kopf stellen wird: Zuerst lernt er Barkeeper Alessandro kennen, mit dem er auch kurz darauf im Bett landet. Auch Hoteliersohn Enrico macht ihm Avancen und verwöhnt ihn nach allen Schikanen. Doch am nächsten Morgen liegt der Hoteliersohn in Yannicks Bett – tot. Und Yannick kann sich an nichts mehr erinnern. Yannick beschliesst, den mysteriösen Tod selbst aufzuklären und gerät schon bald in ein Komplott.
Ein Krimi voller heisser Abenteuer, unerwarteter Wendungen und mit vielen knackigen Boys.

www.himmelstuermer.de

Simon Rhys Beck
Kira Malten

Eiskaltes Verlangen

224 Seiten

ISBN
978-3-934825-70-3

René Winter, Privatermittler, wird von dem jungen Dennis Siebenlist engagiert, um den Mord an seinem Vater zu klären. Unglücklicherweise ist er nämlich einer der Hauptverdächtigen. Doch da sind noch Dennis' Stiefmutter, die Mitglied einer Sekte ist, der sadistische Apotheker Siegfried Herdecke und der Stricher Til Maurer, die allesamt Motive gehabt hätten, Siebenlist um die Ecke zu bringen.
Zwischen Dennis und René entwickelt sich bald mehr als eine geschäftliche Beziehung, obwohl René erstens nicht auf Jungs wie Dennis steht und zweitens sein Herz für immer und ewig an seinen verheirateten Geschäftspartner Patrick Cute vergeben hat (zumindest dachte er das), den er schon aus Schultagen kennt.
Plötzlich schlägt der Mörder erneut zu und René und Dennis befinden sich in Lebensgefahr. Doch statt Dennis, entführt der Mörder Kilian!

www.himmelstuermer.de

Alex Seinfriend

Das Todesspiel

330 Seiten

ISBN
978-3-934825-87-1

Lars ist der Sohn des Bestsellerautoren Wolfgang Steiner. Allein diese Tatsache macht es ihm als Germanistikstudent bei seinen Kommilitonen und Dozenten nicht gerade leicht. Die einen wollen über ihn an seinen Vater kommen, die anderen trauen ihm nicht zu, dass er tatsächlich zu eigenen Leistungen fähig ist. Aus diesem Grund verschweigt Lars oft seine Herkunft. Sie sollen ihn als Menschen kennen lernen und nicht als Sohn eines berühmten Vaters. Nachdem Lars mit seinem Freund Thomas in der Uni beim Sex erwischt wird, fliegt seine Tarnung aber auf. Thomas erfährt, wer der Junge überhaupt ist, mit dem er nun schon seit über drei Monaten eine Beziehung führt. Plötzlich hängt das Vertrauen am seidenen Faden. Dass er von Professor Weinberg gezwungen wird, ein mysteriöses, schwarzes Buch zu lesen, bringt erst recht Verwirrung in die bisherige Idylle. Nach und nach muss Thomas feststellen, dass in dem Buch mehr als nur die Wahrheit steht. Es scheint eine Art Plan für die Zukunft zu sein.

Verzweifelt versucht Lars Thomas klarzumachen, dass er ihm seine wahre Identität nicht in böser Absicht verschwiegen hat. Doch genau das steht in dem schwarzen Buch. Was soll Thomas nun glauben? Zeit für lange Überlegungen bleibt allerdings nicht, denn die erste Leiche lässt nicht lange auf sich warten. Es ist Wolfgang Steiner, Lars Vater.

www.himmelstuermer.de

Florian Höltgen
Mein bester Freund, sein Vater und ich

Sven vermisst seinen besten Freund Niels – und sein geheimes Tagebuch. Beide sind in etwa zur gleichen Zeit verschwunden. Nicht auszudenken, was geschehen würde, wenn Niels all die intimen Gedanken seines Freundes lesen könnte. Da wäre als erstes Svens Homosexualität, von der Niels natürlich nichts wissen darf. Und auch der Eintrag, in welchem Sven seine Liebe zu Niels beschreibt. Eine Katastrophe, wenn das jemand lesen würde. Und dann erst die sexuellen Phantasien, die Sven niedergeschrieben hat ... Geheimnis um Geheimnis und mit jeder Seite steigt die Brisanz.

ISBN 978-934825-88-8   176 Seiten

Kai Steiner
Surfer Dreams
Stasik, 18, der mit einer Reisegruppe aus Deutschland im Surfhotel in Sri Lanka Quartier bezieht, bringt alle mit seinen Aggression und Engstirnigkeit zur Verzweiflung. Herausgefordert in einem heftigen Sturm, rettet er unter Einsatz seines Lebens mit Leuten vom Hotel Surfbretter, Masten, Gabelbäume, Finnen und Segel. Mit von der Partie ist ein singhalesischer Fischerjunge. Stasik ist begeistert und streift mit dieser Begegnung seine Eigensinnigkeit ab. Der Singhalese, ohne Scheu vor Nacktheit und hemmungslos in seiner Zudringlichkeit, bringt dem Deutschen Sex als das Normalste unter Jungen bei, und Stasik wird zum gelehrigen Schüler. Ja, seine Lust wird täglich neu entfacht.

ISBN 978-934825-82-6   228 Seiten

www.himmelstuermer.de

Andy Claus
**Eric -
aus dem Leben eines Miststücks**
Eric ist ein attraktiver Journalist Ende zwanzig. Aufgrund eines Schicksalsschlages, scheitert er in seinem Beruf und verliert Arbeit und Wohnung. Endlich begreift er, dass es so nicht weitergehen kann. Eric setzt alles daran, den reichen Medienmogul Morgenstern kennenzulernen und seine komplette Familie gegen ihn aufzuwiegeln. Ist Eric wirklich nur ein berechnendes Miststück? Oder gibt es ein handfestes Motiv, warum er Clemens Morgenstern zugrunde richten will? Wieso hasst er den Mann, der ihm ein gutes Leben ermöglicht?

ISBN 978-934825-82-6   300 Seiten

Theo Rauch
Das Haus auf dem Dach
Armin, 30, lernt auf dem Flug nach Marokko den, attraktiven Annas kennen. Annas ist Ende zwanzig, Sohn marokkanisch-französischer Eltern und in Frankreich und Deutschland aufgewachsen. Armin fühlt sich sofort zu dem exotischen jungen Mann hingezogen. Die Zuneigung scheint gegenseitig, denn Annas lädt ihn noch während des Fluges ein, bei ihm im Hause seiner Eltern zu wohnen. Da zögert Armin natürlich nicht lange. Ein intelligenter, mitreißender Roman, der schonungslos von unseren verborgenen Ängsten erzählt und in dem Spannung, Erotik und Witz nicht zu kurz kommen.

ISBN 978-934825-86-4   288 Seiten

www.himmelstuermer.de